부부가 함께 떠난 5개월간의
세계 일주, 역사 · 문화 이야기

황금빛 세상으로
가는 길

②

부부가 함께 떠난 5개월간의
세계 일주, 역사 · 문화 이야기

황금빛 세상으로 가는 길

남동우 글 · 그림

'세상 밖으로'

세상 밖으로 나가라!
집을 나서는 것이 진실로
삶의 보람이 있는 인생이리라.
집안에서 만족을 느끼는 사람
세상을 등진 존재나 마찬가지일 테니……

(In Die Welt Hinaus)

— 괴테 —

평민사

여행은 꿈과 환상이며 현실이다. 사람과 자연과 문화가 역사 속에서 만나는 한 폭의 그림이다.

1992년 1월 어느 주말 소설가인 '물과 산의 친구', TV 방송앵커, 나, 그리고 나의 또 다른 친구 M이 부부동반으로 소양강댐 위에 있는 예술 농원에서 만났다. 그날 밤 네 쌍의 부부는 불 지핀 벽난로 가에서 매운탕과 산채를 안주 삼아 소주를 마시며 즐거운 시간을 보냈다. 밤새도록 두런두런 나눈 이야기의 주제는 인생과 여행이었다.

수많은 독자의 사랑을 받는 소설가와 세상에 널리 알려진 미남 앵커, 중소기업의 사장인 M, 나, 이렇게 직업이 다른 네 명의 남자들이 술잔을 기울이며 산장에서 보낸 한겨울의 그 밤을 나는 지금도 잊지 못한다. 17년 전 겨울밤의 추억이 지금까지 또렷하게 남아 있는 까닭은 그때 함께 했던 친구들이 내가 평생 소중히 여기는 사람들이기 때문이다.

그 중 친구 M 부부와 함께 우리 부부는 2006년 6월 10일부터 다섯 달 동안 지구를 한 바퀴 도는 여행길에 올랐다. 생전에 이루기 어려운 꿈으로만 여겼던 세계 일주 여행을 마침내 실현하게 되었다.

여행은 즐겁고 행복했으며, 아름다움 이상으로 지울 수 없는 향수와 감동을 안겨주었다. 여행을 떠나기 전 나는 세계 일주 여행을 하게 된 사실을 동갑내기인 물과 산의 친구에게 알렸다. 소설가 친구는 여행길에 오르는 나를 진심으로 축복하고 격려해 주었다. 나는 그의 축하와 격려에 힘입어 여행기를 쓰기로 결심했다. 여행기간 중 매일 썼던 일기형식의 글은 내 인생 최초의 세계 일주 여행 체험을 기록한 소박한 견문기에

불과하다.

　나는 이 견문기를 소설가인 물과 산의 친구와 갓 결혼한 큰아들 내외를 생각하면서 써나갔다. 그리고 늘 함께 벗해온 '다산을 사랑하는 친구'와 '장자를 사랑하는 친구', '새를 사랑하는 친구'에게도 마음으로부터 이 글을 전하고 싶었다. 글에 덧붙여 여행지의 모습을 그림으로 그렸다. 내 눈에 비친 세계의 자연과 문화를 그린다는 것은 그 자체가 즐거움이자 삶의 보람이다.

　빈약한 영혼을 담아 쓰는 이 여행기를 나의 친구들과 아들 내외 그리고 여행을 사랑하는 분들이 산 같은 너그러움과 물 같은 마음의 눈으로 읽어 주시기 바란다.

　2009년 춘천에서 글쓴이

차 례

합스부르크 제국의 옛터

헝가리,
오스트리아 빈

HUNGARY · AUSTRIA WIEN

66국토의 4분의 3이 저평원 지대인 평원국가이면서 고전미와 문화의 품격이 가득한 동유럽의 진주 헝가리.

도나우 강, 카페, 고성, 대성당, 오페라극장, 즐비한 바로크 건물들 그리고 그윽한 향기의 포도주 '황소의 피'는 헝가리를 상징하는 물리적 하드웨어의 기호들이다. 그러나 이 하드웨어들에게 아름다움과 생명을 불어넣는 소프트웨어들이야말로 헝가리를 대변하는 진정한 상징이며 실체들이다.

마자르족과 마자르 어, 프란츠 리스트, 헝가리 광시곡, 전통춤 차르다시, 끊임없이 흐르는 음악과 축제…. 이들 마자르의 빛나는 역사와 전통문화의 뿌리 속에서 2002년 노벨문학상을 수상한 작가 케르테스 임레의 소설 『운명』이 탄생했다.

한민족과 마자르족은 먼 옛날 아시아에서 이웃하며 살던 가까운 형제였으며, 지금도 두 나라 사람들은 마늘과 고추를 즐겨 먹고 있다 .

위대한 음악의 영혼들이 잠들어 있는 도시 빈(Wien). 세계 최고를 자랑하는 교향악단 빈 필하모니과 빈 국립음대뿐 아니라 베토벤, 모차르트, 슈베르트, 요한 스트라우스의 영혼은 여전히 빈을 세계에서 가장 아름다운 음악의 도시로 만들고 있다. 거리와 광장, 극장과 연주장, 카페 등 장소를 막론하고 음악은 365일 쉼 없이 흐른다. 합스부르크 왕가의 영광을 간직한 궁성과 성당에서도 음악은 흐른다. 여행객은 동전 한 푼 없어도 빈의 어느 곳에선가 음악을 듣게 될 것이다. 그렇게 빈은 소리의 추억을 안겨준다. **99**

■ 8월 18일 (금) [헤비츠] / 맑음

잘츠부르크에서 240km 떨어진 그라츠는 인구 25만 명의 아름다운 전원도시이다. 오스트리아에서 빈(Wien) 다음으로 두 번째로 큰 도시이고, 도나우 강의 지류인 무르 강 양쪽 기슭에 전개되는 시가지는 헝가리와 슬로베니아를 통하는 교통의 요지이다. 보존이 잘 되어진 구시가지는 르네상스 양식의 우아하고 깨끗한 건물들이 질서 있게 늘어서 있으며 20세기의 향수를 간직한 궤도 위로 산뜻하게 단장한 최신식 전차들이 달리고 있다. 그라츠 시는 1999년 도시 전체가 유네스코 세계 문화 유산으로 등록되었다. 이 도시는 유명 영화배우 출신인 캘리포니아 주지사 아놀드 슈왈제네거가 태어난 고향이기도 하다. 그런데 그라츠 시가 자랑하던 그가 어느 흑인 청년작가의 사형을 묵인했다는 이유로 시민들의 실망과 분노를 사게 되고, 그 때문에 시민들은 그의 이름을 땄던 경기장의 이름을 최근에 유피에스 아레나로 바꾸어버렸다.

우리는 그라츠의 소문난 전통음식점 크렙센 켈러에서 점심을 먹었다. 쇠고기, 돼지고기, 소시지를 그릴에 구운 그릴 플라테 한 접시, 생선구이 한 접시, 새끼가재와 새우로 만든 크렙셍크 플라테 한 접시, 생맥주 두 잔을 시켜 먹었다. 잘츠부르크의 중국식당에서 얻어 온 김치를 배낭에서 꺼내놓고 반찬으로 먹었더니 입이 개운해졌다. 시큼한 김치냄새가 테이블 위로 확 풍겼지만 종업원들은 눈치 채지 못했다. 음식 맛은 훌륭했고 양도 넉넉해 다섯 사람이 먹고도 남을 정도였다. 봉사료를 포함해 80유로를 지불했지만 아깝지 않았다.

점심 식사 후 우리는 그라츠에서 제일 높은 곳에 있는 슐로스베르크 언덕에 올라가 시가지를 조망했다. 빨간 지붕이 인상적인 구시가지와 무르 강변의 푸른숲이 아름다운 조화를 이루고 있었다. 눈에 띄게 빠른 속도로 흐르는 무르 강변 한복판에는 최첨단 디자인의 미술관처럼 생긴 카페가 햇빛에 반사되어 반짝거리고 있었다. 그라츠의 상징이라고 알려진 슐로스베르크의 시계탑은 황금빛 긴 바늘이 시간을, 작은 바늘이 분을 나타내고 있다. 기다란 시침과 짧은 분침은 산 아래쪽에서도 시계바늘을 정확히 볼 수 있도록 하기 위해 일부러 그렇게 만든 것이라고 한다. 시계에 대한 발상의 전환이 흥미롭다.

그라츠에서 자동차로 두 시간을 달린 후, 헝가리 국경검문소에 도착한 일행은 간단한 여권검사를 받고 헝가리 땅으로 들어갔다. 헝가리 영토인 센트고타르드 지역에 들어서면서 경치는 완전히 바뀌어 눈앞에 산은 보이지 않고 광활한 평원이 펼쳐졌다. 1990년 소련이 붕괴되고 동유럽의 공산정권이 도미노처럼 무너질 때, 헝가리와 오스트리아 국경 지대는 헝가리를 탈출하는 난민들로 넘쳤다. 그 와중에 국경 도로변에는 서방의 관광객과 방문자들을 기다리며 수많은 헝가리 여인들이 하루 몇 조각의 빵을 얻기 위해, 몇 푼의 달러를 벌기 위해 무작정 서성대고 있었다. 공산정권 하에서 한없이 피폐해진 삶을 그들은 정상적인 방법으로는 되찾을 수 없었던 것이다. 자존심 강하고 꿋꿋했던 마자르 여인들은 식구들을 위해 모든 체면을 벗어던지고 비정상적인 방법의 생계수단을 찾아 뛰어들었다. 국경 일대의 옥수수 밭은 낮과 밤을 가리지 않고 값싼 성매매 시장으로 변해버렸다. 오스트리아의 국경수비대는 물론 헝가리 국경수비대원들도 모르는 척 그녀들을 눈감아 주었다. 국경의 옥수수 밭은 헝가리 여인들의 슬픔과 눈물이 배어있는 곳이다. 그 옥수수 들판을 가로질러 우리는 헝가리 평원의 한가운데로 달렸다.

19세기에 유럽을 주름잡은 합스부르크 제국의 한 축이었던 헝가리는 오스트리아와 닮은 것이 많은 나라였다. 그러나 국경선을 넘자 오스트리아와는 너무 많은 것이 달라져 버렸다. 농촌의 주택과 마을의 모습이 완전히 바뀌어 버렸다. 헝가리의 농촌은 여전히 가난의 때를 벗지 못한 흔적이 뚜렷했다. 농촌주택은 대부분 누추하고 오래돼 보였고, 사람들의 차림새도 허름해 보였다. 낡은 아스팔트길에는 당나귀와 소가 끄는 마차들이 다니고 있었다.

저녁 일곱 시가 넘어 온천도시 헤비츠에 도착하여 카르보나 호텔에 여장을 풀었다. 우리는 유럽의 중심에 있는 아시아계 나라, 마자르족의 나라, 동서양의 두 얼굴을 가진 나라에 온 것이다. 아내도 낯선 나라에 온 것을 신기해한다. 친구 부부도 처음 방문한 나라에 대한 호기심으로 다소 상기된 표정이다.

■ 8월 19일(토) [부다페스트] / 흐림

헝가리어로 '뜨거운 물' 또는 '치유의 물'이란 뜻을 지닌 헤비츠에는 지구상에서 두 번째로 큰 온천호수가 있다. 그 온천호수에서 오전 내내 온천욕을 즐겼다. 달걀 썩는 냄새와 비슷한 유황냄새를 짙게 풍기는 섭씨 33도의 미지근한 물속에서는 작은 물고기들이 헤엄치고, 수면에는 빨간색, 분홍색 수련들이 피어 있었다. 관리사무소에서 약간의 사용료를 내고 빌린 검정색 고무튜브를 타고 물 위를 헤엄치고 다니는데, 예상외로 평균 수심이 3m나 되었다. 물속으로 집어넣은 손이 보이지 않을 정도로 물빛은 탁하고, 이따금씩 발밑에 물풀이 닿기도 했지만, 주변의 수려한 경치에 둘러싸인 천연호수에 몸을 담그고 둥둥 떠다니는 기분은 유쾌하고 이색적이었다.

4.7ha 면적의 널찍한 호수에는 알칼리성 온천수가 솟고 있는데, 관절염과 류머티즘에 효과가 있다는 소문이 퍼진 탓인지 많은 내외국인들이

몰려와 있었고 뚱뚱한 사람들이 유난히 많았다. 온천을 즐기는 사람들 대부분이 백인이고 아시아인은 우리 일행과 몇몇 일본인들뿐이었다. 헝가리 관광청의 홍보에 의하면, 헤비츠 온천호수는 여름철의 수온은 33도 안팎이고 겨울철에도 26도 밑으로 떨어지지 않으며 지하에서 솟는 물의 양이 워낙 많아 호수 전체의 물이 매 30시간마다 바뀐다고 한다. 헝가리 전역에 450여 개의 온천이 산재해 있고 부다페스트에만 100개의 온천이 있다고 하니 과연 온천의 천국이라고 할 만하다.

온천욕을 마친 후 헤비츠에서 떨어진 어느 마을에 있는 민박 겸 식당 아니타 레스토랑에서 점심을 먹었다. 헝가리 전통음식 구야쉬 스프는 쇠고기, 감자, 파프리카, 각종 채소를 섞어 만든 것으로 우리나라의 육개장과 비슷한 맛을 냈다. 큼지막한 나무접시에 담아내온 해물 파라데는 생선, 채소, 감자로 만든 해물요리였다. 헝가리 음식은 담백하고 고추와 마늘을 많이 넣은 탓인지 매콤한 맛이 동양적인 풍미와 향수를 풍겼다. 음식의 양도 푸짐하고 모양과 빛깔도 좋아 눈으로 감상하기에 여간 즐겁지 않았다. 물 대신 마신 헝가리 생맥주는 깊은 맛과 청량감이 일품이었으나, 그 상표를 확인하지 못한 것이 아쉬웠다. 헝가리에 와서 처음 먹는 다섯 사람분의 점심값은 봉사료를 합쳐 9,120포린트였다. 1포린트가 5원 꼴이므로 우리나라 돈으로는 45,600원이 될 것이다. 그동안 유럽 여러 나라의 음식값에 비하면 2분의 1 정도 싼 편이다.

헤비츠에서 부다페스트로 오는 도중 휴양촌 시오포크 마을의 발라톤 호수를 구경했다. 헝가리의 바다로 불리는 유럽 최대의 호수 발라톤은 면적이 600㎢인데, 직사각형 모양의 호수 주변에는 수많은 별장, 박물관, 성당, 수도원, 호텔, 캠핑장, 수공예점, 와인 생산공장, 리조트타운이 들어서 있다고 한다. 호수에는 흐린 날씨에도 불구하고 수영하는 사람들이 많았다. 호숫가에서 200m를 걸어 들어가도 물이 허리 부근에서 맴돌

도나우 강을 굽어보는
유서깊은 '어부의 요새' 는
부다페스트의 또다른 상징이다.

만큼 수심이 낮았다. 놀러온 사람들이나 호숫가 야영장에서 캠핑하는 사람들은 대부분 가족단위였다. 주변의 풍부한 관광자원 덕분에 오래 전부터 수많은 문필가, 음악가, 화가, 부호들의 휴양지가 되어 온 발라톤 호수지역은 곧 유럽에서 가장 인기 있는 관광휴양지가 될 것 같다.

부다페스트행 고속도로변의 에소 주유소에서 기름을 넣었다. 중질휘발유 1리터에 300.59포린트(1,503원), 디젤 1리터에 288.90포린트(1,444원)에 판매하고 있는데, 헝가리의 경제지표를 감안한다면 휘발유 값이 터무니없이 비싼 것만은 아닌 것 같았다. 고속도로에는 일본제 오토바이를 몰고 질주하는 젊은이들이 많았다. 앞으로 점점 더 자본주의 시장의 발전에 따라 자동차가 늘어나게 되고, 그렇게 되면 휘발유 값도 브람스의 헝가리 무곡처럼 춤출 날이 올지 모른다.

오후 5시에 부다페스트에 도착하여 노보텔 호텔에 짐을 풀었다. 그리고 곧장 차를 타고 도나우 강을 건너 시가지를 한 바퀴 돌아봤다. 부다페스트에 하나밖에 없다는 한식당에서 저녁을 먹은 후 우리는 부다 성에 있는 어부의 요새로 올라갔다. 성 안에 있는 카페에서 차를 마시며 도나우 강과 부다페스트의 야경을 바라봤다. 불빛어린 도나우 강 위로 유람선이 지나가고 강 건너 페스트 지역에는 조명을 받아 빛나는 국회의사당의 모습이 부다페스트의 밤을 밝히고 있었다. 정치하는 건물의 모습이 어울리지 않을 정도로 아름답다.

헤아릴 수 없는 사연과 전설, 천재들의 시와 음악을 탄생시킨 도나우 강이 오늘도 역사의 물줄기가 되어 흑해를 향해 조용히 동쪽으로 흘러가고 있다. 밤하늘에 빛나는 도나우의 진주, 동유럽의 장미여, 흐르듯 속삭이듯 천년의 소리를 간직하고 춤추듯 노래하듯 영원 속으로 굽이치는 아프로디테의 황금빛 물결이여, 그 물결 위에서 백조의 무리가 사랑의 춤을 추고 비둘기 떼가 평화의 날개를 활짝 펴라!

■ 8월 20일(일) [부다페스트] / 쾌청

오늘은 헝가리의 건국 기념일이다. 서기 1000년 이슈트반 1세는 마자르족의 나라 헝가리 왕국을 세우고 초대 국왕이 되었다. 마자르족은 원래 우랄 산맥 동쪽 땅에서 살던 아시아계 훈족계열의 기마민족인데, 오랫동안 유목생활을 하며 옮겨 다니다가 896년 추장 아르파드의 영도 아래 비로소 현재의 땅에 정착했다. 아르파드의 손자 이슈트반은 마자르족의 유랑 시대에 종지부를 찍으며 왕이 된 후 기독교에 귀의했고, 헝가리는 공식적으로 세계사 속에 등장했다.

헝가리의 언어는 주변 슬라브 국가들과 전혀 다른 아시아계통의 언어이며, 마자르인의 조상은 발틱-우랄 지역의 핀족-유그리아계에 속한다. 터키, 핀란드, 스페인 바스크 지방의 아시아계 종족이 사용하는 말과 어순, 문법, 어미변화 등에서 비슷한 점이 많고, 한국어와도 여러 면에서 비슷한 점이 발견된다는 일부 언어학자의 주장은 더욱 흥미를 불러일으킨다. 실제로 헝가리에서는 이름을 쓸 때, 서양과는 반대로-당연히 우리나라와는 똑같이-성이 앞에 오고 이름이 뒤에 온다. 2002년 소설 『운명』으로 노벨문학상을 받은 임레 케르테스(Imre Kertesz)는 임레가 성이고 케르테스가 이름이다.

아득한 옛날부터 중앙아시아 유목민족이 새로운 삶의 터전을 찾아 유럽, 소아시아, 북아메리카, 남아메리카로 이동하여 아시아민족의 범세계적인 그물망을 이루어왔다는 사실을 백인들은 기억하고 있을까. 동양인의 입장에서 보면 백인들이 이런 사실을 상기하지 않도록 내버려두는 편이 나을지도 모른다. 21세기 신아시아 문명의 기반이 될 수도 있을 아시아계 민족의 지구촌 네트워크 속에 헝가리, 터키, 핀란드 같은 나라를 편입시키는 물밑 작업을 한국이 주도할 수는 없을까. 그런 생각은 과대망상에 불과한 것일까. 아마도 아닐 것이다. 한국의 기업들이 그 일을 해낼 수 있을 것이다. 유럽뿐만 아니라 전 세계에서 이미 자연스럽게 목격되고 있는 한국산 자동차, 디지털 TV와 휴대폰, 냉장고와 에어컨, 바다 위의 유조선들과 그 위에 실려 바다를 건너는 컨테이너들, 어느 곳을 가도 눈에 띠는 한국과 일본기업의 대형 광고판들은 지구촌에 아시아계의 그물망을 만드는 일이 이미 현실화되고 있음을 보여주는 징표들이다. 한국의 공장이 하나, 둘씩 들어서고 있는 헝가리도 그런 글로벌 네트워크의 하나가 될 것이다. 상품 속에 아시아민족의 역사와 문화의 색채를 은밀히 가미한다면, 헝가리, 터키, 핀란드, 중앙아시아의 튀르크계 국가들이 언젠가는 상품 속에 감춰진 문화의 유사성에 눈뜨게 되고, 민족의 기원에 대한 향수는 그들을 하나의 네트워크로 묶게 될 날이 올지도 모른다. 그러므로 한국 기업이 눈을 크게 뜨고 미래 아시아계 민족의 문화 · 경제 네트워크 형성에 착수하는 일은 지금도 늦지 않을 것이다.

오전에 도나우 강에서는 곡예비행 쇼가 벌어졌다. 곡예비행기들은 공중에서 급강하하며 고도를 낮추다가 세체니 다리 밑을 통과하여 강 위에 설치된 두 개의 기다란 풍선 사이를 지나가는 묘기를 연출했다. 하늘에서는 오색 패러글라이더의 고공낙하 행진이 펼쳐지고 있었다. 공중곡예가 계속되는 동안 요한 스트라우스의 왈츠 '아름답고 푸른 도나우' 가 계속 울려 퍼졌다. 건국 기념 축제를 구경하려고 도나우 강변에 모여든 인파는 눈대중만으로도 수십만 명에 달할 것 같았다.

궁전처럼 화려한 모습으로 도나우 강변에 솟아 있는 네오 고딕 양식의 의사당 앞 광장에서는 군악대의 연주와 의장대의 시범이 진행되고 있었다. 독특하게 생긴 황색 군복을 입고 러시아 군대식 제식행진을 하는 헝가리 군인들의 동작은 절도 있고 특이했다. 의장대가 광장을 돌며 군중들에게 경의를 표하자, 군중 속에서 얼굴 하나는 더 위로 솟아 있던 내 친구가 거수경례를 하며 의장대에게 답례를 하는 모습이 보였다. 헝가리 군 의장대가 이방인 구경꾼에게 경례를 하고, 이방인이 의장대로부터 사열을 받는다는 것은 얼마나 재미있는 일인가!

거리에는 엄청난 인파가 몰려다녔다. 부다 성에 올라가니 옛 오스트리아 황비 시시(Sisi)라는 이름의 레스토랑이 눈에 띠었다. 그곳에서 2만 포린트짜리의 제법 비싼 점심을 먹으면서 민속공연에 참가한 시민들의 행진을 구경했다. 시민들은 마자르족의 빨간색 전통복장 위로 농기구를 메고 북과 피리 같은 악기를 연주하며 지나갔다. 공연단 가운데 머리가 하얀 할머니 한 분이 나를 쳐다보고 미소를 지었다. 곁에서 손을 흔들던 친구에게 행진하던 대열 속의 한 사나이가 포도주를 병째로 건네주었다. 친구가 그것을 입에 대고 마시는 포즈를 취하자 주위사람들이 일제히 함성을 지르며 박수를 쳤다. 지금은 미술관으로 변한 옛 헝가리의 왕궁(부다궁) 앞에서는 민속장터가 열리고 있었다. 마자르의 민속공예품을 파는 토산품 가게와 전통음식을 만들어 파는 노천식당은 사람들로 북새통을 이루었다. 친구와 나는 어느 노점에서 구운 소시지를 안주로 생맥주를 마시며 갈증을 달랬다. 하루 종일 쾌청한 날씨가 헝가리의 건국 기념일을 축복해주고 있었다.

저녁 시간이 깊어졌을 때 갑자기 호텔 창밖으로부터 굉음이 들려왔다. 부다페스트의 밤하늘에 폭죽이 터지며 불꽃놀이의 섬광이 밤하늘을 밝히기 시작했다. 건국 기념일 축제가 절정을 향해 치닫는 모양이다.

■ 8월 21일 [부다페스트] / 흐리다 갬

에게르는 부다페스트 동북쪽으로 120km 떨어진 한적하고 아담한 시골 도시다. 에게르 시가 내려다보이는 언덕에는 12세기에 지은 고성이 있다. 이 성은 마자르인의 투쟁과 애국의 혼이 어린 영웅들의 성이다.

15세기 오스만 제국의 술탄 슐레이만 군대가 헝가리 영토를 휩쓸었다. 이때 이 작은 성 안에 사는 사람들은 수비대장 이스트반 도보의 지휘 아래 투르크 군에 맞서 육탄전을 벌인 끝에 성을 지켜냈다. 요새의 수비병, 관리, 대장장이, 부녀자들이 창, 칼, 돌팔매로 맞서고 기름을 쏟아 부으며 저항하다 장렬한 죽음을 맞았다. 그들은 오늘날 헝가리의 영웅이 되었고, 그 영웅들의 석상이 이스트반 도보 박물관의 영웅기념관에 서 있다. 이스트반 도보 성은 헝가리의 행주산성과도 같은 곳이다. 에게르 성 지하실에는 중세 헝가리 농촌사람들의 생활모습을 담은 농기구, 주방기구, 대장간, 점령군 튀르크의 보병과 기병, 오스만 황제의 밀랍인형이 전시되어 있었다. 점심 때 마을의 어느 식당에서 헝가리 전통음식인 돼지족발, 감자를 곁들인 생선요리, 채소와 고기볶음요리를 먹었다. 고춧가루 소스인 파프리카가 입맛을 돋우었다.

이 마을에는 국제적으로 이름난 명물 한 가지가 있는데, 그것은 '황소의 피' 라고 부르는 붉은 포도주다. 헝가리어로 비카베르(Bikaver)라고 불리는 황소의 피는 토카이 지방에서 생산되는 백포도주와 함께 와인 애호가들의 입맛을 당기게 하는 헝가리의 대표적인 포도주다. 점심 식사와 곁들여 황소의 피를 마셨는데, 맛과 향기가 보르도산 포도주나 스페인산 포도주와 구별할 수 없을 만큼 훌륭했다.

에게르의 중심부에는 1, 2차 대전의 전화에 시달렸음에도 불구하고 잘 보존된 대성당과 기념조각들, 중세풍의 건물들이 있고 관광객을 상대로 하는 기념품 가게도 많았다. 시골거리의 가게에서 파는 물건들은 토산품, 농산물, 의류가 대부분인데, 디자인이 다소 촌스러운 의류는 우리나라의 80년대 유행을 생각나게 하는 소박한 것들이었다. 타래로 엮은 말린 고추와 마늘이 농산물 판매점에 주렁주렁 매달려 있었다. 에게르를 떠나오기 전 상점가에 있는 와인가게에 들려 이 지방의 특산 포도주를 샀다. 적포도주 황소의 피 한 병 값은 2,000포린트(10,000원), 토카이산 백 포도주 한 병은 800포린트였다.

부다페스트로 돌아오는 고속도로 주변에 산이라곤 보이지 않았다. 대 평원과 지평선, 초원에 우거진 낮은 숲, 숲 사이의 늪, 넓게 펼쳐진 옥수 수와 채소밭이 끊임없이 뒤로 지나갔다. 버드나무숲과 포플러 행렬 위로 새털구름이 흐르는 하늘에서 저녁 해가 빛나고 있었다. 호텔로 돌아온 나는 하루의 여행을 정리했고, 택시를 타고 페스트 거리에 있는 세 체니 온천으로 갔던 친구와 아내들은 밤이 이슥해서 돌아와 온천 의 규모와 호화로움, 기상천외한 시설과 맑은 물에 대해 저마다 감 탄과 칭찬의 말을 아끼지 않았다. 대체 어떤 온천이기에 이처럼 감 탄하고 즐거워하는 것일까. 헤비츠 호수온천보다 더 신나고 멋있 는 곳에 다녀왔다는 일행의 얼굴에는 윤기가 흐르고 건강한 혈색 이 감돌았다.

■ 8월 22일(화) [빈] / 갬

부다페스트를 떠나기에 앞서 오전에 자동차로 도나우 강변과 세체니 다리를 지나 부다페스트의 중심가인 안드라시 거리를 따라 영웅광장 뒤 쪽에 있는 세체니 온천장으로 갔다. 원형경기장처럼 생긴 노란색 건물 안으로 들어가니 온탕, 냉탕, 소용돌이 탕으로 구분된 파란색의 대형 욕 탕에는 이른 시간이지만 벌써 많은 사람들이 몰려와 온천욕을 즐기고 있 었다. 아내들은 한 번 더 온천에 들어가고 싶은 유혹을 견디기 어려운 모양이지만, 다른 목적지가 또 기다리고 있으니 어쩔 수가 없다.

오후 1시 10분, 켈레티푸 역을 출발한 열차는 서쪽으로 달려 타타반야, 기요르, 헤계샬론 역을 거쳐 오후 4시 10분 오스트리아의 빈 서부역에 도착했다. 열차가 오스트리아 경내에 진입하자마자 수십, 수백 개의 풍력발전기들이 나타나는가하면, 차창 밖으로 보이던 낡은 농가의 모습은 사라지고 빨간 지붕을 한 아담하고 깨끗한 주택들이 나타났었는데, 국경선 하나 사이로 바뀌는 세상의 장막 뒤에서 이념과 체제라는 보이지 않는 손이 그토록 극명한 차이를 만들었던 것일까.

오늘 따라 된장찌개 생각이 간절하다는 아내들은 친구를 따라 빈 시내의 한식당으로 갔다. 부다페스트 역 근처 패스트푸드점에서 샀던 치킨으로 열차 칸에서 요기했으니 느끼한 기름기로 고생했던 위장이 된장찌개를 찾을 법도 하다. 나는 닭고기를 과식한 탓에 한 끼를 거르는 것이 좋을 것 같아 호텔에 남아 쉬는 대신 시간을 아껴 일기를 써 두었다.

■ 8월 23일(수) [빈] / 맑음

빈의 한적한 교외, 칼렌베르크 언덕의 포도밭에 둘러싸인 하일리겐슈타트 마을에는 베토벤이 살던 생가(베토벤하우스) 두 곳이 있다. 나는 이 마을에 있는 '영웅의 길'과 '베토벤 오솔길'을 오래 전부터 보고 싶었다. 특히 베토벤 오솔길은 전원교향곡을 탄생시킨 곳으로 알려졌기 때문이다. 마을의 주택가 위쪽으로 걸어 올라가다가 영웅의 길 팻말과 베토벤 오솔길의 팻말을 만났다. 그리고 조금 더 위로 올라갔을 때 베토벤 오솔길이 나타났다. 베토벤 오솔길 옆으로는 작은 실개천이 흐르고 주위에는 숲이 우거져 있었다. 평화로운 기운이 감도는 오솔길 주위에서는 물소리와 새들의 울음소리가 들렸다. 나는 베토벤 오솔길을 걸으며 아내에게 조용히 자연의 소리를 들어보라고 말했다. 시냇가의 물소리와 새소리, 바람소리가 모두 베토벤의 소리일 것이니, 들리는 소리 그대로 마음의 문을 열고 귀를 기울여보라고 말했다. 전원교향곡의 멜로디와 리듬을 마음속으로 떠올리며, 베토벤은 과연 어떤 사람이었을까를 생각했다. 그리고 그가 태어나 살던 시대(1770~1827년)의 역사를 회상했다. 혁명과 전쟁의 시대, 그 속에서 음악과 로맨스가 피어나던 시대를…. 오솔길의 끝자락에 베토벤의 동상이 서 있었다. 나는 베토벤에게 "음악 속에서 늘 뵙고 있죠. 고맙습니다."라고 마음속으로 말했다. 오솔길을 돌아서 오는 길에 전원교향곡의 마지막 5악장을 기억해냈다.

한차례 폭풍우가 지나간 뒤, 맑게 갠 하늘 아래 멀리 양치기 목동들의 피리소리가 들려오는 하일리겐슈타트의 고요한 전원, 그 전원에 감도는 목가적 분위기와 폭풍우 뒤의 평화로움에 대한 충일한 기쁨, 베토벤은 그 기쁨과 행복을 찬미하고 자연과 인간이 하나가 되는 위대한 환영을 장중하고도 서정적인 멜로디에 담았다. 평화와 안식, 자연의 속삭임이 들려주는 전원교향곡의 멜로디는 베토벤을 사랑하는 사람들의 가슴속에 한없는 낭만과 행복을 심어준다.

흔히 '운명교향곡'으로 불리는 그의 '5번 교향곡'도 이 하일리겐슈타트의 숲 속에서 탄생되었을지 모른다. 새들의 노래소리가 운명의 문을 두드리는 웅장한 소리의 암시였는지도 모를 일이다. 나폴레옹은 대포소리로 인류를 놀라게 했고, 베토벤은 새소리로 인류를 놀라게 했다는 세간의 이야기도 있다. 나는 베토벤 오솔길을 바라보며 다시 올 것을 기약하기 어려운 이곳에서 그의 음악과 영혼을 기리기 위해 카메라의 셔터를 눌렀다.

우리는 도나우 강으로 향했다. 넓고 길게 뻗은 도나우 강을 가로지르는 라이스뷔르케 다리를 자동차로 건너면서, 오디오에서 흘러나오는 요한 스트라우스 2세의 왈츠 '아름답고 푸른 도나우'를 들었다. 다리 중간쯤에서 잠깐 차를 세워 도나우 강을 바라봤다. 햇빛에 반사된 도나우 강물 위로 요한 스트라우스의 왈츠가 미풍에 실려 갔다.

라이스뷔르케 다리를 건너 도나우 강변에 있는 카이저 뮐러 레스토랑에서 점심을 먹었다. 주문한 메뉴는 돼지 통갈비 구이인데, 한 사람 몫의 통갈비 길이가 30㎝가 넘을 정도로 양이 많았다. 통갈비의 크기에만 놀란 것이 아니라 그 맛에도 놀랐다. 양념이 충분히 밴 고기에 허브소스를 발라 구운 통갈비는 부드럽고 연해서 먹기에 좋았고, 돼지고기 특유의 냄새도 없었다. 유럽에서 지금까지 먹어본 음식 가운데 빈의 돼지 통갈비 구이는 아마 가장 맛있는 음식으로 기억에 남을 것이다. 도나우 강을 바라보며 특별한 음식을 먹는 즐거움을 느끼면서도 고향에 있는 식구들에게 미안한 생각이 들었다. 1인분의 통갈비 구이 값은 10유로, 야채 샐러드, 생맥주 네 잔, 팁을 포함한 5인분의 점심값은 모두 85유로였다. 음식의 맛과 질, 서비스와 분위기를 감안한다면 그래도 싼 편이라는 생각이 든다.

빈 시립중앙묘지는 공원 또는 묘원이라고 불러야 옳을 것이다. 이곳에는 오스트리아 역사에 남을 유명 인사들의 유해가 묻혀 있다. 우리는 이곳에 묻힌 베토벤, 슈베르트, 요한 스트라우스 2세, 브람스의 묘소를 찾았다. 그들의 무덤은 모두 반경 50m 안의 가까운 곳에 모여 있었다. 모차르트의 묘는 가묘라고 하며 아내 콘스탄츠의 조각상 옆에 있었는데, 그가 죽은 뒤에 실제로 어디에 묻혔는지는 알 수 없다고 한다.

슈베르트, 슈베르트로부터 형님 소리를 듣던 베토벤, 베토벤이 한때 스승으로 삼았던 모차르트, 이 세 명의 음악 영웅들은 죽은 후에도 같은 곳에 묻혀 음악의 목소리로 영혼의 대화를 계속하고 있다. 그들의 음악을 나는 교향악단의 연주를 통해서, 음반을 통해서 사십 년 동안 들어왔고, 그들의 음악을 통해 유럽의 역사를 더 깊이 이해하게 되었다. 그들은 나에게도 인생과 역사의 스승이다. 거대한 나무들로 이루어진 울창한 숲과 잔디밭, 가지각색 꽃으로 단장한 화원은 음악가들의 묘를 아름다운 영혼의 안식처로 만들어 놓았다. 그곳은 영원한 평화와 안식이 깃든 조용한 콘서트 홀이었다.

늦은 오후 합스부르크 제국 때 지어져 왕가의 상징이자 오스트리아의 자부심으로 불리는 쉔부른 왕궁을 구경했다. 노란색의 우아하고 거대한 바로크 건물, 왕궁 뒤편의 드넓은 정원, 단정하게 정리된 정원수들과 화원, 화려한 조각으로 장식된 분수, 광장 언덕 위의 글로리아테, 궁전 내부의 화려한 장식과 유물들, 이 모든 것들은 합스부르크 제국의 황금 시대를 대변하는 상징들이다. 그 가운데 나는 마리아 테레지아 황비의 침실에 관심이 쏠렸다. 쉔부른 왕궁에서 그녀는 남편 프란츠 슈테판 황제와 40년을 살았다. 정치적으로 무능했던 남편을 대신하여 황비는 제국의 정무를 보살피랴, 외교 사절을 접견하랴, 자녀교육을 살피랴 눈코 뜰 새가 없었다. 그녀는 현모양처였으며 오스트리아의 측천무후이자 캐더린 대제였다. 또한 열여섯 명의 자녀가 있었으니 장막이 쳐있는 웅장하고 화려한 황비의 침실은 제국의 번영을 이어갈 후사를 생산 했던 다산의 요람이었을 것이다. 오스트리아 사람들은 지금도 마리아 테레지아를 사랑하고 있다. 그녀는 여전히 쉔부른 궁전에서 오스트리아의 정신적, 정치적 우상으로 남아 있다.

저녁 식사 후 나는 친구와 함께 빈 시 청사 앞에서 열리는 '빈 필름페스티벌'을 구경하러 갔다. 조명등에 반사되어 황홀한 빛을 발산하는 바로크풍의 시 청사 건물 앞에는 수백 명의 관중이 의자에 앉아 카리브음악 연주회를 대형 스크린을 통해 관람하고 있었다. 관객들은 맥주나 커

피를 마시면서 스크린을 바라보며 박수를 치고 노래를 따라 부르기도 하면서 연주를 즐기고 있었다. 교향악단도, 오페라도 모두 휴식에 들어간 한여름 철인데도 음악의 메아리는 밤낮을 가리지 않고 이곳 빈 시가지에서 흐르고 있다. 스크린 연주가 끝난 뒤 우리는 광장 뒤의 노천카페에서 맥주를 마시며 흥청거리는 분위기에 가세했다. 앉을 자리가 없어 선 채로 맥주를 마시며 옆사람들과 잔을 부딪쳤다. 음악의 도시에서 벌어지는 한밤중의 페스티벌은 광란이나 흥분없이 매일 저녁 일상적으로 열리는 빈 시민들의 마당축제다. 서울시청 앞에 새로 만들어놓은 잔디광장에서 가끔 시민을 위한 연주회를 열어 즐거움을 선물한다면 시민들은 세금 내는 일을 덜 아까와 할 것이다. 현악 4중주도 좋고 사물놀이도 좋을 것이며, 한여름 밤 시립교향악단의 특별연주라면 더 좋을 것이다. 내 친구가 소리쳤다. "정말 멋있다. 얼마나 로맨틱한 도시냐!" 나도 친구에게 맞장구를 쳤다. "정말 그렇구나!"

■ 8월 24일(목) [빈] / 쾌청

빈 국립음악대학의 공식 명칭은 조금 이상하게 들릴는지 모르지만 '음악과 표현예술을 위한 빈 대학'(Universität Für Musik Und Darstellende Kunst Wien)이다. 우리의 여행 가이드 볼프강은 이 학교에서 팀파니를 전공하고 있었고, 7년째 공부 중인 음악도였다. 볼프강의 안내를 받아 빈 음대의 고전 타악기실을 방문했다. 그는 주 전공인 팀파니 외에도 마림바, 실로폰, 비브라폰도 공부한다고 했다. 그는 자신의 연습실에 있는 리하르트 호흐라이너 팀파니가 세계에서 빈 필하모닉 교향악단과 자신의 연습실에만 있는 명품이라고 자랑스럽게 말했다. 그의 팀파니는 네 개가 하나의 세트를 이룬 솥단지처럼 생긴 북인데, 북의 직경이 각각 58cm, 66cm, 74cm, 81cm라고 했다. 그가 시연해 보인 팀파니는 우렁차고 압도적인 소리를 냈다. 팀파니는 솥북이란 뜻의 케틀드럼(kettle-drum)으로 불리는데, 이것은 15세기에 오스만 투르크 기병들이 말 잔등에서 두드리며 독전용으로 사용했던 것을 1670년경부터 유럽으로 들여와 오케스트라에 사용했다고 한다. 볼프강의 말에 따르면 말러는 그의 교향곡을 연주할 때에 두 명의 연주자가 네 개 또는 여섯 개의 팀파니를 사용했다고 한다. 교향곡의 웅장한 소리를 만들어내는 타악기가 바로 이것이었음을 빈에 와서 확실히 알게 되었다. 그의 연습실에는 그랜드 피아노도 있는데, 나는 피아노에 앉아 오스트리아 국가와 경음악 '진주조개', 가수 김종환이 부른 '사랑을 위하여'를 연주했고, 볼프강은 팀파니와 마림바를 치며 신통치 않은 내 피아노 연주에 보조를 맞춰 주었다. 나는 빈 음악대학에서 즉흥 연주회를 가진 최초의 한국인 여행객이 되었다. 세계 최고의 음악대학 현관 벽에는 이 학교가 배출해 낸 세계적인 음악가와 지휘자들의 이름이 새겨져 있었다. 주빈 메타, 클라우디오 아바도, 빌헬름 바크하우스, 칼 포퍼 경, 예후디 메뉴힌, 브루너 발터, 파블로 카잘스… 현대 음악사에 빛나는 기라성들의 이름이 거기에 있었다.

음악대학 견학을 마친 우리는 블린덴가쎈 바이슬 식당에서 송아지 슈니츨과 생선 스테이크로 맛있는 점심을 먹었다. 멋진 콧수염을 붙인 인심 좋은 사장님은 우리에게 40도짜리 사과주를 두 잔씩이나 공짜로 주었다. 다섯 사람의 점심값은 60유로였으니 값싸고 실속 있는 식사였다.

오후에는 교외의 유명한 빈(Wien) 숲으로 갔다. 왈츠 '빈 숲 속의 이야기'를 생각나게 만드는 숲은 산책하기에 더없이 좋은 장소였다. 울창하고 드넓은 숲 속에 융단 같은 잔디가 깔려있고, 숲 속 언덕 위에는 천년이 넘은 빛바랜 고성 한 채가 서 있었다. 이곳 빈 숲 사이로 난 조용한 산책로들은 낭만주의 시대의 음악가와 시인들에게 명상과 음유의 오솔길이었을 것이다. 그런데 2차 세계대전 당시 히틀러는 이 아름다운 숲 속 지하 동굴에 나치공군의 비밀 전투기 제작공장을 만들어 전투기를 몰래 전선으로 발진시켰다. 연합군은 숲 속에 숨겨진 지하 병기공장을 좀처럼 찾아내지 못해 애를 먹었다고 한다. 지하 동굴에는 공장 박물관이 있었지만 우리는 박물관 구경 대신 숲 속을 산책했다.

빈 숲으로부터 돌아오는 길옆에는 슈베르트가 가요 보리수를 작곡했던 집이 있는데, 이 소박한 집은 린덴바움이라는 이름의 카페로 바뀌어 있었다. 슈베르트가 노래한 '창문 앞 우물가에 서 있는 보리수…'의 그 우물은 펌프가 잠겨진 지 오래였다. 카페 입구에는 실물크기의 슈베르트 밀랍인형이 앉아 있었다. 나는 미소짓는 인형 옆에 앉아 슈베르트와 함께 사진을 찍었다.

빈 시내로 돌아온 우리는 합스부르크 제국 시절의 구왕궁과 신왕궁을 돌아본 후, 빈의 번화가인 캐르트너 거리를 구경했다. 거리에는 퇴근하는 사람들, 쇼핑하는 사람들, 아이스크림과 햄버거를 먹으며 몰려다니는 젊은 남녀들, 이곳저곳을 옮겨 다니며 가이드의 설명을 듣는 외국 단체 관광객들로 붐비고 있었다. 그 인파 한가운데는 네 명의 낯선 동양인들이 있었다. 그들은 멀리 몽고에서 온 4인조 거리악사들인데, 그들이 연주하는 악기는 생전 처음 들어보는 묘한 소리를 냈다. 비올라를 닮은 현악기와 퉁소를 닮은 목관악기가 만들어내는 구성지고 신비한 화음은 거리의 소음 속에서도 산울림처럼 울려 오가는 사람들의 발걸음을 묶어놓고 있었다. 행인들은 거리악사들을 빙 둘러싸고 몽고민요의 낯선 선율과 그들의 독특한 몸놀림을 신기한 표정으로 지켜보고 있었다. 4인조 앞에 놓인 그릇 안에는 동전과 지폐가 가득 담겨졌다.

캐르트너 거리 한가운데 있는 성 슈테판 성당은 1147년에 지은 건물인

〈환경도시 빈〉

도나우 강처럼 음악이 흐르는 도시 빈은 환경보호를 위한 노력의 흔적이 여기저기서 엿보인다. 세계적 관광 도시답게 공원이 많고 공원마다 잘 가꾸어진 숲이 무성하다. 도시 변두리에도 울창하고 아름다운 숲이 가득하다. '빈 숲 속의 이야기'라는 왈츠곡이 작곡된 것도 우연이 아닌 것 같다. 뿐만 아니라 첨단시설을 갖춘 하수처리시설이 365일 가동되어 생활하수가 도나우 강을 더럽히는 일이 없다고 한다.

도나우 강변에서 가까운 도심지 한복판에는 세계에서 가장 아름다운 쓰레기소각장이 있다. 페른배르메 슈피텔라우라는 이름의 소각장은 어린이 극장이나 미술관처럼 생겼는데 건물 벽에는 예쁜 그림들이 그려져 있다. 동화적인 건물 위로는 독특한 조형미를 뽐내는 원통형의 상징탑이 솟아 있다. 그러나 이 상징탑은 단순한 조형미로서의 탑이 아니라 사실은 정화된 연기를 밖으로 내보내는 굴뚝이다. 세상 어느 누구라도 이 건물이 쓰레기소각장임을 알아맞힐 사람은 드물 것이다. 쓰레기를 태우고 나서도 예술의 굴뚝 밖으로 다이옥신을 전혀 방출하지 않을 만큼 소각처리기술이 완벽하다고 하니 빈 시민이 이 소각장을 자랑하는 것은 당연한 일이다. 그것은 하나의 환경예술품이며 빈을 대표하는 또 하나의 상징물이다.

소각장에서 그리 멀지 않은 곳에는 환경친화를 웅변하는 건축물의 걸작이 있다. '백수(百水)의 집(Hundertwasser-Krawinhaus)'이라는 이름으로 세계에 알려지기 시작한 이 기념비적인 건물은 직선을 거부하여 자유로운 선으로 설계되고 지어진 자연주의적인 건물이다. 곡선들이 자유자재로 집의 모양을 이루어 건물의 외양은 찌그러져 보이고 색깔도 다채롭

빈의 쓰레기 소각장,
페른배르메 슈피텔라우라

다. 멀리서 보면 한 채의 건물이 아기자기한 여러 채의 집처럼 보이도록 채색되었다. 보는 사람들로 하여금 나도 저런 집에서 한번 살아봤으면 하는 생각이 저절로 들도록 자유분방하게 지어진 백수의 집은 건축도 자연의 일부라는 점을 강조하는 친환경적 건물이다. 가까운 장래에 우리나라에도 이런 건물이 등장하게 될 것 같은 생각이 든다.

울창한 숲이 우거지고 맑은 강물이 흐르며 신선한 대기가 감도는 도시, 도심 안팎에서 연중 음악이 흐르고 음악의 거리에서 맥주잔을 부딪치는 소리가 그치지 않는 도시, 산책과 음유를 위한 공원과 멋진 문화재가 사람의 발길을 이끄는 도시, 그런 도시에서 산다는 것은 얼마나 행복한 일인가. 자연, 환경, 문화는 하나로 조화될 때 가장 아름답다.

데, 검게 변색된 로마네스크와 고딕 양식의 혼합건축물은 이미 오래전에 성직자들의 품에서 시민의 품으로 돌아와 있었다. 평일인데도 불구하고 성당은 구경꾼들로 붐볐다. 해마다 여기에서 열리는 크리스마스 축제와 신년축하행사에는 빈 시민이 모여 노래를 부르고 와인잔을 부딪치는 아름다운 광경이 연출된다고 한다. 그래서 슈테판 성당은 빈 시 청사와 함께 축제의 광장인 동시에 빈의 심장이 되고 있다.

호텔로 돌아오는 길에 빈 시청에서 열리는 필름페스티벌을 또 한 차례 구경했다. 오늘은 모차르트의 오페라 돈 죠반니와 뮤지컬 공연이 있었다. 고전음악과는 담을 쌓고 사는 내 친구가 재미없어 할 줄 알았는데, 그는 오페라 가수의 노래에 귀를 세우고 관객들로 가득한 광장의 분위기를 즐기는 듯 연신 싱글거리며 손뼉을 쳤다. 역시 여행과 음악은 어울릴 수밖에 없는 모양이다.

밤 12시가 다 돼서 호텔로 돌아왔는데, 오늘 하루가 어떻게 지나갔는지 모르겠다. 너무 바쁘게 돌아다닌 탓인지 몸이 나른하다. 내일은 체코의 수도 프라하로 가는 날이다.

살아 있는 중세

체코

CZECH

66 프라하를 가로지르는 블타바 강에는 카를 교를 비롯한 여러 개의 아름다운 다리가 놓여있다. 다리는 건축이라기보다는 조각예술이다. 카를 교에서 바라보는 블타바 강변의 풍경은 프라하를 사랑하지 않을 수 없게 만든다. 언덕 위에 솟은 프라하 성의 첨탑들은 중세의 고전미를 풍기며 장중한 실루엣을 연출한다. 카를 교에서 프라하 성과 블타바 강을 바라보는 이방인들은 결국 프라하의 연인이 되어버릴 수밖에 없다.

이 블타바 강이 시작되는 보헤미아 지방의 상류 쪽에는 정지된 시간의 아름다움을 간직한 또 하나의 중세도시 체스키크룸로프가 있다. 바라볼수록 기이하고 신비하며 걸어볼수록 아늑하고 다정다감한 이 도시는 잘 보존된 독특한 풍광으로 인해 유네스코 세계 문화 유산으로 지정되었다. 체코의 중심을 유유히 흐르는 블타바 강은 드보르작, 스메타나 같은 작곡가를 탄생시켰고, 카프카, 하셰크 같은 천재 작가들에게 무한한 영감을 불러일으켰다.

체코의 숲 속과 들판 한가운데로 나 있는 시골길 옆으로는 수십 리에 걸쳐 사과나무 가로수가 심어져 있다. 지나가는 나그네가 그늘에서 쉬어가도 좋고 열매를 따먹어도 그만인 사과나무는 여행객의 동반자이며 다정한 친구가 되어 준다. 보헤미아의 사과나무 길은 지상에 수놓은 아름다운 은하수 같다.

체코의 독특한 중세 유적과 자연은 특히 아시아의 방문자들에게 경이로운 세상에 대한 영감과 향수를 불러일으켜 줄 것이다. 드보르작의 '신세계교향곡'이 들려주는 꿈속의 고향처럼, 체코는 깊은 노스탤지어로 가슴속에 살아있게 될 것이다. **99**

■ 8월 25일(금) [프라하] / 갬

오전 11시 8분. 빈 남부 역에서 출발하는 열차를 탔다. 열차가 오스트리아 국경을 넘어 체코의 국경도시 브레슬라프를 지나자 넓은 초원과 구릉, 낮은 산들이 나타나고, 해바라기밭, 옥수수밭, 포도밭이 이어졌다. 보헤미아 지방을 지나면서부터 자작나무, 소나무, 전나무, 포플러가 뒤섞인 숲이 나타났다. 넓은 밀밭 사이에는 방풍림이 늘어서 있었다. 벌판과 늪지대를 가로지르던 열차는 그렇게 한참을 달리다가 4시간 17분 후인 오후 3시 25분에 프라하의 홀로소비체 역에 도착했다. 홀로소비체 역에서 기다리고 있던 여행 가이드가 운전하는 차를 타고 프라하 시내로 들어섰다. 중세 속에 현대가 담긴 이색적인 풍경이 도처에서 눈에 띠었다. 도로는 자동차로 가득 차 도심을 향할수록 체증이 심해지고 차들은 거북이 운행을 하고 있었다.

우리는 프라하 근교의 톱 호텔에 여장을 풀었다. 널찍한 스위트룸이었지만 실속 없어 보였고, 국영 호텔인 탓인지 리셉션과 식당 등의 직원들도 대부분 무뚝뚝했다. 룸서비스를 묻고 부탁을 해도 건성으로 듣거나 불친절했다. 아마도 사회주의 시절 몸에 밴 관료습성을 아직 버리지 못한 탓이리라. 그러나 어쨌든 연간 천만 명의 관광객이 몰려든다는 이곳 프라하, 오래 꿈꾸어 왔던 아름다운 중세도시에 온 것은 행복한 일이다.

■ 8월 26일(토) [체스키크룸로프] / 갬

오전에 구시가지에서 카를 다리를 건너 18세기 이전의 건물들이 가득한 말라스트라나(소지구)로 갔다. 그곳에는 프라하 시내가 한눈에 내려다

프라하 성.
방문객들이 가장 즐겨 찾는
체코의 랜드마크이다.

보이는 프라하 성이 있었다. 프라하 성 앞의 흐라트차니 광장에는 체코의 초대 대통령 토마스 가리 마샬리크의 동상이 서 있었다. 1차 대전 후 대통령에 취임한 마샬리크는 훌륭한 대외정책과 내정을 펼쳐 체코를 유럽의 일류국가로 끌어올린 장본인인데, 지금도 국민의 존경을 받고 있다고 한다. 체코 출신인 올브라이트 전 미국 국무장관이 가장 존경하는 인물이라고 하니 그가 어떤 인물인지 궁금해진다.

프라하 성을 둘러보기 위해 정문을 통과한 후 마티아스 문을 거쳐 제2정원으로 들어갔다. 옛 왕궁이었던 대통령 집무실에는 대통령이 집무 중임을 알리는 표시로 체코 깃발이 게양돼 있었다. 제3정원 안에 있는 성비트 성당은 930년에 짓기 시작해 1929년에 완공된 체코의 대표적 고딕 건축으로 성당의 첨탑은 프라하를 상징하는 명물이다. 성당 하나를 완성하는데 천 년의 시간이 걸렸다는 사실을 쉽게 믿기가 어렵다.

구왕궁과 로마네스크 양식의 성(聖) 이지 성당을 구경한 후, 아주 이색적인 작은 골목길로 접어들었다. 그곳은 황금소로라는 파스텔 컬러의 아기자기한 작은 가게들이 늘어선 골목인데, 옛날 이곳에 금을 만드는 연금술사들이 모여 살았다는 이야기에서 거리 이름이 유래되었다고 한다. 황금소로의 즐라트 울리 카 22번지에는 프란츠 카프카가 묵으며 소설 『성』을 집필했던 파란색의 집이 있는데, 벽에는 'No. 22' 라는 숫자가 쓰여 있고, 그 옆에 카프카 박물관이 있었다. 황금소로의 낡은 이층 건물에 있는 중세무기박물관에는 처음 보는 신기한 무기들이 전시돼 있었다. 그 가운데 가장 인상 깊었던 것은 권총을 장착한 검(劍)인데, 과학적인 제작 기술 못지않게 형태와 구조면에도 예술적인 아름다움을 갖추었다. 살상용 무기의 아름다운 모양새도 아름다움이라고 해야 할지 모르겠지만, 옛 체코 사람들이 무기를 예술품으로 만들어놓은 솜씨는 놀랍기만 하다.

프라하는 며칠 후 다시 돌아보기로 하고, 점심을 먹은 후 일행은 보헤미아 남쪽지역에 있는 체스키크룸로프를 향해 출발했다. 자동차는 고속도로를 피해 교외의 한가한 시골길을 따라 달렸다. 도로변에는 전나무, 자작나무, 포플러 숲이 이어지고, 열매가 주렁주렁 달린 사과나무 가로수가 수십 킬로미터에 걸쳐 줄을 이었다. 시골길에 심어놓은 사과나무가 유난히 아름답고 정답게 느껴졌다. 나무에 관심이 많은 친구도 사과나무 길의 정취에 반해버린 것 같았다. 우리는 도중에 차를 멈춰 사과나무를 구경했다. 가지치기를 하지 않은 자연 상태 그대로여서 가지마다 열매가 다닥다닥 열려 어떤 가지는 땅에 닿은 것도 있었다. 사과가 아직 충분히 익지 않았지만, 몇 개를 따서 맛을 보니 시큼한 것이 우리나라 사과에 비해 알맹이가 작고 단맛도 덜했다. 그런데 이 많은 사과나무의 주인이 대체 누구인지, 이곳의 사과나무는 왜 이렇게 키가 큰 것인지 궁금했다. 사과나무에 대한 특별한 느낌과 궁금증을 뒤로한 채 보헤미아의 들판을 계속 달리는 동안에도 사과나무의 행진은 계속되고 있었다. 오전에 내리던 비가 그치고 맑게 갠 하늘에서 비치는 햇살을 받아 초원과 숲이 은은히 빛나는 가운데 노란색 밀밭과 빨간 지붕 집들이 사이좋게 어울리는 모습이 헝가리 평원의 다소 거친 풍경에 비해 더 풍요롭고 한가하게 보였다.

저녁 일곱 시쯤 '굽이치는 강의 숲'이란 뜻의 체스키크룸로프에 도착했다. 마을 전체가 1992년 유네스코 세계 문화 유산으로 등록된 곳인데, 블타바 강이 마을을 U자로 휘감아 흐르고 있었다. 우리는 구시가지 중앙 광장 옆에 있는 메쉬탁 호텔에 여장을 풀었다. 중세풍의 호텔 객실은 작지만 아늑했으며 화장실과 욕조시설도 깨끗했다.

오랜 시간 먼 거리를 달려온 탓인지 모두 배가 고팠던 우리는 광장에서 가까운 곳에 있는 살트라바라는 이름의 동굴식당을 호텔 직원의 소개로 찾아갔다. 우리가 선택한 메뉴는 쇠고기, 돼지고기, 칠면조를 숯불 철판에서 구워낸 구이요리와 송어찜, 야채 샐러드와 체코산 생맥주 부드바

세계 문화 유산으로 지정될 만큼
아름다운 블타바강이 휘감아 흐르는
체스키 크룸노프.

이저였다. 철판구이 요리는 우리나라 삼겹살구이 못지않게 맛이 좋았고 시원한 생맥주는 고기와 매우 잘 어울렸다. 동굴식당 안에는 체코 젊은 이들과 오스트리아 중년부부들 외에도 외국에서 온 손님들이 많았다. 체코 젊은이들은 박수를 치며 4분의 2박자의 폴카를 신나게 부르고, 오스트리아인들은 그들의 민요를 합창하며 흥을 돋우고 있었다.

한 체코 청년이 우리에게 어디에서 왔느냐고 물었다. 나는 한국에서 왔다고 말해주고 우리 일행을 그 청년의 일행에게도 소개한 후 잠시 그들과 어울려 드보르작, 스메타나, 하셰크의 소설 『선량한 병사 슈베이크』 등에 관하여 이야기를 나누고 그들과 함께 건배했다. 우리는 옆자리의 오스트리아 부부들과도 환담을 나누었는데, 그들은 우리의 세계 일주 여행 이야기를 듣고 놀란 표정을 지으며 잔을 부딪쳐 축하해 주었다. 우리에게 특히 친절하고 민첩한 동작으로 서비스를 해주었던 즈뎅엑은 고맙다는 인사와 함께 자신의 이메일 주소를 적어주며 꼭 연락해 줄 것을 부탁했다. 식당을 나올 때 즈뎅엑 청년은 한국과 일본으로 꼭 한번 여행을 가고 싶다는 말을 하면서 나의 어깨를 끌어안았다. 맛있고 배부르게 먹은 다섯 사람의 저녁 식사값은 봉사료를 포함해 918코루나, 한국 돈으로 4만 2천원 정도였다. 맥주까지 마시고 기분도 거나하게 됐으니 부러울 일이 없었다. 아름다운 야경도 인상적일 뿐만 아니라 음식값도 싼 체스키크룸로프는 정말 매력적인 곳이다. 보헤미아의 토속적인 이 식당은 우리에게 또 하나의 추억을 안겨주었다.

인간소외를 다룬 실존주의 문학의 별, 절망과 희망의 이야기를 고독하게 노래했던 카프카. 『선량한 병사 슈베이크』를 써서 세상 사람들의 배꼽을 움켜잡게 만들었던 하셰크. 참을 수 없는 존재의 가벼움을 통해 인간의 삶과 죽음을 가벼움과 무거움이라는 시각으로 조명하고 영원한 사랑과 찰나적인 사랑이라는 모순된 사랑의 본질을 꿰뚫어본 밀란 쿤데라.

그리고 서정적인 교향곡 '신세계'를 작곡하여 사람들의 가슴에 새로운 세계에 대한 동경과 향수를 심어준 드보르작. 조국에 대한 사랑을 흐르는 블타바 강으로 노래한 스메타나. 유전의 법칙을 밝혀낸 멘델. 이 빛나는 별들의 영혼이 지켜주는 전통과 낭만의 나라 체코에서 두 번째 밤을 맞는다.

■ 8월 27일(일) [프라하] / 맑은 후 소나기

아침 9시에 체스키크룸로프 성에 올라갔다. 체스키크룸로프 성은 세계 300대 건축물의 하나로 꼽히는 성이다. 이 성은 13세기 중엽 이 지역의 대지주 비트코벡이 처음 고딕 양식으로 지었던 것을 14~17세기에 이곳을 지배했던 로즘베르크 가문이 르네상스 양식으로 개축한 건물이다. 17세기 이후 합스부르크 왕가의 사유지로 되었다가 에겐베르크 가문에 하사된 후, 예술에 조예가 깊었던 크룸노프 공에 의해 바로크 양식의 화려한 건물로 만들어졌고, 19세기 중반까지 슈바르첸베르크에 의해 로코코 양식이 가미되어 오늘날의 모습을 갖추게 되었다. 네 개의 큰 정원과 공원으로 이루어진 성 사이에는 예배당, 무도회장, 극장 등 40여 개의 크고 작은 건물들이 들어서 있다.

'붉은 문'으로 불리는 성의 정문에 들어서자 성에서 가장 오래된 르네상스 건축물 흐라데크 타워가 파란 하늘을 배경으로 솟아오른 모습이 보였다. 우리는 가이드의 안내에 따라 르네상스와 바로크 양식의 방, 성당, 가면무도회장, 황금장식의 4륜 마차 홀, 초상화 갤러리와 미술관을 돌아봤다. 성 위에서 바라본 마을은 빨간 지붕의 중세 가옥들이 밀집된 아기자기한 모습의 아름답고 세련된 한 폭 풍경화였다.

체스키크룸로프 성.
성 위에서 바라본 마을은 빨간 지붕의
중세 가옥들이 밀집하여 아기자기한 모습의
아름답고 세련된 한 폭의 풍경화였다.

성 아래로는 검붉은 색을 띤 블타바 강(영어로 몰다우 강)이 말발굽 모양으로 시가지를 감돌아 굽이쳐 흐르는데, 상류에서는 젊은이들이 래프팅을 즐기고 있었다. 아직은 여름 성수기인 탓인지 성 밖으로 나왔을 때 여전히 많은 관광객들이 줄을 서서 기다리고 있었다. 체스키 크룸노프 성을 관람하고 강변의 경치 좋은 레스토랑에서 점심을 먹은 뒤, 우리는 이발사의 다리로 불리는 오래된 석교를 건너 프라하로 출발했다.

프라하로 돌아오는 길에 위치한 전원도시 체스키 부데요비체에는 유명한 부드바이저(英名 버드와이저) 맥주공장이 있었다. 부드바이저, 플젠 등 체코에 와서 마신 맥주는 모두 상쾌하고 깊은 풍미를 지녔었는데, 체코 역시 덴마크 못지않게 좋은 맥주를 만들어내는 나라인 것 같다. 세 시간 넘게 자동차를 달려 프라하로 돌아온 후, 시내 외곽에 있는 엑스포 호텔에 여장을 풀었다. 우리 내외는 짐을 정리하고 샤워도 하며 옷도 새것으로 갈아입었다. 아내는 가는 곳마다 틈틈이 빨래를 하고 다림질을 한다. 그 덕에 나는 늘 깨끗한 옷을 걸치고 여행길에 나서고 있다. 지금 신고 다니는 단 한 켤레의 운동화는 동대문 시장에서 아내가 골라준 것인데 튼튼하면서도 가볍고 편안했다. 이 운동화는 며칠에 한 번씩 빨기만 하면 될 테니 지구를 두 바퀴 이상 돌아도 끄떡없을 듯하다. 가지고 왔던 구두는 짐만 되어 소포로 집에 보낸 지 오래 되었다.

저녁이 되어 찾아간 야누스 광장은 프라하 시가지 중심에 있었다. 조명을 받아 은은히 빛나는 킨 성당의 첨탑이 보이고, 맞은편 성 니콜라스 성당에서는 콘서트가 끝난 후 몰려나오는 사람들로 붐비고 있었다. 우리는 노천카페에 앉아 음료수를 마시며 야경을 즐겼다. 밤이 깊어 가는데도 광장에는 수많은 젊은이들이 어울려 있는 모습이 보였다. 시계탑 앞 역시 한 무리의 구경꾼들이 모여 있었다. 프라하 시내의 성당은 저녁이 되면 일제히 콘서트 연주 홀로 변해버린다고 한다. 100년 전 시가지 곳곳에서 첼로와 바이올린, 오케스트라의 선율이 넘쳐흐르던 유럽의 음악 도시 프라하의 모습은 어땠을까, 궁금해진다.

야누스 광장의 로맨틱한 밤 풍경을 한껏 즐기고 난 뒤 우리는 오랜만에 전차를 타고 호텔로 돌아왔다. 1인당 20코루나(920원)짜리 표를 사서 트램을 타고 프라하의 밤거리를 달리는데, 가로등과 조명에 반사된 중세의 건물과 현대적 빌딩들이 만들어내는 풍경은 독특하고 우아했다. 전차는 불빛에 반짝이는 블타바 강을 건너 시가지 외곽을 돌아 호텔 앞 정거장에 멈춰섰다. 마침 객실에 도착했을 때 밖에서는 한동안 멈췄던 소나기가 다시 쏟아지기 시작했다. 프라하의 늦은 밤, 객실 창밖으로 불빛이 뿌옇게 빛나고 있었다.

■ 8월 28일(월) [프라하] / 흐림

부다페스트에 세체니 다리가 있다면 프라하에는 카를 다리가 있다. 카를 다리를 사랑하는 사람은 프라하의 연인이 될 수밖에 없다고 체코 여행객들이 말하는 까닭은 무엇일까. 그것은 카를 다리의 양쪽 난간에 세워진 성상 조각들과 조각상이 빚어내는 다리의 미학적인 외관 그리고 카를 다리와 블타바 강이 어울려 만들어내는 아름다운 풍광 때문일 것이다. 카를 2세가 1357년에 만들기 시작하여 1406년에 완성한 폭 10m, 길이 502m의 다리는 원래 통행료를 거둘 목적으로 만든 것이지만, 지금은 여행객과 노점상으로 붐비고 거리화가와 음악가들이 재능을 겨루며 행인들의 시선을 붙잡는 프라하의 연인이 되었다. 다리에 세워진 30개의 성상은 체코의 성인을 조각한 것인데, 그 중 가장 유명한 것은 17세기 예수 수난 십자가 상, 성 요한 네포무크 동상, 성 루이트가르트 상, 성 비투스 상이다. 성 요한 네포무크 동상의 부조는 1729년에 성인으로 추대된 순교자 네포무크를 기리기 위해 만든 것이다. 그런데 이것을 만지면 행운이 따른다는 전설 때문에 누구나 한 번씩 만지고 지나가는 탓에 손으로 만진 부분이 유난히 반짝거렸다. 친구의 아내와 나의 아내도 그 앞에서 기도하며 네포무크 상을 만지작거렸다.

카를 다리 위에서 내려다보니 블타바 강에는 몇 개의 아치형 다리들이 더 놓여 있고, 강변에 늘어선 르네상스와 로마네스크 양식의 건물들이 블타바 강변의 풍경을 한층 풍요롭게 만들고 있었다. 강, 다리, 중세 건물이 만들어내는 프라하의 경치는 고전적으로 다듬어지고 세련된 삼중주 같은 느낌을 자아낸다. 다리 위에는 바이올린, 아코디언, 기타를 켜는 거리악사들, 곳곳에 앉아 초상화를 그리는 거리화가들, 그림을 파는 노점화상들이 많았다.

구시가지 중심가의 번화가에는 프라하에서 가장 오래된 음식점 중 하나인 야킴카라는 식당이 있다. 이곳은 체코의 민속음식인 돼지무릎요리 콜레노로 소문난 전통음식점이다. 쫄깃쫄깃하고 고소하며 돼지고기 특유의 냄새가 전혀 없는 담백한 맛이 식욕을 돋우었다. 새우젓에 찍어 먹는 장충동 돼지족발의 맛이 유별나지만, 콜레노는 돼지고기의 또 다른 고소함과 상큼한 향기를 전해주는 프라하의 명물로 기억될 것 같다. 생맥주 플젠은 갈증을 풀어주고 고기의 맛을 더해주는 시원한 청량제였다.

프라하 근교 남쪽에 있는 미켈슬레스 숲으로 이동한 우리는 점심 식사 후의 달콤한 산책을 즐겼다. 숲은 20m가 넘는 참나무, 전나무, 소나무들로 빽빽이 들어차 있었다. 숲 속으로 난 오솔길을 따라 산책과 조깅을 하는 사람, 자전거를 타는 사람들이 드문드문 지나갔다. 미켈슬레스 숲은 여행에 지친 우리들의 몸과 마음을 편안하게 감싸주었다. 여행 중의 숲길 산책은 정말 좋은 보약이다.

〈프라하의 휴대전화 가격〉

삼성 SGHE 900: 8,599코루
나(395,550원)
삼성X150: 1,899코루나
노키아 3120: 1,999코루나
노키아 180: 13,999코루나
에릭슨 K800: 10,599코루나
에릭슨 Z 300i: 1,999코루나

산책을 마치고 프라하로 돌아와 프라하 성 부근의 페트진 언덕 위에 올라가 프라하 시내를 조망했다. 군데군데 마로니에 나무의 낙엽이 쌓여 있는 모습을 보니 마치 가을이 온 것 같은 느낌이 들었다. 여행을 시작한 후 80일이 흘렀으니 바람도 제법 서늘해졌을 것이다. 그동안 많은 도시와 마을을 부지런히 돌아다녔는데, 그것은 기동력이 좋은 자동차 덕분이다. 7인승이나 9인승 밴은 유럽여행을 하는데 더없이 편리한 발이다. 오늘까지 우리들이 자동차로 이동한 거리는 10,363km, 열차로 이동한 거리는 2,236km에 이른다.

체코의 젊은이들도 휴대전화를 무척이나 좋아하는 것 같다. 프라하의 중심 바츨라프 광장의 어느 휴대전화 전문상점에서 판매하는 휴대전화의 소비자가격을 메모해 두었다. 우리나라의 삼성전자 애니콜은 핀란드의 노키아와 나란히 놓여 있었는데, 한눈에 보기에도 두 회사의 제품은 치열한 경쟁을 벌이고 있는 것 같았다. 상점에 들른 몇 명의 체코 젊은이들에게 물어보니, 뜻밖에도 그들은 삼성 휴대전화가 한국제품이라는 사실을 대부분 알지 못했으나 브랜드의 명칭은 정확하게 기억하고 있었다. 어떤 젊은이들은 "삼숭이 일본 제품이 아닌가요?"라고 내게 묻기도 했다. 나는 그것이 한국제품이라고 말해 주었다.

■ 8월 29일(화) [프라하] / 흐리고 비

오전에 카를 다리 건너 소지구(말라스트라나)에 있는 네루도바 거리를 구경했다. 구시가지에서 카를 다리를 건너 소지구로 들어서면 프라하 성으로 오르는 언덕길이 나타나는데, 이곳이 유서 깊은 네루도바 거리다. 이곳 거리에는 외국대사관, 기념품점, 카페, 레스토랑, 맥주집 등 바로크풍의 우아한 건물들이 빽빽이 늘어서 있었다. 자세히 보니 건물 입구마다 집주인의 이름과 신분을 알리는 멋진 조각들이 문패처럼 걸려 있는데, 19세기에 만들어진 이 문패조각들은 집집마다 특성을 나타내는 신분과 직업의 상징이라고 한다. 그 많은 조각들 가운데 특히 바이올린, 황금잔, 황금열쇠, 붉은 양, 검은 독수리, 백조, 두 개의 태양이 눈길을 끌었다.

나는 바이올린과 황금잔, 백조의 조각을 사진 찍으면서 천천히 거리를 걸어 올라갔다. 친구는 또다시 특유의 호기심이 발동했는지 조각장식들을 하나하나 만지작거리고 있었다. 거리의 가게마다 독특한 기념품을 진열해놓고 손님을 끌고 있었는데, 작은 인형, 카드, 그림, 접시, 컵 같은 것이 많았다. 130년 이상의 전통을 지닌 고서점들도 여러 곳 있었는데, 그중 어떤 고서점에 들어가 혹시 하셰크의 소설 『슈베이크』가 있는지 둘러봤지만 발견하지 못했다.

친구가 여행 가이드에게 프라하의 특별한 음식을 추천해 달라고 부탁했다. 그의 안내로 우리는 구시가지에 있는 우핀카슈 레스토랑으로 점심을 먹으러 갔다. 1843년에 개업했다는 이 식당에서 스비치코바라는 부드러운 육질과 고소한 맛의 삶은 돼지고기 스테이크와 감자빵을 먹었다. 플젠 생맥주의 쌉쌀한 맛은 돼지고기와 특히 잘 어울렸다.

프라하 유태인 지구에는 특별한 박물관이 있는데, 아내들이 시내 번화가를 구경하는 동안 친구와 나는 시내에 있는 시나고그 박물관을 찾았다. 박물관에는 2차 대전 때 나치 강제수용소에서 죽은 유태인 어린이들이 수용소 안에서 그린 그림들이 전시되어 있었다. 전시된 그림들 대부분은 극한 상황 속에서의 수용소 삶을 표현한 것이었다. 독일군이 유태인을 채찍으로 때리는 장면, 소녀수용소의 청소 광경, 소년수용소의 내부 모습, 유태인들이 벌거벗고 샤워하는 모습 등이다. 특히 그 중에서도 인상적인 그림의 제목과 그림을 그린 아이의 이름을 몇 가지 옮겨본다면-에바 하스카의 천국, 야나 폴라코바의 지식의 나무, 성명 미상의 카인과 아벨, 루스 헤이노바의 목장의 춤, 에바 후레요바의 엄마와 함께, 마르기트 코레초바의 팔레스타나에서, 블랑카 메츨로바의 황폐한 식탁, 에스터 슈바르츠바르토바의 암흑…. 대부분 1944년 이전 열다섯 전후의 나이로 숨진 소년소녀들이 남긴 그림들이었다. 역사는 어린 소년소녀들에게 인간의 잔혹함을 묘비와 그림으로 남겨주었을 뿐이지만, 세계는 아직 전쟁을 멈추지 않고 있다. 평화와 문명을 위장한 광기어린 화염이 과연 언제쯤 잦아들 것인가.

저녁 무렵 블타바 강 언덕에 있는 비슈흐라드 성에 올라갔다. 베드로바울 성당 옆에 만들어진 공동묘지에는 드보르작, 스메타나, 카프카 등 체코의 유명 인사들이 묻힌 묘가 있었다. 나는 드보르작과 스메타나의 묘 옆에 서 있는 동상을 바라보고 그들이 작곡한 음악을 마음속에 떠올리며 세상 사람들에게 아름다운 선율을 남겨준 그들의 영혼에 감사했다. 그들이 작곡한 음악은 전 세계 모든 곳에서 끊임없이 연주되고 있으며, 드보르작의 '신세계교향곡'과 스메타나의 모음곡 '나의 조국' 음반은 내 집 거실에도 꽂혀있다. 국경과 이념의 장벽이 사라지고 있는 시대에 음악이 태어난 고장을 찾아와 작곡가의 영혼과 교감하는 기쁨은 여행의 추억을 풍요롭게 하고 삶의 나이테에 깊이를 더해준다.

하루 종일 오락가락하던 비가 그치고 프라하 성 뒤쪽으로 태양이 주홍빛을 뿌리며 구름 사이로 기울고 있다. 프라하 성의 첨탑들이 저녁 노을을 배경으로 장엄한 실루엣을 연출하며 황홀한 낙조 속에 잠기고 있다. 낙조 속에 잠긴 프라하의 모습은 더욱 아름답다.

가장 유럽적인
게르만의 영혼

북부 독일

the northern GERMANY

❝ 체코의 국경을 넘어 맨 처음 찾은 옛 동독지역의 드레스덴
은 작센왕국의 예스러운 전통과 풍광이 가득한 엘베 강변의 진
주 같은 도시다. 드레스덴에는 아시아인의 감성으로 추억의 상
자 속에 담기에는 너무도 이국적인 것들이 많았다. 엘베 강변
에 펼쳐진 중세풍의 풍경을 바라보노라면 봉건영주들의 정복
과 투쟁, 연인들의 사랑과 이별의 이야기가 음유시인의 노래처
럼 들려오는 것만 같다.

통일 독일의 수도 베를린에는 새로운 기운이 넘치고, 함부르
크, 하노버, 뒤셀도르프, 쾰른으로 이어지는 북부 독일의 옛 게
르만 영지에는 중세 봉건왕국의 전통 속에 뿌리박고 피어나는
독일인들의 삶과 축제와 낭만이 있다. 가장 유럽적이고, 가장
독일적인 색채가 짙게 풍기며, 가장 고전적인 향기를 발산하는
로망의 고장 북부 독일에는 현대 문화와 예술의 뿌리인 아름다
운 전설과 중세 문화가 숨 쉬고 있다. 그리고 여기에서 독일의
숨소리가 들려오고 있다. **❞**

■ 8월 30일(수) [드레스덴] / 흐림

아침 9시 22분 열차를 타고 프라하 역을 출발했다. 프라하에서 독일 드레스덴까지의 거리는 191km다. 흔히 몰다우 강이라고 불리는 블타바 강은 체코의 부제요비치 부근에서 발원하여 독일 영토를 거쳐 함부르크 위쪽의 북해로 흘러간다. 그 특유의 검붉은 색 강물이 열차가 달리는 동안 줄곧 철도변을 따라 독일 쪽으로 흐르고 있었다. 독일로 흘러들어 온 블타바 강은 그 이름이 엘베 강으로 바뀌었다. 중간에 정차했었던 체코의 네 군데 시골 역사 건물은 낡고 헐었는데, 국경을 넘어 만난 독일의 첫 번째 역, 옛 동독지역의 바트 샨다우 역은 주변 건물들의 지붕이 무너져 내린 채로 방치돼 있었다.

정오가 가까이 될 무렵 인구 49만 명의 도시, 작센 주의 주도인 드레스덴에 도착했다. 드레스덴 역에는 이곳의 여행 가이드 프랑크 고 씨가 12인승 미니버스를 몰고 와 기다리고 있었다. 그는 베를린 공과대학에서 건축공학 박사과정을 밟고 있는 미혼의 청년이었다. 우리는 호텔로 가기에 앞서 드레스덴 시내의 대중식당에서 점심을 먹은 후, 마리아 성당을 구경했다. 1726~1743년에 걸쳐 세워진 이 성당은 루터파 개신교의 성전이므로 교회라고 부르는 것이 옳을 것이다. 마침 성당 안에서는 특별 예배와 함께 파이프오르간의 웅장한 연주가 진행되고 있었다. 평일인데도 성당에는 수많은 사람들이 몰려들고 있었다. 원형 돔 아래의 교회 내부는 흰색, 옥색, 분홍색 등 밝은 색조로 그린 성화와 함께 성인들의 황금 조각상이 장식되어 있고, 성당 앞에는 마르틴 루터의 동상이 서 있었다.

1945년 연합군의 폭격으로 드레스덴 시민 10만 명이 사망하고 도시의 96퍼센트가 파괴되었을 때, 마리아 성당도 80퍼센트 이상이 파괴되었다. 공산치하 동독 시절 저항과 평화 운동의 중심지였던 이 성당은 독일이 통일된 후 시민들의 열렬한 참여와 헌금에 힘입어 1994년에 시작했던 복원공사는 2005년에 끝이나고, 그 해 10월 31일 새롭게 봉헌되었다. 복원이 끝나 옛 모습으로 아름답게 부활한 이 교회는 지금 통일 독일의 모든 기독교도들이 즐겨 찾는 순례지가 되었다. 드레스덴은 엘베 강 연안의 마이센과 피르나의 중간에 위치하여 엘베 강에 의해 왼쪽의 구시가와 오른쪽의 신시가로 나뉘어져 있다. 이탈리아의 피렌체에 견줄 만큼 아름다운 이 도시에는 1711~1722년에 건립된 바로크 양식의 츠빙거 궁전, 왕성, 미술관 등 문화재가 남아 있다. 그 가운데 젬퍼오퍼 국립오페라극장, 드레스덴 교향악단은 드레스덴을 예술과 음악의 도시로 널리 알려지게 만든 상징들이다.

드레스덴은 원래 슬라브어로 숲 속의 사람이란 뜻인데, 1200년 전 슬라브족이 살던 이 지역을 게르만족이 식민지로 만들어 이 지역에 성을 세우고 1206년에 도시를 만들었다. 지금은 항공, 광학, 기계, 화학공업이 발달한 독일 남동부의 경제, 교통의 중심지가 되었고, 최근에는 마리아 성당의 복원을 계기로 문화와 종교도시로서의 품격을 높여가고 있다. 드레스덴은 어느 모로 보나 엘베 강의 진주처럼 빛나고 활력이 넘치는 도시다. 이 도시가 꿈 속에 자주 나타나주면 좋겠다. 작센 왕국의 역사가 생생하게 보존되어 있는 츠빙겐 궁전과 왕성을 돌아보고 난 뒤, 드레스덴 교외에 있는 라마다 호텔로 와서 여장을 풀었다. 그리고 호텔에서 쉴 겨를도 없이 밖으로 나왔다. 우리는 이 지방 풍경을 구경하기 위해 차를 타고 도시 외곽의 고속도로를 따라 달렸다.

한참 고속도로를 달리고 있을 때였다. 때마침 내리던 소나기가 서쪽 하늘에서 비치는 햇빛에 반사되어 드레스덴의 동쪽 언덕 위에 선명한 무지개를 만들어냈다. 그런데 그 무지개는 한 개가 아니라 두 개였다. 어느 순간 갑자기 나타난 거대한 쌍무지개의 모습에 우리는 모두 넋을 빼앗기고 있었다. 자동차는 앞쪽에 나타난 쌍무지개의 한가운데를 향해 달려가며 그 속으로 들어가려고 했지만, 무지개는 자꾸 뒤로 물러나고 있었다. 그렇게 10여분을 달려가자 어느 순간 무지개는 사라져버렸다. 집을 떠난 지 81일 째 되는 날 우리 여행길에 홀연히 나타난 드레스덴의 쌍무지개는 여행의 신이 하늘의 캔버스에 그려놓은 축복의 그림일는지도 모른다.

오늘 저녁 식사 장소는 호텔 뒤편에 있는 레스토랑 로이프니처 회헤였다. 시골의 한적한 카페식 식당인데, 아늑하고 편안한 분위기가 마치 가정집 같았다. 우리는 고기, 생선요리와 함께 드레스덴 지방의 전통맥주를 주문했다. 드레스덴 지방의 전통맥주는 종류가 다양했다. 황금색의 걸쭉한 헤페 헬, 구수한 헤페 둥켈(흑맥주), 와인향기가 나는 맑은 펠젠켈러, 톡 쏘는 맛의 붉은 빛 둑슈타인 슈타이거 등 맥주에 붙여진 이름도 재미있지만 종류에 따라 맛과 빛깔도 각양각색이었다.

삶은 쇠고기, 닭고기, 돼지고기 스테이크, 감자빵, 슈니츨 요리는 푸짐했다. 풍성한 음식과 친절하고 신바람 나는 서비스는 분단국가에서 온 이방인들을 매료시켰는데, 특히 식당 주인 라이너 블로드 씨는 매번 우리 테이블로 와서 맛이 어떤가, 부족한 것이 있는가를 물으며 챙겨주었다. 그는 사과로 만든 독주까지 공짜로 한잔씩 따라주었다. 풍성하고 즐거웠던 저녁 식사값은 70유로였다. 맥주만 해도 모두 열 잔을 마셨을 텐데 어떻게 이렇게 음식 값이 싼 것일까.

블로드 씨는 우리 일행이 자기 식당을 찾아준 최초의 동양인이라고 말했다. 그러면서 자신은 한국이 통일되기를 진심으로 바라지만 성급하게 서두를 필요가 없을 것이라는 견해를 피력했다. 그는 우리의 세계 일주 여행 이야기에 크게 놀라면서 자신의 이메일 주소를 알려주었으며 여행을 끝내고 귀국하면 꼭 소식을 전해 달라고 말했다. 식당을 나오면서 블로드 씨를 비롯한 남녀 종업원들과 함께 어깨동무를 하고 기념사진을 찍었다. 독일 땅에서의 첫날 우리는 쌍무지개의 출현에 놀라워했고, 친절하고 풍성한 시골식당의 분위기에 즐겁고 행복해 했다. 독일에서의 첫날 밤은 이렇게 시작되었다.

■ 8월 31일(목) [베를린] / 오후 갬

　드레스덴 서남쪽 바스타이 지역에 있는 라텐 마을에는 검붉은 색의 엘베 강이 흐르고, 엘베 상류의 국립공원 구역 안에는 작센의 작은 스위스로 불리는 아담한 바위산과 휴양촌이 있다. 라텐을 오전에 돌아본 우리는 베를린으로 향했다. 고속도로를 타고 베를린으로 두 시간 정도 달리다가 유네스코 자연유산으로 지정된 슈프레발트 늪지대에 들렀다. 늪 가운데 널찍한 공원에 자리잡은 오랑제리라는 식당에 들려 감자요리와 맥주로 점심을 먹고 나서 공원 안의 숲길을 산책했다. 잔디밭은 넓고 숲은 울창했으며 늪지대 사이로 작은 수로들이 연결되어 있었다.

　슈프레발트 마을 민속장터에서 다양한 농산물과 과일, 오이피클 등 각종 채소절임을 파는 노점상을 돌아보며 시식도 하고 눈요기도 하면서 시간을 보냈다. 각종 채소절임을 파는 어느 노점 아주머니의 친절에 못 이겨 3유로를 주고 오이피클을 샀는데, 샌드위치를 만들어 먹으면 제격일 듯싶었다. 변덕스러운 날씨 탓에 수로에서 유람선을 타려던 계획을 취소하고 베를린으로 향했다.

　베를린으로 가는 고속도로변에는 미끈하게 잘생긴 소나무 숲이 녹색의 행진을 계속하고 있었다. 인공조림과 육림의 세계 최고국가라는 말이 거짓이 아님을 소나무, 전나무, 자작나무 숲이 말해주고 있었다.

　두 시간 동안을 더 달려 마침내 베를린 시내로 들어섰을 때, 도심지 입구에서 아주 요란스러운 색깔로 치장한 괴상한 담장을 목격했다. 의미를 알 수 없는 낙서와 벽화들, 동독이 무너지기 직전 브레즈네프 소련 서기장과 호네커 동독 수상이 열렬히 입 맞추는 장면이 그려진 담장은 통일 독일의 과거를 말해주는 베를린 장벽이었다. 그것은 '남아 있는' 장벽이 아니라 역사의 증언을 위해 '남겨 놓은' 장벽이었다. 격동과 풍운을 겪어온 독일 민족의 현대사를 상징하듯 44년 분단의 흔적이 그곳에 그대로 남아 있었다. 지금 베를린은 부활의 활기로 생명력이 넘치고 있으며 더이상 담장 위를 뛰어넘는 사람은 없다. 담장의 환호성이 사라진 분단의 장벽은 영원히 숨을 멈춘 것일까…. 오늘은 베를린 시내 중심가에 있는 클라리온 호텔에서 묵는다.

■ 9월 1일(금) [베를린] / 흐리고 비

베를린 시내의 빌헬름 카이저 교회는 1891년부터 짓기 시작한 네오르네상스식 건물이다. 교회 안 천장의 모자이크 그림은 생생한 사실감과 정밀한 표현이 돋보이는 걸작품인데, 폭풍우 같은 연합군의 폭격으로부터 살아남은 것은 신의 배려였을까. 베를린의 상징인 카이저 교회는 1943년 11월 23일 연합군의 폭격에 의해 무너지고 첨탑의 일부만 가까스로 남았다. 교회의 잔해는 '전쟁을 기억하라'고 말하고 있었다.

무너져 내린 옛 교회 앞에 새로 지은 현대식 건물 역시 카이저 교회로 명명되었다. 그 신축 교회 안에는 사람들의 시선을 끄는 연필로 스케치한 그림 한 장이 걸려 있었다. 2차 대전이 한창 진행 중이던 1942년 쿠르트 로이베가 그린 대형 스케치로 빛, 삶, 사랑을 주제로 한 '스탈린그라드 마돈나'이다. 이 그림은 전쟁 속에서 허물어져가는 인간의 육체와 영혼, 사랑의 회복을 염원하는 인류의 마지막 절규를 담고 있다. 베를린은 허물어지고 독일은 빛을 잃고 인류는 절망하고 있을 때, 그림 속의 마돈나는 희망과 사랑, 구원에 대한 소망을 기도했던 것이다. 그래서 터키의 작가 오르한 파묵은 그림이야말로 위대한 생명력을 싹틔우는 영혼의 그림자라고 이야기하고 싶었을 것이다. "그림은 이성의 침묵이며 응시의 음악이지. 그림이 가장 심오한 경지에 이르는 것은 신이 어둠 속에서 나타나는 것을 볼 때라네…."

일행은 프로이센 제국 시절에 지은 샤를로텐부르크 궁전의 정원을 이슬비를 맞아가며 돌아다니다가 소련군 전승탑, 보불전쟁 전승기념탑을 거쳐 브란덴부르크 문으로 갔다. 1791년에 만든 프로이센 제국의 개선문인 브란덴부르크 문은 아테네 신전을 닮은 모습이었다. 동서 분단의 기점이 되었던 브란덴부르크 문 주위의 장벽은 철거되었지만, 도로 위에는 분단의 선이 뚜렷이 남아 있었다. 나폴레옹에게 빼앗겼다가 1814년에 다시 찾은 승리의 4두 마차 동상이 개선문 위에서 어딘가를 향해 질주하고 있었다. 지구의 마지막 분단국가에서 온 두 사내는 브란덴부르크 문 앞에서 사진을 찍었다. 그리고 벽 박물관으로 갔다.

벽 박물관에는 1961년 8월 13일 베를린 장벽이 처음 만들어질 때의 모습, 1989년 11월 9일 베를린 장벽이 무너질 때 수백만 인파가 운집했던 브란덴부르크 문의 모습, 자유를 향해 죽음의 탈출을 감행하는 사람들의 모습등 독일의 분단과 통일의 역사를 담은 사진들이 전시되어 있었다. 탈출과 도주의 숨막히는 드라마가 파노라마 같은 사진 속에 담겨 있고, 탈출에 성공한 사람들의 육성 증언이 녹음으로, 화면으로 재생되고 있었다. 어떤 전시관에 들어가니 레닌의 흉상이 그려진 깃발 밑에 '이 깃발 아래서 범죄가 저질러졌다'고 쓰인 작은 팻말이 놓여 있었다.

한 장의 흑백사진이 한참동안 걸음을 멈추게 만들었는데, 1978년 소련에서 추방되어 서베를린으로 망명한 첼리스트 로스트로포비치가 베를린 장벽을 넘다 숨진 사람들을 추모하기 위해 장벽 앞에서 바흐를 연주하는 장면이었다. 그 사진은 여러 사람들의 발길을 멈추게 했다. 박물관에서 20m쯤 떨어진 곳에는 동서 베를린의 국경검문소였던 체크포인트 찰리가 남아 있다. 그곳에는 검문소를 지키던 앳된 모습의 미군과 동독병사의 사진이 걸려 있었다. 두 병사 모두 부모의 사랑을 받은 동시대의 아름다운 젊은이들이었을 것이다.

동서독 장벽의 어두운 기억 속에 겹쳐오는 남북한 사이의 철조망. 그것은 벌써 오래 전에 같은 말을 쓰는 다른 나라 사이의 국경선이 되어버렸다. 동독군 장교 운터 울브리히트는 탈주하는 동독 군인을 향해 발포하지 못한 채 "나는 더 이상 지휘관이 될 수 없다"고 외쳤고, 어느 동독 국방경비대원은 서독을 향해 달아나는 동독 시민에게 짐짓 오조준으로 방아쇠를 당겨 그들이 담장을 넘도록 도와주었지만, 그 대가로 처형을 당했다. 남북한 사이에 이러한 순수원형적인 인간의 모습을 되찾을 수 없는 상황에서 통일이라는 것이 쉽사리 이루어질 수 있을까. 문득 비뚤어진 시각에서 벗어나지 못하고 있는 국내의 통일 환상론자들에게 베를린 장벽에 와서 낙서를 하게 하면 어떨까 하는 생각이 떠올랐다. 그들은 담장 위에다 뭐라고 쓸까.

베를린 장벽에서 가까운 곳에는 또 하나의 놀라운 역사적인 장소로 '테러의 진원지'(Topography of Terror)라는 곳이 있는데, 이곳은 나치 만행의 생생한 흔적을 담은 증언과 기록들을 노상에 전시하고 있는 곳이다. 히틀러의 비밀경찰 게슈타포, 친위부대 SS돌격대, 안전부가 저지른 범죄기록과 범죄주도자들의 행적, 뉴른베르크 전범재판정에 섰던 스물네 명 전범들의 약력과 사진도 보였다. 이 가운데는 히틀러 다음의 2인자였던 괴링의 모습도 보였다. 나는 히틀러의 대리인이었던 루돌프 헤스의 사진 밑에 붙어 있는 녹음재생 스위치를 눌렀다. 전범재판정에서 했던 그의 마지막 변론의 끝부분이 들려오고 있었다.

"다시 시작할 수만 있다면, 나는 지금까지 해왔던 것과 똑같이 행동할 것이다. 결국에는 화형을 당할 줄을 뻔히 알지만… 후회는 없다."

그것은 마치 독일 국민의 존엄과 체통을 짓밟고 광기어린 지도자에 대한 맹종을 외치는 동물적인 비명과도 같은 것이었다. 테러의 진원지를 돌아보고 나서 이곳이야말로 독일이 인류와 역사 앞에 진심으로 사죄하는 고백성사의 장소라는 확신이 생겼다. 그와 함께 똑같은 2차 대전의 전범국이지만 독일과는 너무도 다른 일본이라는 나라를 생각하지 않을 수 없었다. 아시아의 여성들을 위안부로 징발한 범죄를 뉘우치기는커녕 대동아전쟁의 향수에 젖은 일본의 구세대들은 역사적 과대망상증에 사로잡힌 신군국주의의 신도가 되어가고 있다.

우리는 독일 국회의사당으로 갔다. 19세기 프로이센 제국의 의회청사로 지어졌던 바로크식 건축물은 의회청사로 보이기보다는 박물관 같은 건물이었다. 의사당 사무실에서 하루 종일 자유롭게 방문하는 시민들을 만나 의견을 나누고 연방정부의 앞날을 걱정하며, 유리처럼 투명하게 나랏일과 의정활동을 한다는 독일의 국회의원들, 적어도 독일 국민은 국회의원들을 그렇게 믿고 있다. 그래서일까, 정치가 이뤄지는 건물의 모습도 아름답기 그지없다.

베를린 시의 한가운데를 흐르는 슈프레 강을 끼고 달리는 자동차 안에서 이런 생각이 떠올랐다. 베를린은 원래 따스한 감성이나 정감이 부족한 도시이고, 차가운 이성과 철혈의 전통이 흐르는 계몽군주 같은 도시가 아니었을까. 베를린은 어두운 시대의 광기와 폭력으로부터 완전히 벗어나 따뜻한 인간의 도시로 변해가고 있는 것일까. 어쨌든 도시를 감싼 울창한 숲과 가로수, 정돈된 공원과 잔디밭이 분단국에서 온 길손들에게 평화와 안식의 느낌을 주는 것은 좋은 일이다. 손기정 선수가 가슴에 일장기를 달고 달렸던 곳—광기, 전쟁, 분단으로 얼룩졌던 베를린은 지금 통일의 후유증을 이겨내고 번영을 위한 호흡을 가다듬고 있는 것 같다. 그리고 베를린은 힘없는 통일은 허망한 꿈이며 관념의 유희가 될 수밖에 없음을 보여주는 분단과 통일의 교과서라는 생각이 들게 한다.

■ 9월 2일(토) [함부르크] / 흐림

베를린으로부터 함부르크까지의 육로거리는 283km이다. 베를린에서 함부르크로 향하는 고속도로 주변에는 산이라고는 보이지 않는다. 광활한 개활지가 끊임없이 펼쳐지는 가운데 잘 정리된 소나무숲이 우거져 있다. 자동차가 시속 140km로 달려 함부르크에 도착했을 때는 점심시간이 한참 지난 후였다. 부둣가에 있는 이탈리아식 식당에서 간단히 늦은 점심을 먹고 함부르크 시청으로 갔다. 19세기 말기에 지어진 네오르네상스 양식의 화려한 시청 건물은 호수 같은 바다를 옆에 끼고 있는데, 마침 시청 광장과 청사 안에서는 가정의 날 축제가 벌어지고 있었다.

청사로 들어가보니 임시로 만들어놓은 어린이 놀이터와 그 안의 낙서판 주변에서 그림을 그리는 아이들, 놀이기구를 가지고 뛰노는 어린이들과 이를 지켜보는 부모들 모습이 보였고, 시청 광장 모퉁이 가설무대 위에서는 가수들의 노래와 공연이 펼쳐지고 있었다. 시청 앞 광장에서는 브라스 밴드의 연주가 군중들을 끌어 모으고, 노천카페에는 사람들이 모여 앉아 맥주를 마시고 있었다. 토요일 오후 광장에 몰려든 인파 가운데는 젊은이들이 많았다. 우리도 노천카페에 앉아 소시지와 맥주를 즐겼다. 백조들이 헤엄을 치는 광장 옆 바다에서는 가족으로 보이는 사람들

19세기 말에 지은 함부르크 시 청사는
네오르네상스 양식의 예술적 건축물이다.

이 보트놀이를 하고 있었다. 오랫동안 무역과 상업으로 성장한 도시, 한자동맹을 이끌었던 정치적 리더십의 전통이 남아 있는 도시, 환락의 흥청거림을 눈감아주는 도시 함부르크의 거리에는 베를린과 달리 상업적 활기가 넘쳐흘렀다.

우리가 유럽을 여행하는 동안 유럽인의 생활과 미래 인류사회의 틀을 바꿀 수도 있는 혁명적인 사건이 독일에서 일어났다. 유럽연합이 그동안 내세워 왔던 동등대우 기본원칙에 따라 일반 동등대우법(AGG)이 지난 8월 18일, 그러니까 우리가 헝가리의 헤비츠에서 온천욕을 즐기고 있을 때, 법의 나라 독일에서 발효되기 시작한 것이다. 그러나 이 법이 시행되자 독일의 고용주협회 훈트 회장을 비롯한 재계인사와 경영주들이 거세게 반발했다. 그들은 이 법이 계약의 자유를 제한하고 독일의 노동시장을 더욱 어렵게 만들 것이라고 소리높이 비난했다. 하지만 이 동등대우법은 시행될 것이고, 시간이 흘러 사회관행으로 뿌리내린다면 이것은 거센 흐름이 되어 유럽의 둑을 넘어 아시아, 북미, 남미, 호주로 밀어닥칠 것이다. 그리고 21세기에 이것은 법이나 관행의 수준을 넘어서 세계 노동시장을 근본적 으로 변화시키게 될 것이다. 그렇다면 독일의 동등대우법은 인류사회에 혁명적 변화의 방향을 선언한 것인데, 노동시장의 경직성을 고집하는 나라

〈독일의 동등대우법〉

이것은 독일 국민이 인종, 성별, 종교, 장애, 연령의 차별로 인한 불이익을 받게 하지 않도록 하기 위해 만든 법이다. 이 법이 왜 그렇게 중요한 것일까. 무엇보다도 취업전선에서 피부색, 종교, 성별, 연령, 장애, 동성애여부, 세계관의 차이로 인한 차별이 사라질 것이기 때문이다. 앞으로 독일에서는 채용광고에 '젊고 역동적인 사람을 모집한다'는 표현을 할 경우, 이것은 일정한 나이를 나타내는 것으로 간주되어 위법한 행위가 될 것이며, 기업이 사람을 채용할 때 개인 신상에 관한 질문이나 기록보다는 직업에 관련된 질문이나 기록을 하는 것이 법률상 안전할 것이라고 한다.

직원채용 면접에서 지원자의 인종이나 종교는 물론이고, 채용여부에 결정적인 영향을 줄 경우에 나이나 생년월일을 묻지 않는 것이 기업이 취해야 할 관행이 되는지도 모른다. 뿐만 아니라 동등대우법은 채용광고문을 아주 신중하게 작성할 것을 촉구하고 있다. 면접 때에도 한 명의 증인을 참석시킬 것과 인사담당자와 면접자 간에 오고간 대화를 기록할 것을 권고하고 있다.

들에게는 고된 시련과 채찍이 될 것이 너무도 분명하지 않은가. 그 때에 한국은 어떤 선택을 해야 할 것인가. 우리가 여행을 하고 있는 사이에 유럽의 역사, 세계의 역사가 소리 없이 두렵게 바뀌고 있다.

■ 9월 3일(일) [뒤셀도르프] / 비

고속도로로 함부르크에서 뒤셀도르프까지는 337km다. 함부르크를 떠나 뒤셀도르프로 가는 도중에 니더작센 주의 주도인 하노버에 들렸다. 인구 54만 명의 하노버는 중세에 한자동맹에 속했다가 후에 하노버 왕국의 수도로 번영을 누린 오랜 역사의 도시다. 지금은 기계, 자동차, 화학공업의 중심지로, 1947년 이래 매년 각종 공업박람회가 열리는 박람회의 도시가 되었다. 하노버는 박람회로 먹고사는 도시라는 친구의 말처럼 규모는 방대했지만, 박람회가 열리지 않아 우리가 차를 타고 박람회장을 한 바퀴 둘러보는 내내 한적한 모습이었다.

하노버 시 청사는 지은 지 100여 년 정도 되는 르네상스풍의 웅장함과 고색창연함을 동시에 갖춘 아름다운 건축물이다. 독일의 어느 곳을 가더라도 시 청사 건물들은 모두 고전적 아름다움을 뽐내고 있는데, 시민들에게 큰 볼거리이자 자부심의 상징인 것 같다. 얼마나 큰 축복인가! 마침 하노버 시 청사 뒤편 광장에서는 하노버 시의 창설을 기념하는 축제가 열리고 있었다. 광장과 주변 거리에서는 거리음악제, 주부 에어로빅 경연, 치어걸 경연, 가수들의 공연, 장기자랑 대회가 열리고 있었고, 많은 사람들이 노천카페에 앉아 맥주를 마시거나 식사를 하고 있었다. 할아버지, 할머니들이 공연장의 경로석에 앉아 가수의 공연을 구경하며 노래를 부르고 박수를 치고 있었다.

하노버 시 청사는 관청이라기보다는 미술관에 가까운 르네상스 양식의 아름다운 건물이다.

축제의 나라 독일은 도시마다 독특한 행사와 의상, 음악, 춤, 공예의 오랜 전통이 살아 있고, 시민들은 저마다 기꺼이 주인공이 되어 축제를 즐기고 이웃과 함께 어울린다. 그 모습은 그림으로 묘사할 수 없을 만큼 흥겹고 독특하다. 하노버 시의 축제도 중세의 전통이 현대 속에 다시 살아나 풍요롭게 피어나는 한마당 잔치였다. 겉보기에 무뚝뚝해 보이는 게르만족의 후손들이지만 그들은 모두가 즐겁고 유쾌한 축제의 주인공들이었다.

하노버 시청 부근에 있는 바바를룸이라는 이름의 오래된 레스토랑에서 구운 돼지갈비와 샐러드로 점심 식사를 하는데, 바로 옆자리 독일인들의 맥주 마시는 모습이 눈에 띠었다. 독일에서 맥주를 마시는 모습이 특별할 것은 없겠지만 내가 고개를 돌려 바라본 이유는 그것이 인삼맥주였기 때문이다. 그 중 한 사람에게 물어보니 마이어란 이름의 중년신사는 인삼으로 만든 맥주가 지금 하노버 시민에게 큰 인기를 끌고 있다고 자랑했다.

우리 일행이 한국에서 온 여행객이라고 말하자 그곳에 앉아있던 손님들이 일제히 "빌콤멘!"이라고 소리쳤다. 멋진 콧수염을 한 마이어 씨가 나에게 인삼맥주를 따라주었다. 그의 말에 의하면 하노버에서는 최근 한국산 인삼을 재배하고 있고 시민들이 인삼의 매력에 빠져 있는데, 그의 부부도 집에서 매일 아침 인삼차를 마신다고 했다. 나는 그에게 한국에 올 기회가 있으면 인삼막걸리와 삼계탕을 대접하겠다고 약속하며 명함을 건네주었다. 한국의 인삼이 독일의 유서 깊은 도시에서 인기를 끌고 있다는 사실은 뜻밖이다. 한국산 인삼이 조만간 독일에서 큰 사건을 일으킬 것 같은 예감이 든다.

14세기에 성곽도시로 출발하여 2차 세계대전이 시작되기 전까지 중세의 우아함을 간직했던 영주의 도시는 1945년 연합국의 공중폭격으로 시가지의 70퍼센트가 파괴되었다가 종전 후 새로운 모습으로 복구되었다. 광장 주변은 물론이고 시내 전체에 넓은 숲과 녹지대가 잘 가꾸어져 있어 이 도시가 초록의 도시로 불리는 까닭을 알 수 있었다. 이 초록의 도시를 축제의 도시로 기억해 둘 것이다.

뒤셀도르프로 가는 고속도로는 군데군데서 진행되는 도로공사 때문에 교통체증이 극심했다. 더구나 오후부터는 지척을 분간하기 어려운 폭우가 쏟아져 우리가 탄 미니버스는 거북이 운행을 할 수밖에 없었다. 가다 서다를 반복한 끝에 밤 9시가 넘어서야 뒤셀도르프에 도착하여 홀리데이 인 호텔에 투숙했다.

■ 9월 4일(월) [뒤셀도르프] / 맑음

오늘은 쾰른을 거쳐 로렐라이를 다녀오는 왕복 350km의 일정을 소화
했다. 쾰른 대성당은 첫눈에 보기에도 중세교회의 권위를 느끼게 하는
장엄한 건축물이다. 고딕 양식의 성당은 웅대한 규모와 시커멓게 변한
겉모습이 마치 골리앗이나 헤라클레스의 이미지 같은 느낌을 풍겼다. 그
것은 바티칸 대성당이나 세인트 폴 대성당과는 전혀 다른 분위기였다.
성당 내부 장식은 스페인 성당에 비해 겸손하지만, 스테인드글라스에 그
린 성인화는 시선을 사로잡는 화려함과 신비함이 있었다. 로마네스크식
내부 천장과 그것을 떠받치는 수십 개의 사암 기둥은 다소 위압적이지
만, 자유로운 출입과 예배가 가능하도록 배치해 놓은 의자들은 대중적인
친근감과 소박함을 풍겼다. 일행이 의자에 앉아 있을 때 갑자기 파이프
오르간이 바흐의 곡을 연주하기 시작했다.

1248년~1880년까지 632년 동안에 걸쳐 지은 쾰른 대성당의 공식 명
칭은 쾰른 돔이며, 1996년 유네스코 세계 문화 유산으로 지정되었다. 우
리는 대성당 지하에 있는 보물관도 둘러봤다. 그곳에는 성당의 건축 역
사를 그린 그림, 금박을 입힌 중세의 성서와 서적, 주교와 성직자들의 예
복과 모자, 주교의 황금 보검, 황금으로 만든 성체현시대와 성감(聖龕), 성
배, 홀장(笏杖)이 전시되어 있었다. 이 호화로운 보물들은 필경 중세교회의
번득이는 위세와 권력의 상징일 것이다.

라인 강을 끼고 남쪽으로 달리는 도로 양쪽의 협곡 사이로 아름다운
마을이 들어 서 있고, 강 건너 언덕에는 고성들이 솟아 있었다. 어제 내
린 폭우의 흔적은 간 데 없고 하늘은 푸르렀다. 라인 강 양안에는 강변도
로와 철도가 동시에 뻗어 있고 검은 지붕 아래 흰색 외벽의 집들이 늘어
서 마을을 이루고 있었다. 우리는 강변 부두에서 페리 선을 타고 건너가

쾰른 대성당.
웅대한 스케일과 고색창연함은
마치 골리앗을 연상하게 한다.

로렐라이 언덕의 고성이
라인 강을 굽어보고 있다.

로렐라이 동상을 찾아갔다. 찬란한 빛을 뿌리며 기울어가는 저녁 해, 황금빛 빗으로 금발을 빗으며 노래 부르는 로렐라이의 모습에 넋을 잃은 사공이 돌풍을 만나 강물 속으로 사라져버렸다는 신비한 전설 속의 노래, 그 노래의 주인공은 산도 아닌, 언덕도 아닌 강둑에 앉아 있었다. 나는 로렐라이 동상 앞에서 라인 강을 바라보며 고등학교 음악시간에 배운 노래 로렐라이, 하인리히 하이네가 지은 시를 독일어로 노래했다.

왜 이리도 내 마음 쓸쓸한지 까닭은 알 수 없어도
전해 오는 옛 이야기 하나 마음속에 떠나지 않네
서늘한 바람 날은 저무는데 고요한 라인 강
찬란한 저녁 햇빛 속에 산봉우리가 빛나네

노래를 끝냈을 때 누군가가 박수를 쳤다. 뒤를 돌아보니 한 중년의 백인 남자가 카메라를 들고 서 있었다. 그는 내가 부른 노래를 칭찬하고 악수를 청하며 어디에서 왔느냐고 물었다. 그는 뮌헨에서 항공우주 관련 회사의 부사장으로 일하는 만프레드라는 사람인데, 독일 전역을 돌아다니며 기차를 사진 찍는 것이 취미라고 자신을 소개했다. 나는 일행을 소개하고 독일로 여행을 오게 된 사연을 설명해 주었다. 그는 우리의 세계일주 여행에 관한 이야기를 듣고 지금까지 여행에서 만났던 사람들과 마찬가지로 놀라워하며 축하한다는 말을 했다. 그와 마치 오랜 친구인 것처럼 웃고 이야기하다가 함께 사진을 찍은 뒤 헤어졌다. 그는 헤어지면서 내년 한국에 출장 갈 기회가 있으니 그때 꼭 한번 만나자는 말을 남겼다.

잠시 후 로렐라이 언덕으로 차를 타고 올라갔다. 언덕은 평평한 고원이었다. 독일 국기가 게양된 로렐라이 산 정상에는 해발 193.14m, 라인 강 수면으로부터의 높이가 125m임을 알리는 동판 표지판이 설치돼 있었다. 언덕에서 내려다보니 탁 트인 주변 경관 속에 라인 강은 S자로 굽이쳐 흐르고 있었고, 빠르게 흐르는 강물 위로 유람선과 수송선이 오가고 있었다. 늦은 저녁이 되어서야 우리는 뒤셀도르프로 돌아왔다.

아름다운 강소국들
벨기에 · 네덜란드 · 룩셈부르크

베네룩스 3국

BELGIUM · NETHERLANDS · LUXEMBOURG

66 먼 친척보다 가까운 이웃이 낫다는 속담은 베네룩스 3국을 두고 하는 말일지도 모른다. 영토의 크기는 작지만 속살이 단단하고 알찬 유럽의 세 강소국들은 저마다 개성 있는 문화와 전통으로, 제각기 독특한 자연경관으로 세상의 호사가들과 구경꾼들을 끌어 모으고 있다.

물과 운하, 풍차와 둑, 꽃과 나막신의 나라 네덜란드에는 맛있는 치즈가 여행객들을 유혹하고 있을 뿐만 아니라, 세계 최고의 교향악단이 작은 나라의 예술적 자존심을 지키고 있다.

오줌싸개 동상의 나라 벨기에의 수도, 유럽의 작은 파리로 불리는 브뤼셀에는 세계에서 가장 아름다운 시청 건물과 그랑 쁠라스 광장이 여행객들에게 환상적인 야경의 추억을 안겨준다.

공국이라는 이름의 작은 나라 룩셈부르크에는 기이한 모습의 계곡을 따라 동화적 영감을 불러일으키는 고풍스러운 궁전과 성벽이 솟아 있다. 룩셈부르크를 찾은 여행객은 이 작은 나라가 세계에서 국민소득이 가장 높은 나라들 중의 하나라는 사실을 뒤늦게 알고 나서 놀라움을 금치 못하지만 그것은 그리 놀라운 일이 아니다.

베네룩스 3국은 인근 열강으로부터 숱한 외침을 겪었음에도 불구하고 침략과 정복의 손길로부터 독립을 유지해 왔다. 이들의 독립을 가능하게 한 것은 강인한 시민정신과 높은 문화적 자존심이었다. 사이좋게 이웃한 이들 세 나라는 1944년 관세동맹을 맺은 이래 하나의 경제공동체를 이루어 공동의 번영을 누리고 있다.

무엇보다도 베네룩스 3국은 우리나라에게 영원히 잊지 못할 은혜의 나라들이다. 6 · 25전쟁 당시 세 나라는 유엔 참전 16개국의 일원으로 한국전선에 전투부대를 파견한 유럽의 친구들이다. 그들은 머나먼 한국전선에서 목숨을 걸고 싸워 동방의 작은 나라를 지켜주었다.

아름다운 강소국 베네룩스 3국에 가면 진기하고 사랑스러운 것들이 많으며, 작은 것들이 아름답다는 말의 진실을 이해하게 될 것이다. **99**

아침 일찍 자동차를 타고 21km 떨어진 뒤스부르크 역으로 가서 10시에 암스테르담 행 고속열차 이체(Ice)를 탔다. 독일의 고속열차는 속도가 빠르지는 않았지만 승차감은 안락했다. 열차를 타고 가는 동안 네덜란드 국경을 넘어선 사실조차 모를 정도로 국경지대의 농촌 풍경은 두 나라가 비슷했다. 그러나 열차가 아른헷 역을 통과하고 있을 때, 차창 밖 광고판에는 독일어가 사라지고 네덜란드어가 등장했다. 숲과 초원지대를 번갈아 지나고 소와 양떼가 풀을 뜯는 넓은 초지 사이로 크고 작은 수로들이 나타나기 시작했다. 두 시간을 조금 지나 암스테르담 중앙역에 도착했을 때, 하늘은 여전히 흐려 있었고 짙은 안개가 낮게 깔려 하늘과 땅의 경계선을 구분할 수 없었다. 역사 밖으로 나왔을 때 숫자를 헤아릴 수 없는 많은 자전거와 자전거 보관대가 우리를 놀라게 했다. 자전거가 숲이 되어 시가지 전체를 덮고 있었다. 마중 나온 여행 가이드 찰리 박의 설명에 의하면 네덜란드 인구 한 명당 평균 다섯 대의 자전거를 보유하고 있을 정도라고 한다. 일찍감치 홀리데이 인 호텔로 가서 여장을 풀고 다시 밖으로 나왔다. 독일을 떠나온 지 세 시간도 안 되는 시각에 우리는 벌써 네덜란드의 한복판에서 움직이고 있다. 유럽은 한 동네이며 이웃이라는 사실이 다시 한 번 실감났다.

맨 처음 찾아간 암스테르담 교외의 메르켄이라는 마을은 거대한 담수호 옆에 위치한 같은 성씨를 가진 몇 개의 혈족들이 모여 사는 집성촌이었다. 동네 전체에 종횡으로 작은 수로가 연결되어 있고, 대부분의 주택은 암녹색 외벽에 검정색 지붕이었다. 그밖에도 집집마다 특색 있는 장식을 한 모습이 눈길을 끌었는데, 집 현관마다 그림, 조각, 장식품, 인형, 화분 등이 놓여 있고, 잔디밭에는 작은 꽃밭을 가꾸어 놓았다. 평일임에도 불구하고 울타리와 벽에 페인트를 칠하는 부부의 모습과 텃밭을 일구는 백발의 노부부 모습도 보였다. 가끔씩 어떤 집 앞에는 '집 팝니다'(Te koop)라고 쓴 푯말이 걸려 있었다.

메르켄은 2차 대전 전 북해변에 40km의 둑을 쌓고 바닷물을 막아 만든 담수호를 끼고 있다. 마을의 집들이 담수호보다 1~2m나 낮은데, 사람들이 어떻게 수면보다 낮은 땅에서 두려움 없이 살고 있는지 신기하기만 하다. 메르켄에서 가까운 곳에 있는 홀렌담은 둑의 나라 네덜란드가 만들어진 과정을 생생히 보여주는 수변마을이다. 1930년대 만들어진 제방 건설과정에서 무수한 사람들이 희생되었다. 둑에 쌓은 막대한 양의 돌이 생산될 턱이 없는 네덜란드로서는 노르웨이, 독일, 스위스에서 돌을 수입해 올 수밖에 없었다. 네덜란드의 제방은 이 나라 국민들이 살아남기 위해 피땀을 흘려 쌓아올린 생명의 둑이며 협동과 단결의 위대한 상징이다.

저녁 무렵 하늘의 구름이 벗겨지고 해가 밝게 비치기 시작했다. 기분 좋은 날씨를 반기며 암스테르담 시내로 돌아와 어느 한식당으로 갔다. 된장찌개, 곰탕, 고등어구이로 저녁을 먹고 나서 5인분의 저녁값으로 109유로를 지불했는데 그 중 된장찌개 값이 20유로였다. 네덜란드의 모든 음식 값이 비싼 것인지, 한국음식이 특별히 비싼 것인지 알 수 없지만, 앞으로 현지 음식을 먹게 되면 알게 될 것이다.

■ 9월 6일(수) [암스테르담] / 맑음

새벽하늘에 푸른색 기운이 감돌아 오늘 하루 맑은 날씨를 예감하게 했다. 집을 떠나온 지 87일 째, 유럽의 한복판을 거미줄처럼 돌고 돌아 우염료가 풍차에서 생산되었다면 믿을 수 있을까. 이 두 가지는 서로 깊은 내력이 있다. 염료의 원료가 되는 아프리카와 동남아시아의 나무들이 의류염색을 위해 1600년부터 대량으로 네덜란드에 수입되었다. 덩치 큰 목재들은 풍차 안에 있는 큰 통에서 끌을 이용해 작은 조각으로 썰어졌다. 이 조각들은 풍차의 힘으로 돌아가는 7톤짜리 회전 돌방아에 의해 가루로 만들어졌고, 회전통 안에서 체로 걸러내는 과정을 거쳐 완성된 가루염료는 자루나 통에 담겨져 시장으로 팔려나갔다. 1700년경에는 백묵과 광택용 가루, 광물도 염료로 쓰였다.

나는 나무사다리를 타고 풍차 내부의 2층과 3층으로 올라갔다. 그곳에서 거대한 나무톱니바퀴가 가로 세로로 맞물려 있는 모습을 볼 수 있었다. 풍차의 건조실에는 뽀얗게 먼지가 쌓여 있었다. 염료전시판매실에는 가지각색의 그림물감 분말이 100cc정도의 작은 병에 담겨져 3~5유로의 가격으로 팔리고 있었다. 렘브란트가 사용했던 유화물감도 풍차가 만들어낸 테레핀유와 아마유 같은 기름을 섞어 만든 것이었다. 고통과 인내를 요구하는 작업을 통해 그려낸 그의 초상화는 400년이 지난 지금도 색깔이 변하지 않은 채 명화의 품격을 유지하고 있다. 풍차는 경제적 가치의 1차 수단으로서뿐만 아니라 르네상스와 그 이후까지 유럽 화가들이 즐겨 사용한 유화물감의 원료를 만들어낸 빛나는 역할을 했다. 이렇게 세계 유일의 염료생산 풍차는 네덜란드 사람들의 삶과 예술에 색채와 활력을 불어넣는 생명의 기계였던 것이다. 암스테르담의 풍차는 기대 밖으로 많은 것을 가르쳐 주었다.

리는 165개의 운하와 1,292개의 다리가 놓여 있는 암스테르담을 중심으로 이곳저곳을 돌아다녔다.

풍차를 떠올리면 생각나는 나라는 역시 네덜란드다. 풍차는 바람개비다. 바람은 날개를 움직이는 힘이며 풍차를 돌리기도 하고 멈추게도 하는 자연의 동력이지만, 15톤의 무게가 나가는 풍차를 움직이게 만드는 사람의 손길이 없다면 풍차는 돌지 않을 것이다. 일꾼들이 풍차 날개에 달린 덮개 천을 넓혔다 좁혔다 하면서 풍차의 속도를 조절해야 하기 때문이다. 암스테르담에서 15km 떨어진 잔세스칸스 마을에서 우리는 풍차의 모든 것을 구경했다. 잔세스칸스는 담수호와 수로가 함께 어울린 전원의 아름다운 마을이다. 한때 600개가 넘는 풍차가 어지럽게 돌아가던 모습은 사라지고 지금 네 개의 풍차만이 자리를 지키고 있다.

풍차는 1600년 초 잔세 강변에 살던 사람들이 고기잡이와 무역으로 돈

담수호와 수로가 함께 어울린 전원의
아름다운 마을 잔세스칸스.
지금 네 개의 풍차가 자리를 지키고 있다.

을 벌어 만든 것인데, 처음에는 침수방지용으로 사용되다가 나중에 수공업과 제조업에 이용되기 시작했다. 잔세스칸스는 풍차를 이용해 밀, 보리, 쌀, 목재, 종이, 식용류, 겨자, 담배, 대마 같은 농산물을 생산하거나 가공하였다. 그러나 기계가 등장하면서 1850년대 초부터 풍차의 산업기능은 사라지고, 지금은 네덜란드 전역에 13개의 풍차만 남아 당시의 모습을 전하는 기념물 역할을 하고 있을 뿐이다.

그런데 풍차마을을 구경하던 중 뜻밖에도 우리는 기분을 언짢게 만드는 장면을 목격했다. 한국에서 온 어떤 정치인이 이곳 대사관 직원들과 무역관련 기관의 임직원인 듯한 사람들에 둘러싸여 거드름을 피우며 돌아다니고 있었다. 평소 적은 인원과 과중한 업무 때문에 고생하는 대사관 직원들이 해외시찰에 나선 정치인들의 뒷바라지를 하느라 자주 시달린다는 사실은 이미 익히 알고 있었으나, 자국민 보호업무를 뒷전으로 미룬 외교관들의 모습이나 결코 의욕적인 업무 시찰 모습으로 볼 수 없는 정치인의 모습이나 씁쓸하기는 마찬가지였다.

오늘 점심은 1520년에 개업했다는 헤스예클레스에서 소시지와 바비큐, 홍합요리를 먹었다. 새큼한 소스를 얹은 소시지와 바비큐 요리는 맛도 좋고 양도 많은 편이었지만, 버터로 구워낸 홍합요리는 국물이 없는 게 흠이었다. 계산서에 88.25유로가 찍혀 나왔다. 물가가 비싸기로 유명한 국가 중 하나인 이곳에서 우리는 하나도 남김없이 먹었다.

식사 후 우리는 암스테르담의 중심 담(Dam) 광장과 왕궁을 구경했다. 광장에는 많은 사람들이 있었다. 광장 옆의 전몰위령탑 주위에는 젊은 남녀들이 잔뜩 모여 있었고 그 가운데는 대마초를 피우는 젊은이들도 많았다. 처음에는 그들이 담배를 태우는 줄로만 여겼는데, 곁을 지나가면서 맡아본 냄새는 담배와는 전혀 다른 것이었다. 그들의 표정은 무엇엔가 홀린 듯 했으며 눈은 초점을 잃은 것처럼 보였다. 세계 최고의 교향악

암스테르담의 운하.
시내 전체가 운하로 연결된 암스테르담은
문자 그대로 물의 도시다.

단이 있는 암스테르담이 마약의 자유방임지대라는 사실은 왠지 어울리지 않는다.

늦은 오후 우리는 유람선을 타고 암스테르담의 운하를 돌며 주변 풍경을 구경했다. 운하 주위에는 풍경화의 소재가 될 만한 건물과 다리가 많았는데, 나중에 그림을 그릴 셈으로 그것들을 스케치하고 사진을 찍느라 손놀림이 분주해졌다. 건물과 건물 사이는 간격이 거의 없었으며 비스듬히 기울어진 건물들도 많았다.

안네 프랑크 하우스를 돌아본 후 들어갔던 안네 프랑크 박물관에는 안네의 일기장에 쓰인 것과 똑같은 구조를 지닌 집과 책장 뒤에 숨겨진 비밀의 문이 있었다. 이런 곳에서 한 가족이 어떻게 몇 년을 숨어 살았을까 하는 의문이 생겼다. 안네 가족의 슬픈 이야기를 간직한 이 특별한 집에는 평일인데도 많은 관람객들이 둘러보고 있었다. 그곳에는 안네가 쓴 일기장 원본, 옷가지들, 안네 가족이 쓰던 생필품, 한국어를 비롯해 각국어로 번역된 안네의 일기 번역본들이 전시되어 있었다. 즐거운 관람은 아니었지만 전쟁의 비극, 삶의 의미, 가족의 소중함을 일깨워주는 특별한 공간에서 큰 아들과 새 식구가 된 며느리가 생각났다. 가족은 소중한 것, 생명을 걸고 지켜야 할 아름다운 가치임을 너희도 알고 있겠지. 우리는 안네 같은 슬픔을 당해서는 안 된다. 안 되고 말고!

■ 9월 7일(목) [헤이그] / 맑음

암스테르담 교외 알스메르에 있는 화훼 경매시장은 규모가 엄청나게 컸다. 전체 부지면적 180만 평, 건축단면적 18만 평, 연건축면적 31만 평. 단일 건물로는 세계에서 가장 크고 축구경기장의 130배에 달하는 거대한 규모라고 한다. 우리가 그곳에 들렀을 때 꽃 경매시장은 이미 폐장되어 사람들이 모두 빠져나간 뒤였다. 경매시간이 끝난 10시 이후의 현장은 팔리지 못한 꽃을 폐기하기 위해 실어 나르는 전기자동차와 청소차의 움직임이 부산했다. 끝이 보이지 않는 긴 통로를 따라 경매시장 안을 돌아다니며 경매장 안에 남아 있는 꽃냄새를 실컷 맡고 산책 겸 다리운동을 하다가 그곳에서 나왔다.

국제적으로 이름난 가산 다이아몬드센터는 암스테르담 시내 한가운데 있었다. 그곳에서는 자이레에서 발견되었다는 181.5캐럿짜리 다이아몬드 원석이 전시되고 있었는데, 다이아몬드센터 종업원들은 그 원석이 세계 최대의 것이라고 자랑했다. 그것은 검정색 돌덩어리에 반짝거리는 금속알맹이가 박힌 것 이외에는 다른 광물과 다를 바 없는 평범한 돌멩이처럼 보였다. 여자 안내원의 설명을 듣고 나서 다이아몬드라는 것에 대한 호기심이 발동했다. 그녀의 설명에 따르면, 다이아몬드의 품질과 가격을 결정하는 요소는 무게(carat), 색깔(color), 투명도(clarity), 표면절단상태(cut)의 소위 4c라고 한다. 1캐럿이 0.2그램이므로 여왕의 금관이나 술탄의 보검에 박힌 100캐럿의 다이아몬드라고 해야 20그램에 불과한 것인데, 이 광물이 희한한 광채를 뿜어내며 세상 여인들의 가슴을 설레게 만들고 눈동자의 동공을 확대시키는 마력을 지녔다는 것은 나 같은 보석 문외한에게는 먼 나라의 이야기다.

가장 좋은 색깔의 다이아몬드는 파란색 계통의 리버(river)이고, 나쁜 색깔은 노란색이라는 사실도 암스테르담에 와서 처음 알게 되었다. 다이아몬드는 절단형태에 따라 원형(brilliant), 타원형(oval), 물방울(pear), 정사각형(princess), 하트형(heart), 원추형(marquise), 에메랄드형(emerald)으로 모양이 나누어지며, 보석으로서의 생명은 절단기술에 따라 결정된다고 한다. 원석을 가공해서 얻어지는 최고의 명품은 57~58면을 이루도록 절단한 것이고, 흔히 말하는 쓰부(부스러기) 다이아몬드는 18면으로 절단한 것이라고 한다.

다이아몬드 생산국이 아닌 네덜란드에 국제적으로 이름난 다이아몬드 가공공장이 있다는 것은 네덜란드가 남아프리카 식민지 경영을 통해 얻은 광산개발과 가공기술 덕분일 것이다. 이러다가는 보석 전문가가 될지도 모르겠지만, 여행을 통해 새롭게 보고 듣는 것이 늘어나는 일은 결코 귀찮은 일이 아니다. 어찌된 일인지 아내들은 조용히 구경만 하고 남자들보다도 먼저 그곳을 빠져 나왔다.

암스테르담 북쪽 해변에 있는 잔드부르트 자동차 경기장과 카이트서핑 현장을 구경하고 바닷가에 위치한 레스토랑에서 점심을 먹은 후 헤이그로 향했다. 초원과 숲, 작은 운하를 가로지르며, 오후의 햇빛과 푸른 하늘을 한 시간가량 즐기다보니 어느새 헤이그에 도착했다. 우리가 쉴 메르큐어 호텔은 시내 중심가에 있는 159개의 객실을 갖춘 곳인데 객실마다 40인치의 LG 텔레비전이 비치되어 있었다. 유럽 어디를 가든지 우리나라의 전자, 전기제품을 만나는 것은 아침 밥상을 대하는 것처럼 자연스러운 일상사가 되어 버렸다.

호텔 옆 중국 식당에서 저녁을 먹고 헤이그 중심가를 산책했는데, 거리는 이상하게도 사람이 드물었다. 아직 휴가철이 끝나지 않은 모양이다.

■ 9월 8일(금) [로테르담] / 맑음

호텔에서 도보로 15분 거리에 네덜란드 왕궁－베아트릭스 여왕 집무실－과 국회의사당, 수상집무실, 각부 장관이 있는 정부청사가 있는데,

이들은 모두 13세기 이후에 지은 것들로 유럽 왕궁들 가운데 가장 작은 규모지만 소박하고 우아한 르네상스식 건물이다. 여왕의 궁이나 수상 집무실 앞에도 경찰이나 경비원의 모습은 보이지 않고, 의전용 승용차 같은 것도 발견되지 않았다. 공무원과 방문객을 위한 자전거들만 보관대에 잔뜩 걸쳐 있었다. 그런 탓인지 왕궁과 청사 주변은 적막감조차 느껴졌다. 작은 왕궁에 살고 있는 여왕은 얼마나 국민을 사랑하고, 국민은 또 여왕을 얼마나 존경하고 있을까.

세계에서 가장 큰 그림을 꼽는다면 로마 시스티나 성당의 '천지창조'나 '최후의 심판' 정도가 될 것이다. 그런데 네덜란드에는 그와는 종류가 다른 또 하나의 거대한 그림이 있다. 헤이그 시내의 파노라마 메스닥 미술관에는 360도의 평면상에 쉐베닝겐 마을의 풍경을 그린 파노라마 그림이 있다. 그것은 관람객이 입체감 가득한 초대형 파노라마 화면의 중심에 서서 실물을 보는 것 같은 환영에 빠지게 만드는 특별한 그림이다.

캔버스는 관람객의 눈으로부터 14m의 거리에 떨어져 있지만, 그림 속의 해변, 마을, 배, 사람들의 모습은 원근감 있게 입체적으로 표현되어 관람객이 화면 속으로 걸어 들어가고 싶은 충동을 일으키게 한다. 뿐만 아니라 햇빛의 밝기와 방향에 따라 풍경화의 분위기가 완전히 달라진다. 특수 망원경을 통해 파노라마 그림을 투시했더니 어찌된 일인지 망원경 안에는 예전 모습을 그린 그림이 오늘날 마을의 모습으로 나타났다. 거대한 화면이 거대한 환영을 만들어냈다. 이 그림을 그린 사람은 1881년 메스닥 미술관을 완성한 화가 헨드릭 메스닥이다.

국제사법재판소가 이곳 헤이그에 있다는 것을 아는 사람은 드물다. 그런 일이 일어나지 않기를 간절히 바라지만, 앞으로 어떤 경우에 이 재판소는 한국과 관련을 맺을 수도 있다. 이 건물을 보는 순간 독도가 생각났다. 일본이 다케시마의 자국령 주장을 국제적으로 인증받기 위해 언젠가

국제사법재판소.
이렇게 아름다운 건물이
재판소 건물이라니 믿기 어렵다.

는 독도문제를 끌어들일 수도 있는 장소가 바로 헤이그의 국제사법재판소다. 그렇게 해서 세계의 이목을 집중시키고 영토분쟁에 여러 나라를 끌어들여 일본의 국제적 위상을 높여 보겠다는 정치적 계산이 숨어 있는 국제법의 최종 판정기관이 여기 헤이그에 있다. 아름답기만 한 국제사법재판소 건물이 한국과 어떤 인연을 맺게 될까.

국제사법재판소를 둘러본 후 우리는 이준 열사 묘지를 찾아갔다. 이준 열사의 묘는 공원묘지에 있었다. 일송 이준 선생의 유골은 1977년 7월 14일 조국으로 이장되었지만, 선생의 영혼이 먼 나라의 공동묘지에서 외롭게 떠돌았을 51년의 세월은 헤이그에 묘비 하나만을 쓸쓸히 남겨 놓았다. 우리는 선생의 묘비와 흉상 앞에 묵념했다.

오후에는 헤이그 서쪽 북해안에 있는 스케베닝헌 마을에 가서 점심을 먹고 해변가를 산책했다. 구름이 간간이 낀 하늘은 맑고 푸르렀다. 아내와 나는 북해를 바라보며 온몸에 서늘한 바람을 맞았고, 친구 부부는 길게 뻗친 모래밭을 따라 산책을 했다. 황록색 바다는 거친 파도가 흰 거품을 토해냈고, 한여름 따가운 볕의 마지막 기운조차 사라진 모래벌판 위에 초가을 바람이 불어왔다. 철 지난 해수욕장에는 사람들이 드문드문했다. 해변 레스토랑 앞마당에서 갈매기와 까마귀, 비둘기들이 어울려 노는 모습을 지켜보다가 다음 행선지를 향해 차를 달렸다. 그리고 두 시간 후 암스테르담이나 헤이그와는 전혀 느낌이 다른 도시 로테르담에 도착했다.

시내 중심가에 있는 힐튼 호텔에 짐을 풀고 난 뒤 가까운 시가지로 걸어갔다. 로테르담의 번화가는 바로 호텔 부근에 있었다. 깨끗한 초현대식 건물, 세련된 상점들이 즐비하고 자동차 없는 거리에는 젊은이들이 주말 오후 시간을 흥청거리며 보내고 있었다. 계단에 앉아 햄버거와 아이스크림을 먹는 젊은이들, 기타를 키며 노래를 부르는 남녀들, 인라인 스케이트를 타고 군중 속을 헤집고 다니는 아이들, 듣거나 말거나 열심히 바이올린과 아코디언을 켜는 거리악사들, 짝을 지어 다니며 쇼핑하는 남녀들로 거리는 붐볐다. 광장의 높이 솟은 건축조형물과 조각들 주위로 앉아 있는 사람들 모습이 여유로워 보였다. 암스테르담과 같은 중세적 색채가 없는 세련된 도시에는 함부르크와 같은 상업적 활기가 넘쳤다.

■ 9월 9일(토) [아인트호벤] / 맑음

오늘은 여행 90일 째 되는 날이다. 인도 여행 6일을 빼고 나면 84일간을 주로 유럽에서 보낸 셈이다. 유럽 여행의 지루함을 느낄때도 되었지만, 가는 곳마다 새로운 볼거리와 풍광, 색다른 분위기가 우리의 발걸음을 끊임없이 이끌어주고 있다.

로테르담의 여러 곳을 둘러보는 동안 나는 이 도시가 건축미학과 첨단 건축공법이 어울린 보기 드문 도시라는 느낌을 받았다. 건물, 거리, 운하마다 독창적인 설계가 숨어 있는 것 같았다. 고급자재로 지은 기능미 넘치는 건물들이 많고, 앞쪽이나 뒤쪽을 향해 의도적으로 경사지게 만든 이상한 건물들도 수두룩했다. 지금까지 보아온 어떤 도시와도 다른 기하학적 조형미는 마치 미래 건축의 꿈을 담은 오벨리스크 같은 인상을 준다.

로테르담에서 자동차로 한 시간 거리에 있는 바르세벨트 주, 위치 시의 케르크플레인에는 특히 우리나라 여행객들의 관심을 많이 끌고 있는 아담하고 소박한 2층 벽돌집이 있다. 집 앞에는 한글과 네델란드어, 영어로 '히딩크가 태어난 집－히딩크는 형제 다섯 중 세 번 째 아들로 태어나 열두 살 때까지(1946~1958) 이 집에서 살았고 이 집 뒷마당에서 축구를 했다.'라는 한국 월드컵 축구팀의 前 감독 히딩크의 생가임을 알리는 표지판이 서 있다. 표지판에는 태극기와 네덜란드기를 합성한 묘한 기가 그려져 있고, 히딩크 감독의 아버지가 아기 히딩크를 안고 있는 흑백사진이 새겨져 있다. 2002년 월드컵 직후 박물관으로 공개되어 많은 한국 관광객들이 찾기도 했으나 지금은 더 이상 이곳을 보기 위해 마을을 찾는 한국인은 없다고 한다.

젊은 시절 히딩크가 즐겨 찾았다는 카페 레스토랑 데플로그에서 점심을 먹은 뒤 산책을 겸해 찾은 스포르탁 오베링크 축구장은 주변이 울창한 숲으로 둘러싸여 있고, 토요일을 맞아 마을 아마추어 팀 간의 경기가 벌어지고 있었는데, 그 잔디구장도 히딩크의 추억을 간직하고 있는 또 하나의 장소였다. 한국 사람들에게 친근한 우상이며 다정한 영웅이었던 네덜란드인. 나는 히딩크와 개띠 동갑내기여서 그를 더욱 잊을 수가 없다. 경기에서 승리를 거둔 후 축구공에 입을 맞추고 관중석을 향해 축구공을 차올리던 그의 모습, 관중석으로 축구공이 날아가는 것을 확인한 후 그곳을 향해 다정한 미소를 띠고 머리 숙여 인사하던 그의 모습을 지금도 기억한다. 나는 지금 그의 고향에 와있다. 저녁 무렵 아인트호벤 시에 도착하여 홀리데이 인 호텔에 짐을 풀었다.

■ 9월 10일(일) [로테르담] / 맑음

아침에 호텔 프런트에서 체크 아웃할 때 1인당 3.50유로의 관광세를 지불하라는 요구를 받았는데, 우리 여행 가이드가 자신도 그런 세금이 붙는 줄을 미처 몰랐다며 뒤늦게 처리해 주었다. 우리가 미리 지불한 호텔 요금에는 관광세가 포함되지 않았다. 각 주와 시마다 고유의 지방세

제도를 시행하는 네덜란드 지방자치의 단면을 엿보게 하는 이 제도가 언젠가는 한국에도 도입될 것이 틀림없다.

이른 시각 PSV 아인트호벤 팀의 홈구장을 찾아갔다. 휴일이라 구장은 문이 닫혔고 경비직원만 근무하고 있었다. 나는 톰 토마스라는 이름의 직원에게 세계 일주 여행 중에 특별히 아인트호벤 시를 방문하여 이 구장을 찾아온 이유를 말하고 경기장을 구경시켜줄 것을 정중히 부탁했다. 한동안 망설이던 그는 잠깐 기다리라며 어디론가 사라졌다 다시 나타났다. 우리는 그의 안내에 따라 1층에 있는 선수들의 라커룸, 사물함실, 샤워장을 둘러보고 아인트호벤 팀의 역사를 소개하는 기념관에 들어갔다. 기념관에는 팀을 거쳐 간 허정무, 박지성, 이영표 선수의 흑백사진이 다른 선수들의 사진과 함께 나란히 걸려 있었는데, 그 옆으로 젊은 시절의 호나우두 선수 사진도 보였다. 이어서 VIP 관람석과 귀빈연회실, 그 밖의 경기장 안 부대시설까지 구경할 수 있었다.

잔디구장에는 3cm 쯤 자란 잔디가 곱고 촘촘하게 깔려 있었다. 4만 명을 수용하는 좌석을 갖춘 스타디움은 거대한 규모와 현대적인 조형미를 갖춘 아름다운 건축물이었다. 토마스 씨가 손가락으로 가리키며, "저 자리가 히딩크 감독이 앉았던 벤치입니다."라고 말했다. 친절하게 안내해 준 그에게 고맙다는 인사를 하고 아인트호벤 구장을 나오면서, 이곳을 거쳐 영국으로 건너간 두 한국 선수들이 히딩크의 제자답게 계속 멋진 경기를 해주기를 기원했다.

정오가 될 무렵 네덜란드 남단의 벨기에 접경도시 마스트리히트에 도착했다. 마스 강변에는 눈에 띄게 아름다운 검붉은 색의 벽돌 건물이 있는데, 그것은 마스트리히트 주정부 청사였다. 청사 앞에는 청사 개관을 축하하는 베아트릭스 여왕의 글이 검정색 화강암 비석에 음각되어 있었다. 그리고 비석의 다른 면에는 다음과 같은 글이 새겨져 있었다.

'1992년 2월 7일 유럽연합 출범을 위한 마스트리히트 조약이 이곳에서 조인되었음. 여왕 베아트릭스'

유럽 현대사의 새로운 장을 열었던 엄청난 사건이 이 작고 아담한 도시에서 비롯되었다는 것은 믿기 어려운 일이다. 그러나 이 도시는 이미 20세기 세계사의 중요한 장소로 기록되고 있다.

그런데 일요일인 오늘 마스트리히트 시는 시가지 전체가 하루 종일 시끌벅적했다. 해마다 이맘때 열린다는 9월 축제가 마스 강변—라인 강의 네덜란드식 표현—에서 마침 열리고 있었던 것이다. 시내 광장과 거리, 다리 위, 강변, 교회당, 로마의 성터 앞에는 시민들이 운집하여 축제를 즐기고 있었다. 광장에서는 오렌지색 유니폼을 입은 고적대가 웅장한 북소리를 울리며 군무를 추고 있었고, 구경하던 사람들도 주위에 둘러서서 박수를 치는가 하면 춤을 추며 함께 어울리고 있었다. 친구와 내가 흥겹게 구경하는 사이 아내들은 광장에서 열리는 노천시장을 돌아봤다. 잠시 후 아내들은 슬리퍼가 들어 있는 예쁜 장바구니 하나씩을 손에 들고 나타났는데, 어느 노점에서 선물로 받은 것이라고 했다. 여행자에게 필요한 고급 슬리퍼를 공짜로 준 마스트리히트 사람들이 고맙고 친절한 관광 홍보요원들처럼 보였다.

고적대 공연 구경을 마치고 로마 시대에 만들어졌다는 아취 교를 따라 강 건너로 걸어갔다. 역시 로마 시대에 만들어졌다는 소 광장에서는 50여 명으로 구성된 관현악단이 연주회를 열고 있었다. 악단이 왈츠와 재즈, 네덜란드 민요를 연주하는 동안 어린이, 할아버지, 할머니, 신사숙녀, 청소년들이 둘러서서 음악에 맞춰 박수를 치며 어깨춤을 추고 있었다. 내 옆에 있던 하얀 턱수염의 노신사가 나에게 눈짓을 했다. 그리고 마치 '여기서는 이렇게 합니다.' 라고 말하는 듯한 표정으로 나와 어깨동

무릎 했고, 왼쪽에 있던 청년도 내 어깨를 잡았다. 그들은 그렇게 어울리는 것이 당연하다고 생각하는 듯, 내가 어디에서 왔는지 묻지도 않았다. 축제는 이렇게 하는 것일까. 축제라는 것이 이토록 신나는 것일까— 나는 국적도 나이도 잠시 잊은 채 흥겨운 축제 속에 빠져들었다.

햇빛 쏟아지는 광장 주위의 카페에는 빈 의자가 한 개도 없을 만큼 인파로 북적거렸다. 축제의 광장을 걸으며 생각했다. 네덜란드 사람들은 얼마나 행복할까. 그들은 자신의 인생을 얼마나 재미있게 살고 있을까. 그들은 자신의 고향과 고향사람들을 얼마나 사랑하고 있을까. 작은 도시 마스트리히트 시민들은 어떻게 저렇게 행복한 것처럼 보일까.

로테르담으로 돌아오는 고속도로는 쾌적했다. 프랑스의 고속도로를 달려보고 감탄했지만, 네덜란드도 그에 못지않게 훌륭하여 미끈하게 포장된 도로 위를 소음과 진동 없이 시속 130km로 달리는 기분은 상쾌했다. 도로변에는 소나무숲이 있었는데, 저지대와 초지가 대부분인 습기 찬 나라에 소나무숲이 우거진 모습을 보니 신기한 생각이 들었다. 햇빛 쏟아지는 평원의 오후는 평화로웠다. 9월의 온화한 대기 속에 잠긴 마을과 초지에서 풀을 뜯는 소와 양떼의 한가로운 모습은 여행자의 나른한 향수를 자극했다. 떠나온 집이 조금씩 그리워지는 것인지도 모른다.

세 시간을 달린 끝에 로테르담에 도착하여 NH 호텔에 투숙했다. 오늘은 헤이그에서 로테르담, 아인트호벤을 거쳐 마스트리히트로, 다시 로테르담까지 350km를 자동차로 달렸다.

■ 9월 11일(월) [안트베르펜] / 맑음

로테르담 중앙역에서 10시 24분에 벨기에로 출발하는 열차를 탔다. 열차로 이동하는 동안 차창 밖의 풍경을 감상했다. 평야 위에 줄지어 선 나무들은 군인들이 행진하는 모습을 닮았다. 지평선 멀리 긴 횡대로 천천히 움직이는 보병 나무들, 가까운 초지 위에 종대를 지어 뒤로 달려가는 기마부대 나무들, 그 중간에 포신을 치켜세우고 웅크리며 달려가는 탱크 나무들, 각양각색의 나무숲이 덩어리를 이루며 뒷편으로 사라졌다.

한 시간 남짓 걸려 도착한 안트베르펜의 베르켐 역에서 새로운 여행 가이드를 만났는데, 이번에는 여성 가이드였다. 자동차를 타고 가까운 곳에 있는 드 카이셀 호텔에서 여장을 푼 뒤 걸어서 시내로 갔다. 마침 일요일이어서 이곳 안트베르펜 출신 화가 루벤스 생가박물관은 문을 닫았다. 대성당 앞에는 어린 시절 읽었던 플랜더스의 개 파트라슈와 소년 네로 사이의 우정과 헌신에 대한 이야기가 검정색 돌에 새겨져 있었다.

안트베르펜 시청은 1564년에 지은 고딕풍 르네상스식 건물인데, 이 멋진 시청 광장을 에워싼 노천 카페는 대낮부터 장사진이었다. 유럽 어느 나라를 가든 시청과 시민이 광장을 공유하면서 관청과 시민들의 거리를 좁히고 있는 모습은 부럽기만 하다. 안트베르펜의 거리를 여기저기 걸으며 낯선 풍경을 즐기다가 각국의 전통음식점이 모여 있는 골목의 어느 식당에서 벨기에와 말레이지아 해물요리가 묘하게 혼합된 퓨전요리로 저녁 식사를 했다. 황금빛깔 짙은 벨기에 산 생맥주가 입맛을 돋우었다. 북해로 들어가는 쉘데 강의 물결 속으로 저녁 노을이 잠기는 광경을 한참동안 바라보다가 호텔로 돌아왔다. 오늘로 여행 94일째를 맞는다.

■ 9월 12일(화) [브뤼헤] / 맑음

브뤼헤를 떠나기 전 아침 일찍 들렀던 안트베르펜 대성당은 마르크트 광장 옆에 있는 고딕 양식의 건물이다. 1352년부터 200여 년에 걸쳐 지은 123m 높이의 성당 첨탑은 이 도시의 상징이 되었다.

나는 안트베르펜 대성당 안에서 이 성당을 특별한 신앙의 전당으로 만든 위대한 그림을 만났다. 루벤스가 그린 세 점의 성화 '십자가에서의 하강', '성모승천', '십자가를 세움' –이 세 그림은 르네상스 당시 이탈리아 화단으로부터 영감을 받은 루벤스의 힘과 종교적 열정이 넘치는 장엄한 대작이다. 그림에 묘사된 인체근육의 질감, 빛과 그늘, 사람의 눈동자와 시선은 더 이상 종교화이기를 거부하는 작가의 의지를 담은 것처럼 보였다. 돔 천장에 그린 '성모승천'은 천국의 빛을 향해 승천하는 성모 마리아의 사랑에 넘치는 표정을 지상의 인간에게 보여주는 무언의 메시지처럼 보였다. 그림의 신비한 매력에 이끌려 사진 찍는 것도 잊었다.

안트베르펜에서 서쪽으로 80km 떨어져 있는 브뤼헤는 12세기 이후에 지어진 건물들이 아주 특별한 정감을 불러일으키는 이색적인 도시였다. 우리는 잘 생긴 말 링고스타가 끄는 마차를 타고 성당, 시 청사, 화강암이 깔린 마찻길과 다리, 카페와 공원, 숲과 운하가 사방으로 연결된 브뤼헤의 시가지를 둘러봤다. 그리고 곤돌라를 닮은 배를 타고 운하를 따라 돌면서 이 중세도시가 숨겨놓은 비밀스러운 아름다움을 감상했다.

6·25전쟁 때 한국에 군대를 보냈던 작은 나라, 유럽연합 본부와 나토 사령부가 있는 정도로만 알고 있었던 나라에 이런 특별한 분위기를 자아내는 도시가 있는 줄은 몰랐다. 앞으로 유럽 여행을 하게 될 나의 친구들에게 여행 일정 속에 브뤼헤를 꼭 넣으라고 얘기해 줄 것이다. 7세기 경 플랑드르인이 세운 운하의 도시 브뤼헤는 13세기에 이르러 재능 있는 장사꾼들이 득실거리던 세계적인 무역항이다. 그런데–그것은 하늘의 조화였을까–누구도 예상하지 못했던 모래의 퇴적작용으로 바닷길이 막혀버린 탓에 무역의 중심이 안트베르펜으로 넘어가 도시는 쇠퇴일로를 겪

브뤼헤의 운하.
운하를 지나는 배들과 화강암이 깔린 도로 위로
경쾌한 말발굽소리를 내며 달리는 마차들…
로맨틱한 풍경과 정감어린 분위기에
도취되지 않을 수 없을 것이다.

게 되었다.

중세 이후 부녀자들의 레이스 기술에 힘입어 상업이 되살아나고, 뛰어난 화가와 문인들이 왕성한 활동을 벌이자 침체됐던 도시 분위기와 경제가 활력을 되찾기 시작했다. 여기에 그 동안 모래로 막혔던 운하를 마을로 끌어들이면서 세상 사람들이 다시 브뤼헤로 몰려들기 시작했다. 지금도 중세의 전통을 이어온 도시건축과 운하 덕분에 브뤼헤는 벨기에 최고의 관광특구가 되어 일 년 내내 호텔 예약이 어려울 정도로 관광객이 붐빈다고 한다. 동화 속에 나올 법한 아기자기한 건물들, 거미줄처럼 연결된 작은 운하를 지나는 배들과 화강암이 깔린 도로 위로 경쾌한 말발굽소리를 내며 달리는 마차들… 세상사에 무감각한 사람일지라도 이 도시의 로맨틱한 풍경과 정감어린 분위기에 도취되지 않을 수 없을 것이다.

고딕 양식의 시 청사 건물, 15분마다 종소리가 울리는 마르크트 광장, 십자군 전쟁 당시 예루살렘에서 가져온 피 묻은 예수님의 옷 조각을 보존하고 있는 바실리크 성혈 예배당, 높이 84m의 종루, 광장 주변의 카페들은 브뤼헤의 아름다움과 소박한 위엄을 풍기는 주인공들이다. 유럽 최초의 종합병원으로 세워졌던 얀 병원은 의료기관으로는 전혀 어울리지 않게 미술관 같은 분위기를 풍겼다. 벨기에는 생각했던 것과 달리 별난 매력이 넘치는 나라다.

■ 9월 13일(수) [브뤼셀] / 맑음

이번 여행 중 그 동안의 해외 여행에서보다도 새삼 크게 느낀 것이 있으니, 숲은 유럽 예술의 원천이며 음유와 명상의 요람이라는 것이다. 유럽의 숲은 2차 대전 종전 당시보다 더 울창해지고 나무의 평균 신장도

1815년 3월 엘바 섬을 탈출하여 황제 자리를 되찾은 나폴레옹은 그 해 6월 12만5천 명의 프랑스군을 이끌고 벨기에로 진군했다. 웰링턴이 지휘하는 영국, 벨기에, 네덜란드 연합군 9만5천 명과 블뤼허가 지휘하는 12만 명의 프로이센군이 벨기에의 평원에 집결했다. 마침내 1815년 6월, 유럽 7개국의 30여 만 명의 병력이 동원된 유럽사상 최대의 전투가 워털루에서 벌어졌다.

두 진영의 대결은 처음 영국군의 패배로 시작되었지만, 프로이센군의 기습으로 전세가 역전되었다.

6월 18일 역사적인 워털루 전투가 시작되었을 때, 갑자기 천둥과 번개를 동반한 소나기가 퍼붓기 시작했다. 길과 진지는 수렁으로 변했고 나폴레옹이 자랑하던 포병은 진흙탕에 갇혀 대포는 무용지물이 되었다. 프랑스군은 순식간에 전열이 붕괴되었고 결국 웰링턴의 보병에게 패배했다. 나폴레옹의 백일천하는 그렇게 끝이 났다.

3m 이상 높아졌다고 하는데, 그런 탓인지는 알 수 없지만, 프랑스, 스위스, 오스트리아에서는 정원수나 가로수의 가지를 쳐내 키를 낮추고 옆 부분도 반듯하게 손질한 모습을 자주 목격했다.

숲이 많은 나라에서는 귀족들이 스포츠로 사냥을 즐겼고, 사냥총과 권총 같은 총기류가 정교한 예술품의 수준으로 발달했다. 벨기에의 사냥총과 권총은 세계가 인정하는 일류제품이다. 바꿔 말하면 숲은 총기를 발달시킨 공간이기도 한 것이다. 벨기에는 국토 면적과 인구는 작지만 공원이 많고 숲이 아름다운 나라다. 레오폴드 현 국왕 소유의 공원은 일 년 내내 시민을 위한 휴식처가 되고 있다.

브루셀 근교의 공원과 숲을 산책하고 나서 한참동안 숲길을 따라 달리다가 워털루의 사자동산에 도착했다. 세계적인 보컬그룹 아바가 불렀던 노래의 제목이 워털루지만, 워털루는 멋진 노래 가락이 풍기는 평화와 낭만의 공간만은 아니다. 이곳은 유럽의 역사를 바꿔놓은 세기의 격전지였다.

1815년 6월 18일의 워털루 전투에서 프랑스 군은 최정예 근위대의 75퍼센트인 1만 명을 포함하여 모두 5만 명의 병력을 잃었다. 영국군은 1만5천 명, 프로이센군은 7천 명의 전사자를 냈다. 패전 후 나폴레옹은 센인트 헬레나 섬으로 유배되어 그의 시대는 영원히 막을 내리고 23년 만에 유럽에는 평화가 찾아왔다. 그러나 워털루 평원은 시체가 산을 이루고 피가 바다를 이루어 피 냄새와 살 썩는 냄새가 이곳으로부터 전 유럽으로 퍼져나갔고, 평화의 대가는 말할 수 없이 참혹했다.

우리는 사자상이 서 있는 워털루 동산 정상으로 올라갔다. 거대한 사자상은 1815년에 쳐들어온 나폴레옹 군 진영을 향해 눈을 부릅뜨고 바른쪽 발로 지구의를 밟고 있었다. 아름답고 평화로운 전원, 아득한 지평선 너머로 광활하게 열린 평원의 대지 밑에는 전쟁으로 숨진 젊은이들의 영혼이 잠들고 있을 것이다. 피바다를 이루었던 광기어린 살육장이라고는 상상할 수 없는 고요한 대지가 햇빛 속에서 평화롭게 빛나고 있었다. 역사란 무엇이며 역사를 점철해온 전쟁이란 무엇인가를 워털루 평원이 침묵으로 말해주고 있었다. 나는 사진을 찍는 대신 기념엽서를 몇 장 샀다. 피지도 못한 젊은 영혼들이 잠든 곳을 사진 찍고 싶지 않았다.

브뤼셀 시내로 들어가는 길 주변에는 벌써 잎이 누렇게 변한 마로니에 나무들이 서 있고, 그 사이로 노란색 전차들이 달리고 있었다. 플러터너스의 초록색과 마로니에의 황갈색이 엇갈리는 빛깔의 도심 속으로 자동차는 달렸다. 시내로 진입했을 때, 50m 간격으로 설치된 연동신호체계가 작동하면서 자동차의 과속과 불법운행을 감시하고 있었다. 지상과 지하 도로를 몇 번씩 오르락내리락하며 달리다가 베드포드 호텔에 도착했다.

우리는 일단 여장을 푼 뒤 다시 대법원, 독립문, 스페인 광장, 군사박물관을 둘러본 후, 장 곡토가 화려한 극장이라고 표현하고 빅토르 위고가 세상에서 가장 아름다운 광장이라고 칭송했던 그랑 쁠라스 광장과 브뤼셀 시 청사를 구경했다.

여러 문화 시설 가운데 특히 왕립 군사박물관은 너무나 훌륭하고 인상적인 박물관이었다. 그곳에는 중세에서 2차 세계대전에 이르기까지의 전쟁과 관련된 모든 것들―중세 기사의 투구와 갑옷, 창과 검, 석궁, 장총, 대포, 18~19세기 유럽 각국 군대의 군복, 군모, 휘장, 훈장, 부대기, 무기류, 1·2차 대전 당시의 총포, 대포, 장갑차, 지프, 총탄에 구멍 뚫린 철모, 시계 달린 포탄, 나치스군의 군복, 러시아, 폴란드, 핀란드, 우크라이나, 오스트리아 등의 군복과 훈장과 지폐 그리고 두 명의 광인 히틀러와 스탈린의 흉상―이 전시되어 있었다. 박물관에는 유태인의 고난의 행로를 담은 유태관도 있었다. 그곳은 유럽 어느 곳에서도 볼 수 없었던 종합군사박물관이자 전쟁기념관이었다. 전쟁의 역사와 비극을 생생하게 증언하는 경이로운 공간이 정복과 침략의 피해를 숱하게 겪은 나라의 한복판에 만들어져 있다는 것은 당연하지만 놀라운 일이다. 이런 희귀 박물관의 입장료가 공짜라는 사실을 믿을 수 없었다. 웬만한 박물관이나 미술관의 입장료가 15~20유로 정도인 점을 감안한다면 벨기에 왕립 군사박물관은 너무도 파격적이고 고마운 곳이다. 이 놀라운 박물관을 공짜로 보여주도록 배려해 준 레오폴드 국왕 폐하께 감사드리고 싶었다.

관람을 마치고 나오다가 박물관 직원에게 혹시 벨기에의 한국참전과 관련한 전시자료가 있는지 물었는데, 그는 그런 자료가 없어서 미안하다고 말했다. 그런데 박물관을 나와 막 자동차를 타려는 순간 어떤 사람이 뛰어나와 잡지 한 권을 나에게 건네주었다. 잡지에 수록된 내용은 벨기에군의 6·25 참전기록특집이었다. 터키에 이어 벨기에서도 한국전쟁에 관한 뜻밖의 자료를 얻게 되었으니 전쟁 세대인 나에게는 반가운 횡재가 아닐 수 없다. 자료를 구해다준 고마운 사람은 박물관장이었다.

호텔로 돌아오는 길에 오줌싸개 동상을 구경했는데, 별 것도 아니게 보이는 동상 하나를 세계적인 것으로 만들어놓은 벨기에 사람들의 문화적 선견지명이 놀랍고, 작은 조각을 명물로 만들어 관광객의 발길을 아름다운 광장 그랑 쁠라스로 이끌도록 동선을 구상한 지혜와 문화 감각이 인상적이었다. 저물어가는 벨기에의 마지막 날이 아쉬워 밤늦게 시청 앞 광장으로 가서 산책을 하며 야경을 즐겼다. 휘황한 조명에 빛나는 화려한 르네상스 건물은 검은 하늘을 지붕으로 떠받치며 불야성을 이뤘다. 아내와 함께 그랑 쁠라스 광장을 걷고 또 걸었다. 언제 다시 올 수 있을지 기약할 수 없는 곳에서 아내와 함께 걷는 광장의 시간은 살아온 시간 이상으로 소중했다.

■ 9월 14일(목) [에데쇠임] / 흐림

'친애하는 고객님, 지구상의 모든 호텔에서 하루에 몇 톤의 수건이 세탁되고 있는지 아십니까? 또 세탁을 목적으로 환경유해 상품이 얼마나 사용되고 있는지 아십니까? 선택은 귀하의 몫입니다. 타월을 욕실 바닥에 놓아두면 바꿔 달라는 뜻이고, 수건걸이에 걸어두면 다시 사용하겠다는 뜻입니다'

유럽 호텔의 욕실에는 환경보호를 홍보하는 이런 내용의 안내쪽지가 붙어 있다. 그런데 유럽에서의 녹색 공간은 생태·환경 이상으로 큰 비중을 차지하는 문화 자원인 동시에 상품의 가치를 지니고 있다. 유럽인들이 가꾸어 온 숲과 강의 문화는 지난 2500년 동안 유럽을 지탱해 온 중심 문화이며 삶의 방식이었다. 음악, 미술, 철학이 숲 속과 강변에서 탄생했다. 벨기에도 숲 문화의 나라다.

오전 8시 40분 브뤼셀 중앙역에서 룩셈부르크 행 열차를 탔다. 열차는 동남쪽을 향해 세 시간을 달렸다. 2층 칸은 전망이 좋았다. 열차가 지나가는 벨기에 동남부 지역은 2차 대전 때 노르망디에 상륙한 연합군의 주

력부대가 독일을 향해 진격하던 주 공로(攻路)였다. 유명한 격전지 아르헨 숲도 이 근처에 있고 영화 '밴드 오브 브라더즈'를 촬영한 곳도 이 부근이다. 62년 전 연합군의 탱크와 트럭이 줄을 잇고 보병대열이 끊임없이 진군하던 곳, 연합군과 나치 독일군이 격렬한 포격전을 펼치는 가운데 양쪽의 젊은이들이 피 흘리며 숨진 곳, 그 격전지의 한가운데를 열차는 천천히 달렸다. 손님도 드문드문한 열차는 운행도중 일곱 개의 역을 거치며 1~2분씩 정차했고, 11시 40분 룩셈부르크 역에 도착했다.

화려하지는 않지만 아름답고 소박한 나라 룩셈부르크는 6·25전쟁 때 한국에 1개 중대의 전투 병력을 보내준 나라다. 공국(Grand Duch)이라는 이름의 이 작은 나라가 어떻게 아시아의 머나먼 전선에 군대를 보냈을까. 룩셈부르크의 면적은 2,586㎢로 제주도의 두 배에 못 미치고 인구는 고작 45만 명 정도에 지나지 않지만, 2005년 말 기준 1인당 국민소득 64,000유로를 넘어서 소득순위 세계 1위를 기록하기도 했다. 금융과 철강은 공국의 경제를 지탱해주는 산업의 뼈대이고, 해외자금운용은 일반인들에게는 잘 알려지지 않은 국부축적의 전략적 수단이 되고 있다. 룩셈부르크는 비밀스러운 데가 있는 경제부국이다.

경제부국의 아름다운 수도 이름 역시 룩셈부르크다. 이곳 수도는 평균 고도 300m의 절벽 위에 자리잡은 1000년 역사의 성곽도시이며 '유럽의 요새'라는 별명을 가지고 있다. 계곡과 암벽 위에 세운 고성들은 작은 공간을 짜임새 있고 풍요롭게 채워주고 있었다. 우리는 암벽 아래 계곡으로 내려가 고성과 왕궁 건물들을 구경했다. 계곡의 언덕에 세워진 중세풍의 건물들, 성벽 아래에 미로처럼 연결된 도로, 계곡 가운데를 흐르는 작은 강, 강물에 비친 르네상스 풍 건물들의 그림자, 계곡 양쪽을 연결하는 아취 형 다리가 룩셈부르크 특유의 풍광을 만들어냈다. 만일 이런 곳에서 사랑을 주제로 한 영화를 촬영한다면 또 하나의 '사운드 오브 뮤직'

이 탄생할는지도 모른다.

시가지 번화가로 나가 그곳 식당가에서 점심을 먹었다. 30여 종류의 메뉴를 갖춘 중국식 뷔페식당의 음식은 뜻밖에도 우리에게 친숙한 맛을 지닌 것들이 많았는데, 그 가운데 룩셈부르크식 탕수육—요리 이름을 이렇게 명명하겠다—은 한국에서 먹은 어떤 탕수육보다 맛이 더 좋았다. 다섯 명이 실컷 먹은 점심값은 남자들이 마신 생맥주 값을 포함해 50유로였다.

숲 속 길을 따라 자동차로 네 시간을 달린 후 남부 독일의 국경을 넘어 에데쇠임 호텔에 도착한 것은 오후 7시가 넘은 저녁 때였다. 농촌에 있는 이 호텔은 규모는 작지만 아늑하고 따뜻한 분위기를 풍겼다. 호텔 식당에서 먹은 독일식 스테이크와 하우스와인이 입맛을 돋우었다. 특히 이 지역의 특산품인 메스메르(Messmer) 2004년산 레드와인은 값이 30유로였으며 맛과 향기가 일품이었다. 평소 육식을 좋아하지 않던 친구 부부도 투박스럽지만 구수한 냄새를 풍기는 남부 독일의 스테이크를 무척이나 즐겼다. 에데쇠임 특산 생맥주는 입속에 담고 넘기기가 아까울 만큼 짜릿하고 청량한 맛을 냈다.

에데쇠임은 규모는 작지만 전원을 배경으로 한 아늑하고 낭만적인 호텔이다. 내가 묵는 방의 이름은 브람스 룸이고, 친구가 묵는 방의 이름은 베토벤 룸이다. 화려하지 않지만 깨끗이 정돈된 방과 욕조, 창밖으로 불빛이 보이는 마을의 밤 풍경… 오늘은 아주 먼 길을 달려왔지만 기분 좋게 피곤하다.

백조의 성과
비경의 알프스

남부 독일

the southern GERMANY

66 한적한 마을 에데쇠임에서 시작된 남부 독일로의 여행은 석 달간의 유럽 순력(巡歷)을 마무리하면서 꿈속 같은 추억의 공간을 달리는 오디세이였다. 남부 독일의 알프스 지역에는 전혀 독일 같지 않은 독일이 존재하고 있다. 아름다운 자연풍광과 목가적인 파노라마가 드넓은 알프스 산록에 전개되고, 기적처럼 지어진 궁성들이 세상 사람들의 호기심에 가득 찬 발길을 끌어 모으고 있다.

전통과 낭만의 고성 도시, 전형적인 시골의 정취, 바이에른 왕국의 독특한 전통과 유적들이 끝 모를 향수를 불러일으키는 곳. 그곳에 하이델베르크, 뮌헨, 킴제, 베르히테스가덴, 파르텐키르헨, 오버라머가우, 로텐부르크, 뷔르츠부르크가 있다.

끝없는 영감과 상상의 날개를 펼치게 하며 꿈꾸는 듯한 현실의 이야기가 전해져 왔던 백조의 성도 이곳에 있다. 남부 독일에는 유럽을 떠나는 이방인의 발걸음을 묶어두는 깊은 매력과 낭만이 숨어있다. **99**

　에데쇠임 호텔은 1594년에 지은 작은 고성을 1900년 이후에 개조하여 호텔로 사용해 온 곳이다. 이탈리아계 독일인인 지배인 안드레아스 로렌즈 씨는 쾌활한 태도, 풍부한 유머, 능란한 영어로 손님들을 편안하게 해주었고, 호텔 직원들 가운데 특히 니콜라스 에머 씨가 친절하고 붙임성 있게 서비스해주어 마치 모든 직원들이 한 가족 같은 느낌이었다. 우리가 호텔을 떠나올 때는 모두가 현관까지 나와 배웅해 주던 모습이 더욱 기억에 남는다.

　하이델베르크로 가는 도중에 하이델베르크의 여름별궁인 슈베징겐 궁에 들렀다. 정원은 프랑스풍을 본 딴 것으로 오스트리아의 쉔부른 궁이나 베를린의 쉴로스 궁을 닮았다. 넓은 대지 위에 수놓은 잔디와 화원, 숲 속의 산책로가 만들어낸 아름다운 동선(動線), 조각 공원과 분수의 앙상블, 세련된 공간은 전형적인 유럽 궁전의 모습이었다. 정원 안에는 높이 20m가 넘는 소나무 주위를 용이 휘감고 승천하는 모습을 한 덩굴식물 헤데라 헬릭스의 기상천외한 모습이 구경꾼들의 발걸음을 멈추게 했다. 아치형으로 가지치기를 한 오리나무숲이 열주(列柱)처럼 서 있는 모습은 베르사이유 정원을 연상케 했다.

　하이델베르크에 도착했을 때는 오후 1시가 넘어서였다. 1386년 독일 최고의 대학이 설립된 학문과 지성의 도시 하이델베르크─영화 '황태자의 첫사랑'의 로맨틱한 추억이 깃든 이 도시에 오기를 나는 오랫동안 꿈꾸었다. 신성한 산이라는 뜻의 하일리겐베르크에서 유래한 도시이름답게 하이델베르크 성이 있는 언덕은 무성한 숲으로 덮여 있었다. 성에 올라가 도시를 굽어보니 네카 강이 흐르는 양안에는 마치 중세의 시간이 흐르는 것 같았다. 네카 강과 하이델베르크 성의 낭만적 분위기를 사랑했던 괴테는 여덟 번이나 이곳을 찾아와 지적인 아름다움을 풍긴 빌레머 부인과 정열적인 사랑을 속삭였다. 신성한 산의 분위기는 법학도 슈만을 음악가로 만들어 버렸다.

하이델베르크는 낭만적인 사람들만의 도시는 아니다. 철학자 칼 야스퍼스, 사회학자 막스 베버도 이곳 태생이다. 고전적인 관료제이론의 우상처럼 여겨지는 지적 거인이 네카 강변에서 태어났다는 것은 뜻밖이다. 강변 부자들의 별장촌에 2층집 막스 베버의 생가가 있었다. 하이델베르크 대학을 거쳐 간 세계의 지성들은 이 대학의 이름값을 더욱 빛내준다. 괴테, 칸트, 헤겔, 야스퍼스, 막스 베버, 신학자 폰라드, 해석학자 가디머, 화학자 분젠, 마크 트웨인… 그리고 이 대학의 자연과학부에서는 여덟 명의 노벨상 수상자가 나왔다.

하이델베르크 성 안에는 1751년에 만들어진 221,726리터 용량의 세계 최대 포도주통이 구경꾼들을 맞이하고 있었다. 우리도 계단을 따라 올라가 참나무로 만든 거대한 포도주통을 만져보았다. 술통에 가득 찬 포도주 원액으로 시판용 포도주를 만든다면 최소 750ml 짜리 포도주 30만 병은 만들어 낼 수 있을 것이다. 그 통 속에 들어가 헤엄을 치며 포도주 향기를 즐긴다면 박카스 신도 부러워 할 테지만, 그 전에 헤엄치는 사람이 먼저 안주가 되어버릴 것이다.

성에서 내려와 우아하게 단장된 시내의 하우프트 거리를 걸으며 중세 건물의 세련된 모습을 감상했다. 화강암을 촘촘히 박아 만든 도로는 자동차 운행이 금지되어 있고, 주말의 거리는 젊은이들로 넘쳤다. 도시에 대한 입소문 때문만이 아니라 보수와 진보의 탈을 벗고 좌우이념을 떨쳐 버린 지성의 힘이 독일 대학의 순수한 울타리를 지키기 때문일까. 하이델베르크 대학이 빛나는 것은 아름다운 풍광이나 전통 때문이 아니라 자유로운 날개를 펼치는 지성의 힘 때문일 것이다. 시내 여러 곳에 자리잡

대학도시 하이델베르크에 왔으니 특별한 이 야기 한 가지를 소개해야 하겠다.

하이델베르크 대학 대강당과 대학 박물관 옆에는 학생감옥(Studenten Karzer)이란 곳이 있다. 개교 이래 하이델베르크 대학의 학생 처벌권은 경찰이 아닌 대학 당국에 있었다. 대학은 학생 신분에 어긋난 취중추태, 행패, 절도, 야간 고성방가 등의 행위에 대한처벌로 그 학생을 최소 24시간에서 최고 4주 동안 학생감옥에 감금해두었다.

1914년까지 사용된 학생감옥은 감금자에게 처음 이틀 동안은 빵과 물만 주고, 그 후부터는 외부에 음식과 맥주를 주문할 수 있게 했다. 또 이들에게 감옥 안에서의 상호 방문과 수업참여를 허용했지만 건물 밖으로 나가는 것은 용납되지 않았다. 감금된 학생들은 계단, 벽, 책상 위에 유머 섞인 낙서를 하거나 카

드놀이를 하면서 시간을 보냈다. 그들은 감옥을 그랜드 호텔, 로얄 궁, 고독의 의미를 지닌 '솔리튜데 성', 근심이 없다는 뜻의 '숑스시 성' 등으로 불렀고, 화장실을 '왕의 안락의 자'라고 불렀다. 하이델베르크 대학생들은 재학기간 중 학생감옥에 한번쯤 감금되는 것을 학생의 명예로 생각했다.

나는 학생감옥의 벽에 그린 낙서와 감방에 놓인 침대를 보고 감옥도 감옥 나름이며 이런 감옥이라면 며칠 수양하는 셈치고 갇혀있어도 좋겠다는 엉뚱한 생각을 했다. 그곳에는 감금되었던 학생들의 흑백사진도 전시되어 있었다. 그들 가운데 110세를 넘긴 생존자가 아직 남아 있다면 그들은 학생감옥의 산 증인이 될 수 있을 테지만, 시간과 조수는 사람을 기다리지 않는다고 했으므로 세월이 그들을 온전히 붙들어 놓을 수는 없을 것이다.

은 대학 건물들은 모두 고색이 완연한 중세풍의 벽돌 건물이었다. 지나는 길에 잠깐씩 들어가봤던 몇 곳의 단과대학 강의실도 중세의 분위기가 자연스럽게 묻어나 있었다.

여행 가이드의 안내로 들어간 어느 예수교 성당 안에는 교황 요한 바오로 2세가 고뇌하며 기도하는 모습을 그린 붉은 색조의 그림이 걸려 있었다. 뜻밖에도 그 그림은 한국인 여류화가 이경희 씨가 그린 작품이었다. 그림 밑에는 성당을 다녀간 사람들의 기도문이 가득 쌓여 있었다. 나는 친구와 함께 전쟁 없는 세상을 기원한다는 짧은 글을 써놓고 성당을 나왔다.

하이델베르크 시청은 르네상스풍의 분홍색 건물이었다. 청사 벽 둘레를 꽃으로 장식하여 마치 공연장이나 미술관을 연상케 할 정도였다. 시청 뒷골목을 지나다가 낯익은 듯한 간판이 달린 가게를 발견했다. '붉은

황소 집'(Zum Roten Ochsen)이라는 간판이 붙은 작은 레스토랑 입구의 벽에는 1703년에 지었다는 글귀가 적힌 동판이 붙어 있었다. 300년간 장사를 해 온 이 레스토랑은 영화 '황태자의 첫 사랑'을 촬영한 바로 그 장소였다. 그곳에는 마리오 란자의 목소리 대신 실내를 가득 메운 손님들의 와자지껄한 소리와 담배연기가 가득했다.

영화 '황태자의 첫사랑'에서 카를 황태자(마리오 란자가 노래를 대신 했음)는 이 레스토랑에서 학생들과 어울려 1000cc짜리 생맥주를 마시며, "드링크! 드링크!" 하면서 축배의 노래를 불렀다. 나는 40년 전 이 영화를 종로 3가의 어느 극장에서 보았는데, 그때 정말 궁금하게 여긴 것이 이 영화의 촬영 장소가 어디인가, 그리고 하이델베르크가 어떤 곳인가 하는 것이었다. 40년의 세월이 흐른 후에 그 장소에 왔지만, 그곳에는 너무 많은 손님들로 넘치고 있었다. 세월은 변하지만 변하지 않는 것도 있다. 그것은 추억에 대한 사랑이다.

■ 9월 16일(토) [뮌헨] / 흐리고 안개

로마제국이 건설한 아피아 가도가 세계 최초의 고속도로였듯이, 독일의 아우토반은 20세기 최초의 현대식 고속도로다. 2차 대전 준비를 위해 전략용으로 건설한 독일 고속도로의 창설자는 히틀러였다. 그러나 적어도 2006년부터 독일의 고속도로는 더 이상 세계 최고라는 명예를 유보하고 있다. 독일 전역에서 벌어지는 보수공사나 확장공사는 지체와 정체를 불러와 어떤 구간은 시속 160km로 달리다가 30분도 못되어 정체되거나 지체되다가 다시 공사구간을 벗어나야 고속운행을 하게 된다. 고속질주와 거북이운행을 반복해야 하는 독일의 고속도로 사정이 당분간 좋아질 것처럼 보이지는 않는다. 물론 50cm가 넘는 두께의 견고함, 안전성, 쾌적성 등에서 독일의 고속도로는 타의 추종을 불허하지만, 그것은 도로의 보수공사가 모두 끝난 후에나 할 이야기다.

하이델베르크에서 9시 45분에 출발하여 오후 2시에 뮌헨에 도착했다. 고속도로에서 교통체증에 시달리며 달려온 일행을 기다리고 있는 것은 뮌헨의 맥주축제였다. 옥토버페스트라는 이름의 축제는 오늘 9월 16일부터 2주일 동안 계속되는 뮌헨의 전통적인 축제인데, 그 첫날 이 도시를 찾게 된 것은 우연이었다. 우리는 서둘러 맥주축제가 벌어지고 있는 테레지엔비제 광장을 찾아갔다. 그런데 그곳에 모여든 인파에 깜짝 놀라지 않을 수 없었다. 수십만 명은 될 것 같은 어마어마한 인파가 몰려든 축제현장에서는 옆 사람의 말소리도 제대로 들리지 않았다.

유명 맥주회사들이 비어가덴(시음장)을 만들어 놓고 사람들을 끌어들이고 있었는데, 축제현장에서 맥주를 마시고 싶었던 기대는 물거품이 돼버리고 말았다. 어떤 시음장은 족히 3000명은 넘어 보이는 손님들이 홀을 가득 메운 채 맥주를 마시며 법석을 떨고 있었다. 한 사람 한 사람의 목소리가 모여 그렇게 엄청난 소음을 만들어낼 수 있을까. 다른 시음장도 사정은 마찬가지였다. 여의도만큼 넓은 면적의 축제 현장은 독일뿐만 아니라 전 세계에서 몰려든 관광객들로 넘쳐났고, 한국인들의 모습도 보였다. 우리는 소음에 질려 그곳을 빠져나왔다.

뮌헨 시청으로 갔더니 때마침 오후 다섯 시에 시작하는 시계탑의 인형 타종행사가 진행되고 있었다. 시계탑 인형을 보기 위해 모여든 인파가 시청 광장을 가득 메웠다. 프라하에서 보았던 인형시계가 생각났다. 마리엔 광장에 솟아 있는 네오 고딕 양식의 시 청사는 1867~1909년에 만들어진 비교적 젊은 건물이지만, 겉보기에 무척 오래된 것처럼 보였다. 벽면에는 조각장식이 되어 있고 꼭대기 부분에는 동상들이 있으며, 그 아래서 움직이는 인형 글로켄슈필이 매일 11시와 오후 5시에 타종행사를 벌이는 시 청사는 작은 낭만이 깃든 대중의 공회당이었다. 유럽의 시 청사는 역시 어느 곳에서나 문화 센터다.

우리는 시청에서 가까운 호프브로이하우스(궁정 맥주 공장)란 곳에 가서 맥주를 마시며 갈증을 풀었다. 그곳에 모인 천여 명의 손님들은 월드컵 축구 응원 때 자주 써먹던 3박자 리듬의 박수를 손과 발장단으로 치면서 흥을 돋우고 있었다. "쿵쿵쿵, 쿵쿵쿵, 쿵쿵쿵" 소리가 장내에 진동했다. 우리도 쿵쿵거리며 발장단을 쳤다. 오늘은 뮌헨 거리의 어디를 가더라도 맥주와 축제, 사람들과 소음으로 가득하다.

바이에른 주의 주도 뮌헨이 건설된 것은 바이에른 공작 하인리히가 1157년 잘츠부르크의 소금을 이자르 강까지 운송하기 위해 수도원에 시장을 개설하도록 허용하면서부터였다. 1180년 바이에른 공국의 비델스바흐 가문은 뮌헨을 공국의 수도로 정했다. 그 후 신성로마제국의 황제 루드비히 4세부터 막시밀리안 1세 통치기간에 번영의 절정을 이루었던 뮌헨은 고전미와 우아함을 한껏 뽐냈던 독일 최대의 중세도시이자 가장 유럽적인 도시가 되었다. 그러나 참혹했던 신·구교 간의 30년 전쟁과 때 아닌 흑사병으로 인해 인구 3분의 1이 사망했고, 2차 대전 때는 연합군의 공중폭격을 받아 도시 5분의 4가 파괴되었다.

2차 세계대전으로 인해 많은 유적과 건물들이 파괴되어 사라지기는 했지만, 뮌헨은 14~15세기 건물들을 복원하여 과거의 번영을 재현하고 있는 모습이 인상적이다. 그러므로 전통과 현대가 공존하는 도시 뮌헨에 울리는 축제의 굉음은 비록 이방인에게는 소음으로 들릴지언정 뮌헨 시민에게는 즐거운 합창소리라는 것을 인정해야 할 것이다.

독일을 끝으로 이제 100일 간의 유럽 여행을 마무리할 때가 다가온다. 오늘은 뮌헨 공항 부근에 있는 아라벨라 쉐라톤 공항호텔에서 묵는다.

■ 9월 17일(일) [베르히테스가덴] / 갬

아침 9시에 호텔을 나와 60km 떨어진 바이에른 주의 남쪽 마을 킴제로 차를 달렸다. 도중에 뮌헨 교외의 아랄 주유소에서 기름을 넣었는데, 휘발유 1리터에 1.19유로(1,487원), 디젤 1리터에 1.08유로를 받고 있었다. 기름 값은 한국과 거의 비슷했지만, 독일의 1인당 국민소득 27,276유로(2005년말 현재)를 감안한다면 훨씬 싼 것이다.

바이에른의 바다라고 불리는 킴제 호수에서 배를 타고 가다 15분 후에 도착한 곳은 섬이었다. 섬 안에 우거진 원시림 사이의 산책로를 따라 2킬로미터쯤 걸어갔을 때 어디선가 많이 본 듯한 궁전이 나타났다. 그것은 바이에른 왕국의 루드비히 2세의 여름 별궁이었다. 루드비히 2세가 베르사이유 궁전을 모방하여 1873년에 지은 궁전 양쪽에는 건축 당시에 심어놓은 나무들이 자라 거대한 숲을 만들었고, 궁전 앞에는 조각분수대와 화원, 잔디광장이 있었다. 우리가 궁전 앞쪽으로 걸어가고 있을 때 갑자기 분수들이 물을 토해내기 시작했다. 궁전 앞 행운의 여신상과 명성의 여신상 주위에서 물을 뿜는 분수들은 춤추는 예술의 화신이었다.

궁전은 길이 100m, 3층 높이의 르네상스식 건물이었다. 현관의 황금색 아치문은 이 궁전의 주인 루드비히 2세가 연인 시시와 이루지 못한 꿈에 금빛 색깔을 입히기라도 한 듯 번쩍거렸다. 베르사이유를 생각나게 하는 그림과 조각, 샹들리에가 궁전 안을 화려하게 장식하고 있었다. 루드비히 2세는 마흔한 살의 나이에 장가도 가지 못한 채 죽었고 단지 아흐레 동안 이 호화로운 궁전에서 살았을 뿐이다. 그러나 궁전이 지니는 건축미, 공간적 매력, 수려한 풍광은 오늘도 수많은 사람들을 마법의 자석처럼 끌어들이고 있다.

역사에 남는 명소라는 것이 무엇일까. 그것은 단순히 이름만 알려진 장소나 공간은 아닐 것이다. 광기에 사로잡힌 통치자가 숱한 사람들에게 고통과 원망을 안겨주며 만든 장소라고 할지라도 일단 만들어진 다음 그곳이 '명소'라는 이름을 얻게 되면 훗날 수많은 사람들에게 일자리와 돈벌이를 제공해주는 화수분이 되고 '황금알을 낳는 거위' 노릇을 하게 된다. 그러므로 황금의 궁전이나, 콜로세움, 돌마바흐체 궁전을 만든 군주들은 그들이 비록 독재자라고 할지라도 한편으로는 후손들의 돈벌이를 위한 은혜로운 투자가들이라고 해야 할 것이다.

베르히테스가덴. 이름도 낯설고 외우기도 힘들다. 남부 독일 알프스 산맥 한가운데 있는 이곳은 킴제에서 자동차로 한 시간 남짓 거리에 있는 작은 마을인데, 이곳은 그야말로 환상의 비경이 숨겨진 벽촌이다. 우리가 머물 알펜 호텔은 요들송이 저절로 들려올 것만 같은 마을 산등성이에 자리잡고 있었다. 호텔이라기보다는 목조로 지은 산장같은 건물인데, 주변 어느 곳을 둘러봐도 열린 입을 다물기가 어려울 만큼 절경으로 둘러싸여 있었다.

2차 세계대전이 일어나기 전인 1923년, 히틀러는 처음 이곳을 방문하고 주변 경치에 충격적인 인상을 받고나서 이곳에 비밀요새를 만들 것을 구상하기 시작했다. 그리고 그가 권력을 장악하고 난 직후인 1933년, 히틀러는 이 깊숙하고 환상적인 베르히테스가덴의 산중에 그의 개인 사저 겸 통치본부를 만들어 놓았다. 켈슈타인 봉 일대의 험준한 산악지대는 히틀러의 아지트인 동시에 전쟁지휘본부가 되었다. 상상을 초월하는 험난한 바위산 절벽 위에 폭 4m, 길이 6.5km의 도로와 터널을 뚫고, 1700m 높이의 산속에 지하 동굴을 만들어놓았다. 화강암 동굴은 히틀러의 전략 본부 겸 회의실, 사저 겸 아지트가 되었으며, 이 지하 동굴로 여러 개의 비밀 통로가 연결되고 엘리베이터가 설치되었다. 히틀러는 이 아지트를 독수리 둥지라고 불렀다. 독수리 둥지 가까운 곳에는 나치의 2

인자로 불렸던 괴링의 사저도 있었다.

히틀러가 하필이면 이곳에 독수리 둥지를 만들어놓은 것은 단순히 경치가 좋아서였기 때문이 아니라 자신이 태어난 고향이 이곳에서 빤히 내려다보이는 지척에 있었기 때문이다. 아돌프 시클그루버—39세까지 불렸던 본명—인 히틀러는 1889년 4월 20일 바이에른 국경에 인접해 있는 브라우나우 마을의 한 초라한 여인숙에서 태어났다. 그곳은 오스트리아 영토였다.

독일과 오스트리아 국경지대인 그의 출생지는 훗날 역사적으로 뜻 깊은 장소가 되었다. 그가 평범한 일개 청년이었던 시절, 히틀러는 독일어를 사용하는 두 국민 사이에 국경이란 필요 없으며 쌍방이 모두 한 나라가 되어야 한다는 믿음에 사로잡혀 있었다. 그의 이런 생각은 훗날 제3제국의 청사진이 된 그의 저서 〈나의 투쟁〉의 첫머리에 나와 있다.

> "나는 지금 인 강 기슭에 있는 브라우나우가 운명적으로 나의 탄생지가 된 것을 행복하게 생각하고 있다. 왜냐하면 이 작은 도시는 두 개의 독일(독일과 오스트리아를 일컬음)의 경계를 이루고 있는데, 적어도 이 양국의 재합병이야말로 우리들 청년이 어떤 수단을 써서라도 실현하지 않으면 안 될 필생의 과업이라고 생각되기 때문이다! 독일, 오스트리아는 모국인 대 독일로 복귀하지 않으면 안 된다…. 동일한 피는 공통된 국가를 요구한다…."

1945년 4월 25일 연합군은 독수리 둥지가 있는 베르히테스가덴 지역에 대규모 공중폭격을 단행했다. 그러나 히틀러의 요새는 아무런 피해를 입지 않았다. 독수리 둥지는 옛 모습 그대로 남아 오늘날 세계적인 관광지로 탈바꿈하고 있다.

이곳 산 중 호텔 지하에는 신기하게도 수영장이 갖추어져 있다. 수영장에서 물놀이를 하고 있을 때, 창밖으로 태양이 서쪽 봉우리 너머로 황금빛을 뿌리며 기울고 있었다. 호텔 식당에서의 저녁 식사는 스테이크와 감자, 야채 샐러드에 포도주와 맥주를 곁들였는데, 우리의 여행 100일째를 자축하는 성찬으로 충분했다. 음식 맛도 맛이지만 산장이 풍기는 따뜻한 분위기에 더 이끌렸다. 밋밋한 평야지대로만 알았던 독일에 이런 산중 절경이 숨어 있었다니! 이곳에 오기 직전까지도 전혀 상상하지 못했던 일이다. 독일 국가의 제목 그대로 지상최고의 독일이란 표현이 아깝지 않을 정도다. 오늘밤은 나와 아내도, 친구 부부도 편안한 잠을 자게 될 것 같다.

■ 9월 17일(월) [가르미슈 파르텐키르헨] / 비

아침에 밖으로 나와 보니 안개구름이 산허리에 걸려있었다. 산봉우리 사이에는 짙은 운무로 군데군데 여백이 생겨 마치 동양화를 보는 것 같았다. 이곳 초지 위에 지은 검은 지붕의 목조주택들은 중부 독일의 주택과는 완전히 다른 모습이다. 지붕의 처마를 길게 늘어뜨린 바이에른 남부의 집들은 오스트리아나 스위스의 집 모양과 다를 바가 없다.

베르히테스가덴은 오스트리아 티롤 지방과 모든 면에서 비슷한 점이 많다. 반바지를 입고 뾰족한 모자를 쓰는 전통의상이나, 무릎을 치며 제자리 뛰기를 하는 경쾌한 민속춤도 바이에른과 티롤 지방의 공통점이다. 아코디온과 호른, 트럼펫이 연주하는 민요도 두 지역의 공통된 정서가 만들어낸 멜로디다. 텔레비전에서도 바이에른풍의 음악을 아침 내내 들려주었다. 독일 땅에서 오스트리아의 분위기에 한참동안 푹 빠졌다가 산장을 나서 쾨니히 호수로 향했다.

암벽 산으로 둘러싸인 쾨니히 호수는 맑고 고요했다. 배를 타고 건넛마을로 가는 도중 관광안내원이 배를 멈추게 하더니 산 쪽을 향해 트럼펫을 불었다. 그 소리는 신비한 산울림이 되어 사라졌다가 몇 초 후에 다시 여운을 남기며 되돌아왔다. 건넛마을에 도착하여 숲이 우거진 호숫가를 따라 산책을 했다. 높은 바위산이 안개에 가려 몸통은 사라지고 봉우리만 드러낸 채 묘한 운치를 남겼다.

마을식당에서 점심으로 훈제송어를 먹었는데, 어찌나 비린내가 나는지 나는 생맥주를 잔뜩 들이켰다. 배를 타고 선착장으로 돌아와 화장실에 들어갔다 나오는데, 여자 수금원이 50센트를 받는 유료화장실에서 바깥으로 나오던 어떤 독일 남자를 불러 세우더니 손가락질을 하며 고함을 쳤다.

"10센트 밖에 안 냈잖아? 40센트 더 내."

"없단 말이야. 있어도 못주겠어."

"이 주정뱅이야, 더 내란 말이야!"

"오줌 누는 사람도 착취하는군! 못 내겠어."

여행 가이드의 설명에 따르면 술기운이 역력했던 중년의 남자는 동독 지역에서 온 사람이었는데, 착취라는 말을 아무렇지도 않게 해버린 후 동전도 더 내지 않은 채 가버렸다. 17년 전에 이룬 독일 통일은 완성된 것이 아니라 아직도 진행 중인가. 그 남자를 만나보고 싶은 생각이 들었지만 이미 어디론가 사라져버린 뒤였다.

저녁 무렵 외우기조차 힘든 이름을 가진 작은 마을 가르미슈 파르텐키르헨에 도착했다. 모두들 너무 배가 고팠다. 한참 수소문한 끝에 마을에서 유명하다고 소문난 레스토랑 줌 빌트슈에츠로 갔다. 우리는 어느 장년 부부와 같은 테이블에 앉아 맥주와 연어샐러드, 스테이크, 감자요리를 먹었다.

오래된 목조 건물이 풍기는 독특한 분위기 속에서, 식탁마다 촛불을 켜놓고 식사하며 담소하는 사람들은 대부분 단골손님들 같았다. 한 테이블에 앉은 독일인 부부는 휴가 여행 중이었는데, 남편이 우리에게 어디서 왔느냐고 물었다. 나는 한국에서 왔으며 나이 60기념으로 부부동반 세계 일주 여행을 하는 중이라고 우리를 소개했다. 신사는 깜짝 놀라는 표정을 지으며 자기도 세계 여행이 꿈인데 죽기 전에 꼭 한번 해보고 싶다고 말했다. 그들 부부가 먼저 자리에서 일어나 좋은 여행이 되기를 바란다고 말하며 우리에게 악수를 청했다.

바이에른의 민속의상을 입고 분주하게 서비스하던 여종업원에게 친구가 한국말로 "예쁘다!"라고 말했다. 그녀는 친구의 얼굴을 뚫어지게 쳐다보며 이상하다는 표정을 지었다. 그가 냉큼 "뷰티플!"을 외치며 엄지손가락을 치켜세우자 그녀는 금세 함박웃음을 지었다. 시골 식당이 풍기는 정취와 따뜻한 분위기, 그 안에서 담소를 즐기는 사람들의 모습을 지켜보며 삶의 여유라는 게 무엇인지를 다시금 생각했다.

오늘 밤 우리가 묵고 있는 곳은 소넨비클 호텔이다. 가르미슈 시 입구에 있는 아담한 규모의 호텔이지만 수영장과 사우나 시설을 갖추고, 객실과 욕실도 깨끗한 편이다. 좋은 잠자리는 여행의 즐거움을 배가시킨다. 여행의 신께서 오늘밤도 따뜻하게 살펴주시기를!

■ 9월 19일 [오버라머가우] / 비온 뒤 갬

루드비히 2세는 독일 역사에 있어서 특이한 인물이다. 젊고 미남이었던 바이에른 공국의 군주, 애인을 뺏긴 뒤 궁성 건축과 음악에 몰입했던 광기의 청년, 통치자였으나 권력에 무관심했던 사나이. 그를 그렇게 만든 것은 합스부르크 제국 요셉 프란츠 황제의 아내가 된 그의 연인 엘리자벳 ─ 유럽에서는 시시라는 애칭으로 더 널리 부른다 ─ 이었다. 루드비히 2세가 지은 세 개의 궁전 가운데 하나인 린더호프 궁전은 바위산과 깊은 숲 속에 둘러싸인 별궁이다. 1870~1879년에 걸쳐 암메르 산 밑에 지은 이 궁전은 규모는 작지만 뛰어난 아름다움을 지녔다. 작은 것이 아름답다고 하듯 린더호프 궁전은 작지만 아름다운 산중 보석이다.

궁전 안에는 화려한 예술품과 장식들이 가득했다. 벽면과 기둥은 금색으로 도금되어 있고, 천장마다 베르사이유 궁전의 천장벽화를 닮은 그림이 그려져 있었다. 루드비히 2세가 러시아의 차르, 벨기에 왕, 중국 황제로부터 받은 도자기류, 공예품들, 공작새 조각이 작은 공간에 전시되어 있었다. 금빛의 노란 회의실, 보라색 회의실, 푸른 회의실, 장미 회의실, 음악실, 자수실, 식당, 거울의 방은 소왕국 바이에른 군주의 취향을 짐작하게 하는 것들이었다.

그 가운데 침실이 가장 인상적이었다. 휘장 아래의 침대 크기가 어찌나 큰지 성인 다섯 명은 자유롭게 뒹굴 수 있을 만큼 넓었다. 장가도 못 간 총각의 침대가 왜 그렇게 커야 했을까. 연인 시시를 위해 남겨둔 자리가 그렇게 컸던 것일까, 아니면 잠 못 이루는 밤에 뒹구는 공간이 필요해서였을까. 꿈속에서도 잊지 못할 연인 시시와 끝내 이루지 못한 사랑에 번민하던 루드비히 2세는 린드호프 별궁을 짓고 은거하면서 바그너의 오페라 '탄호이저'에 빠져들었다. 그는 악단과 가수들을 불러 이곳에서 연주하게 하고 언제나 주위를 물리치고 홀로 연주를 즐겼다. 그는 시시를 못 잊어 광기에 빠져드는 마음의 상처를 바그너의 음악으로 치유하려고 했다.

결국 미남의 군주는 세 개의 성을 짓고 의문의 죽음으로 생을 마감했다. 군주로서의 지도력은 의문스러웠지만, 자연과 음악과 아름다운 건축물에 대한 광적인 집착은 뒷날 두고두고 풀 수 없는 역사의 수수께끼로 남게 되었다. 사랑을 이루지 못하고 끝내 자신을 통제하지 못해 과식과 비만, 환상과 광기에 빠져 비극적인 삶을 마친 루드비히 2세의 행적이 담긴 세 개의 궁전은 영원한 연민의 오벨리스크가 될 것이다.

루드비히가 궁전 뒷산에 만든 인조동굴은 그의 미친 듯한 감정과 환상을 보여준다. 그가 비너스 동굴로 명명한 동굴 안에는 석회석과 시멘트로 만든 인조바위와 종유석이 가득하고, 높이 10m인 중앙동굴은 오페라 탄호이저에 나오는 비너스 산을 모방해 만든 것이다. 루드비히는 이탈리아 카프리 섬에 있는 푸른 동굴을 무척 좋아했다. 그 푸른 동굴이 중앙동굴의 모델이 되었다. 동굴 정면에는 탄호이저의 한 장면을 그린 대형 벽화가 있고, 벽화 앞 무대 전면에는 작은 인공연못을 만들어 놓았다. 조명을 받아 더욱 신비하게 보이는 에메랄드빛의 인공호수 위에는 황금색의 조개 보트가 떠 있었다. 19세기말 바바리아(바이에른의 옛 이름) 지방에 전기가 들어오면서 채색전등으로 만든 조명장치는 동굴의 분위기를 더욱 환상적으로 만들었을 것이다.

루드비히는 가끔 혼자서 황금조개 배에 올라 인공연못에서 노를 젓기도 했다. 그는 기계장치로 연못에 파도를 일으키기도 하고, 조명등의 색깔을 바꿔 동굴 분위기를 한층 환상적으로 만들기도 했다. 그가 정말 제정신이었는지, 고뇌의 탈출구를 찾기 위해 그런 일을 꾸몄는지는 알 길이 없지만, 그렇게 만들어진 동굴을 오늘날 수많은 사람들이 찾아와 호기심에 가득 찬 눈으로 구경하고 있다.

침엽수가 우거진 초원 한가운데로 난 로맨틱 가도를 따라 달리다가 슈타인마덴 마을에 있는 비스 교회—순례자들의 교회로 불린다—를 구경했는데, 교회의 아름다움도 인상적이었지만 교회 앞 노점에서 파는 도넛의 맛은 더 인상적이었다. 한없이 배고팠던 어린 시절 어쩌다 먹었던 도넛의 잊을 수 없는 그 향기, 기름에 튀겨낸 둥근 덩어리에 설탕가루를 묻힌 갈색 도넛의 달콤한 그 맛과 완벽하게 닮은 도넛을 40여 년 세월이 지난 오늘 남부 독일의 슈타인마덴 마을에서 맛보았다. 아, 어린 시절 도넛에 깃들었던 향기로운 노스탤지어의 맛이여!

저녁 무렵 도착한 곳은 바이에른의 작은 도시 오버라머가우였다. 민박 호텔 투름빌트는 아담한 목조 건물이었지만, 엘리베이터가 없는 2층 객실로 무거운 트렁크를 옮기느라 애를 먹었다. 나무침대와 나무책상이 있고 창문 밖에 빨간 꽃을 놓아둔 객실은 친근하고 편안한 느낌을 주었다.

오늘은 독일을 떠나기 나흘 전, 밤잠을 푹 자둬야겠다. 아내의 잔기침이 아직 멎지 않아 걱정스럽다.

■ 9월 20일 [로텐부르크] / 맑음

오버라머가우에 아침이 밝았다. 평소보다 일찍 일어나 호텔 부근을 둘러봤다. 마을의 모든 건물마다 창가와 벽에는 다채로운 종류의 그림이 그려져 있었다. 꽃, 나무, 풀, 예수와 성인 등을 그린 그림들이 주택과 상가 건물의 벽을 장식하여 마을 분위기를 이색적으로 만들어 놓았다. 어릴 적 동화책에서나 보았던 예쁜 집들이 모여 있는 이 마을은 어느 모로 보나 여행자들의 발길을 이끌 수밖에 없는 조용한 휴양도시다.

나는 충분한 휴식을 갖기 위해 오늘 오전 시간을 비워두었다. 친구 부부는 모처럼 한가해진 시간을 틈타 여행 가이드와 함께 가까운 골프장으로 갔고, 우리 부부는 마을의 거리와 상점을 기웃거리며 돌아다녔다. 그런데 지금이 몇 월인가. 여름이 지난 지 아직 한 달이 되지 않았는데, 상점에는 크리스마스카드와 선물, 장식용 트리가 진열장을 채우고 있다. 독일의 시골마을 오버라머가우에는 석 달 앞의 크리스마스가 이미 시작되고 있다.

백조의 성으로 알려진 노이슈바인슈타인에 도착했을 때는 오후 2시가 넘어서였다. 퓌센에서 6km 떨어진 노이슈바인슈타인 성은 미국 디즈니랜드 안에 있는 판타지랜드 성의 모델이 된 궁성이다. 주차장에 차를 세워놓고 백조의 성에 이르는 2km의 경사진 길을 따라 30분 동안 숨 가쁘게 걸어 올라갔다. 그곳에 하늘을 향해 우뚝 솟은 첨탑들이 보였다. 그것은 궁전인 동시에 웅장한 성이었다. 유럽에서 가장 아름답고 환상적인 성으로 꼽히는 노이슈바인슈타인 성은 루드비히 2세가 지은 세 개의 성 가운데 생애 마지막으로 지은 성이다. 그는 이 성을 바그너의 오페라 '탄호이저'와 '로엔그린'의 주인공이 사는 성처럼 만들기를 원했으며 실제로 그렇게 꾸며 놓았다. 성 안을 둘러보니 곳곳에 오페라 '로엔그린'에 등장하는 백조의 전설에서 영감을 받은 흔적이 뚜렷했다. 백조를 주제로 만든 조각과 장식물들이 놓여 있고, 가수의 방에는 바그너의 오페라에 등장하는 인물들을 그린 화려한 벽화가 사면을 장식하고 있었다.

성의 꼭대기에 올라가 사방을 전망했다. 이런 명승지가 세상에 또 있을까 하는 탄성이 저절로 나왔다. 루드비히 2세는 명당을 볼 줄 아는 탁월한 재주와 능력의 사나이였음에 틀림없다. 백조의 성은 지상에 세운 세속적인 성이라기보다는 초현실세계 위에 솟아오른 환영이거나 허상이라고 해야 옳을 것이다. 멀리 알프스의 봉우리들이 솟아 있고 성 뒤로는 울창한 숲 위로 솟은 거대한 바위산이 성을 감싸고 있었다. 성 아래 펼쳐진 드넓은 초원에는 호수들이 햇빛에 반사되어 빛나고 호수 주위로 버섯 모양을 한 숲이 뭉게뭉게 피어올라 마치 대지의 구름처럼 보였다.

자연과 인공의 건축물이 이처럼 완벽한 조화를 이루는 모습을 일찍이

흔히 백조의 성으로 불리는 노이슈반스타인 성은 바이에른 공국의
루드비히 2세가 세운 불후의 걸작이다.
연인 시시에 대한 그리움과 광기가 빚어낸 비련의 건축물은
세계인이 오래도록 기억할
연민의 오벨리스크가 될 것이다.

본 적이 없다. 밋밋한 평지의 나라라고 싱겁게 여겼던 독일에 대한 나의 편견은 베르히테스가덴에 이어 백조의 성에서 완전히 허물어졌다. 자연과 인공의 절대조화가 안겨주는 이 지극한 감동을 무슨 말로 표현할 수 있을까. 알프스의 호수 위로 전설처럼 우뚝 솟은 노이슈바인슈타인 성, 뾰족한 첨탑과 성벽의 날렵한 모습, 이 아름다운 백조의 성에는 숨은 이야기가 있다.

바이에른 공국의 왕 루드비히 2세는 1869~1886년에 걸쳐 이 성을 지었다. 에두아르트 리델이 설계를 하고 무대미술가 크리스티안 얗크와 게오르그 돌만이 도면을 설계했다. 1868년 5월 13일 당시 스물세 살이었던 루드비히 2세는 바그너에게 편지를 보냈다.

"나는 횔랏슐루흐트 근처에 있는 호엔슈반가우의 옛 성을 독창적인 독일 기사의 성으로 복원하려고 합니다… 요컨대 이 세상에서 가장 아름다운 성, 백조의 꿈이 깃든 성으로 만들자는 계획을 가지고 있습니다."

험악한 지형조건 때문에 이 성을 짓는 데 17년의 세월이 걸렸다. 수많은 인부와 장인들, 예술가, 조각가들이 동원되었고 바이에른 왕국의 재정이 바닥날 정도로 엄청난 경비가 들었다. 당초 설계대로 완성을 보지 못하고 공사는 끝났고, 루드비히 2세는 그로부터 90일이 지난 후 미치광이로 몰려 추방당하고 말았다. 1886년 6월 13일 루드비히 2세는 성 근처에 있는 슈타인베르거 호수에서 의문의 변사체로 발견되었다. 자살이라고도 하고 정적들에 의한 타살이라고도 하지만 지금까지 자세한 내용이 밝혀지지 않고 있다. 백조의 성은 루드비히 2세의 삶과 죽음의 이야기, 바이에른 왕국의 성쇠가 얽혀있는 비밀의 성이다.

5층으로 된 이 궁성은 중세 로맨틱 양식의 대표로 꼽힌다. 이 성의 벽과 천장에는 로엔그린, 탄호이저, 성악가들의 축제에 등장하는 인물들과 영웅이 그려져 있고 독일 중세문학의 이야기가 생생하게 표현되어 있다. 무엇보다도 백조의 성에는 루드비히 2세가 그토록 사랑했던 여인 시시에 대한 끝없는 그리움과 연민어린 고뇌가 깃들어있다. 노이슈반슈타인 성에는 아직도 다하지 못한 숨은 이야기가 남아 있다.

성 뒤편에 있는 마리엔(루드비히의 어머니) 다리로 올라가 그 위에서 성을 바라봤는데, 그것은 지상에서는 흔히 접할 수 없는 경이로운 경험이었다. 마리엔 다리 아래 깊이가 100m가 넘는 계곡에는 폭포가 흐르고 있었다. 계곡 양쪽을 연결한 출렁 거리는 다리 난간에서 밑을 내려다보니 숨이 막힐 지경이었다. 백조의 성 뒤쪽에 펼쳐진 푸른 초원과 호수의 풍경은 신비로운 전설을 간직한 듯 보였다.

백조의 성에 압도된 감동과 경이로움을 간직한 채 우리는 300km에 가까운 거리를 달려 저녁 8시가 넘었을 때 로텐부르크에 도착하여 아이젠후트 호텔에 투숙했다. 호텔은 중세 건물을 개조해서 만든 고성 같은 목조 건물이었다. 다소 어두컴컴하고 낡기는 했지만 고풍스런 호텔에서 잠을 자는 것도 사흘 밖에 남지 않은 유럽 여행의 마지막을 장식할 수 있다는 점에서 오히려 다행이다. 이런 곳에서라면 행복한 꿈을 꿀 수 있을 것이다.

■ 9월 22일(금) [프랑크푸르트] / 맑음

유럽인들은 로텐부르크를 '중세의 보석'으로 부르기를 좋아하지만, 나는 액자 속의 도시로 부르고 싶다. 인구 12,000명에 불과한 이 작은 도시에는 여느 도시와는 다른 무언가 범상치 않은 것이 있는 것 같다. 원래

'중세의 보석'으로 불리는
로텐부르크 시.

'타우버 강 위쪽의 로텐부르크'라는 뜻을 지닌 로텐부르크 시의 역사는 중세기로 거슬러 올라간다. 1274년 신성로마제국 황제의 자유도시로 지정된 로텐부르크는 17세기에 일어난 30년 종교전쟁 때 하마터면 참화를 당할 번한 위기를 딛고 풍요와 평화의 도시로 번영을 누려왔는데, 오늘날의 건물은 그 시대의 것들이다.

어제 아침나절 우리는 로텐부르크 시가지를 한 바퀴 돌았다. 화강암으로 만든 돌길, 독특한 상가 건물, 교회 첨탑과 시계탑, 빨간 지붕들, 골목길, 마을을 에워싼 낮은 성벽은 액자 속에 넣어 걸어놓고 싶은 한 폭의 정갈한 그림이었다. 중세의 보석을 녹색의 숲과 초원이 에워싸고 있었다. 거리에는 관광객들이 넘치고 있었는데, 그렇게 많은 관광객을 끌어들이는 로텐부르크 시의 매력은 무엇일까. 곰곰이 생각해보니 그것은 이 도시가 중세 문화라는 고유의 자산을 완벽하게 복원하고 제대로 관리하고 있기 때문인 것 같다. 개인들은 큰돈을 들이지 않고도 자신의 건물과 집안, 가게를 독특하게 꾸미고 마을은 문화재를 지속적으로 보수하고 관리한다. 지방자치단체가 재정을 뒷받침해주므로 시민들은 도시미화 사업에 기꺼이 참여한다. 상인은 특별한 품격을 담아 만든 평범한 물건을 적당한 가격에 판매한다. 그렇게 평범 속에 담겨진 특별한 품격이 사람들을 끌어들이는 비밀의 열쇠가 되고 있는데, 그 특별한 품격이 곧 문화라는 것이다. 문화는 사람을 끄는 흡인력이 있다.

로텐부르크의 기념품판매점들에서 파는 물건들, 예를 들면 엽서, 열쇠고리, 기념메달, 머그컵, 접시, 티스푼, 티셔츠, 모자, 관광안내책자, 그림 같은 것들은 모두 이 도시의 문화와 전통을 충실하게 알리는 향토적인 상품들이었다. 그것들은 대부분 고상한 디자인과 품격 있는 형태로 만들어졌고 가격도 비싸지 않으며, 여행객의 주머니를 배려하면서도 나그네의 향수를 자극하기에 충분한 것들이었다. 나는 그림엽서 몇 장과 관광안내책자 한 권을 샀다. 중세의 색깔과 향기가 가득한 도시 로텐부르크에서 문화의 힘이라는 것을 다시 한 번 느꼈다.

그리고 어제 오후 늦게 뷔르츠부르크 시에 도착하여 도린트 노보텔 호텔에 짐을 풀고 교외로 나갔다. 마인 강을 내려다보는 언덕에는 슈타인버그 고성 호텔과 멋진 야외 레스토랑이 있었다. 우리는 저녁 노을에 잠기는 뷔르츠부르크 시가지를 바라보며 야외 레스토랑에서 저녁을 먹었다. 레스토랑에는 고성의 아름다운 정취에 이끌려 찾아온 손님들이 많았다. 미국 여배우 조디 포스터를 닮은 쥬리는 재치 있는 말솜씨와 유머로 부지런하게 서비스를 해주어 저녁 테이블을 유쾌하게 만들어 주었다. 친구는 쥬리와 함께 익살스러운 포즈로 사진을 찍었다. 어둠이 깃들어 불빛이 명멸하는 뷔르츠부르크의 야경을 감상하며 시간을 보내다가 밤늦게 호텔로 돌아왔다.

9월 22일, 여행 105일 째. 햇빛 밝은 마인 강변의 아침은 상쾌했다. 마인 강 건너편 언덕에 있는 마리엔 요새에 올라가 뷔르츠부르크 시를 조망했다. 햇빛에 반사되어 은빛으로 빛나는 마인 강 너머 경사지에는 포도밭이 가지런히 덮여 있었다. 왕궁과 첨탑, 중세풍의 건물들이 시가지 위에 이색적인 스카이라인을 만들어놓았다. 도시의 스카이라인과 색깔은 도시의 개성과 전통을 만들고 시민들에게 특별한 감각을 길러준다. 유럽의 도시가 아무리 보아도 싫증나지 않고 멋스럽게 느껴지는 것은 도시마다 다양한 특징과 개성이 있기 때문이다. 개성과 전통이 만들어내는 도시의 정체성은 긴 역사의 중심에서 강물이 되어 흐른다. 뷔르츠부르크는 빨간 지붕의 도시다.

독일에서의 마지막 여행지 프랑크푸르트에 도착하자마자 아시아나항공 지사를 찾아갔다. 그곳에서 멕시코 행 항공권과 멕시코에서 샌프란시스코를 거쳐 뉴욕으로 가는 항공권을 새로 발급받았다. 그런 뒤 괴테의 생가로 향했다. 도심 한가운데 있는 괴테의 집은 부잣집 분위기를 풍기는 18세기 낭만주의풍의 3층 저택이다. 1755년에 지은 목조주택은 괴테가 파우스트와 젊은 베르테르의 슬픔을 저술했던 독일 문학의 산실이다. 괴테는 이 집에서 책을 쓰며 현대 독일어를 만들어냈다. 목조주택 내부는 마루를 밟고 지나갈 때 삐걱거리는 소리가 나서 마치 괴테의 시절 속으로 걸어 들어가는 듯한 착각을 일으켰다. 2층 마루에는 제작연도가 1746년으로 표시되어 있는 높이 3미터의 괘종시계가 있는데, 무늬목으로 화려하게 장식된 갈색의 이 대형 시계는 2006년 9월 22일을 표시하고 있었다. 안내원은 이 시계의 시가가 100만 유로 쯤 나갈 것이라고 말했다.

나는 괴테의 서재에 관심이 쏠려 그의 숨결과 체취가 배어있을 책들을 하나하나 유심히 살펴봤다. 그때 책장 한 구석에 흰색 양장본 네 권이 꽂혀 있는 모습이 눈에 번쩍 들어왔다. 그것은 내가 밤잠을 잊으며 읽었던 괴테의 이탈리아 여행기의 원본이었다. 원본의 제목은 Mission-Voyage D'Italie Tome I~IV로 되어 있었다. 그 순간 괴테의 시 '그대는 아는가, 그 나라를'(Kennst Du Das Land)의 한 구절이 생각났다. 그것은 빌헬름 마이스터의 수업기에 나오는 미뇽의 노래였다.

그대는 아는가, 레몬 꽃 피는 그 나라를
짙은 나뭇잎 사이로 황금빛 오렌지 불타오르고…
뮈르테 나무 말없이, 월계수 높이 솟은 곳
그대는 아는가, 그 나라를…

여자 안내원에게 괴테의 시를 읽어주고 짐짓 그 레몬 꽃 피는 나라가 어디인지 물었다. 그녀는 즉시 이탈리아라고 답해 주었다. 그러면 그렇지. 우리는 벌써 레몬 꽃 피는 그 나라를 다녀왔다고!

괴테는 이탈리아를 사랑했다. 그는 이탈리아에 대한 사랑을 그림으로 그리고 기행문으로 남겼다. 괴테의 집 옆에 있는 박물관에는 괴테가 직접 그린 그림들이 전시돼 있는데, 그의 그림은 천재 작가들에게 결핍되어 있는 솜씨를 훨씬 뛰어넘는 것이었다. 그의 그림 가운데 특히 캔버스가 놓인 서재와 책상, 이탈리아 풍경화, 연극의 가면, 지인들의 인물화 등은 매우 뛰어났고, 인물화 데생은 부드럽고 따뜻한 선과 정확한 명암으로 그려진 것이었다. 박물관에는 그가 수집한 수백 점의 유화와 목판화, 연필 스케치도 있는데, 그것들도 괴테의 작가정신을 만들어낸 주춧돌의 일부가 되었을 것이다.

나는 괴테의 책상 앞에 앉아 메모를 하며, 괴테의 글 쓰는 모습과 독서하는 모습, 외출했다가 현관에 들어서는 모습을 머릿속에 상상 했다. 위대한 독일인, 독일 정신의 스승을 만난 기쁨과 존경심이 솟구쳤다. 독일 여행의 마지막 일정에 괴테를 만난 것은 위대한 작가에 대한 기억을 더욱 깊게 한다. 이번 세계 일주 여행 동안 우리가 지나온 흔적 가운데 유럽만을 되돌아보더라도 이곳 괴테의 집에 이르기까지 수 많은 성과 궁전, 성당과 교회, 아름다운 강과 숲 등 유럽의 문화와 자연에 얼마나 큰 감동을 받았던가. 그 중에서도 독일은 중세 유럽의 표준이고 봉건 시대의 박물관이라는 느낌이 들었다. 나에게 독일은 가장 유럽적인 나라였다.

여행은 공간의 이동인 동시에 시간의 이동이기도 하다. 고대에서 중세, 근세, 현대로의 시간여행을 하면서 마치 수천 년 동안 살아 온 것 같은 착각에 빠지기도 한다. 나는 유럽 여행을 통해 의식주를 비롯한 모든 문화 영역에서 각국의 다양성이 조화 속의 스펙트럼을 이루는 모습을 목격했다. 그리고 문명이란 흥망성쇠의 시간적 변화일 뿐 아니라, 동서양

독일의 창(유화)
가장 유럽적이며 중세적 전통을 간직한 독일은
봉건시대의 박물관 같은 느낌을 주었다.
필자는 이런 독일의 이미지를 비구상으로 형상화해보았다.

의 접촉과 수렴으로 가는 변증법의 과정일 수도 있음을 확인했다. 그러면서 유럽인의 생활과 유럽 문화의 품격 속에는 그리스의 이상, 로마의 전통, 오리엔트의 영향이 깊숙이 스며있다는 확신을 가지게 되었다.

이제 책에서 읽었던 역사는 현실의 감각이 되어 머릿속에 다시 정리되고, 가슴속에서 강물이 되어 흐르기 시작한다. 나는 유럽의 현실과 꿈을 간직하고 그리스 로마 문명의 텃밭을 떠난다.

뱀 신, 케찰코와틀의 나라

멕시코

MEXICO

66 기원 전 1500년에서 서기 1300년까지 지속된 마야 문명은 수수께끼처럼 역사 속에서 사라졌다. 그것은 의문의 실종이었다. 그 뒤를 이은 아스테카 문명은 스페인 정복자들에 의해 사라졌다. 사람들은 가까스로 살아남았지만 문명은 파괴되었다.

스페인 정복자들은 마야인들을 학살하거나 병균을 옮겨 죽게 만들었다. 마야인들은 살아남기 위해 밀림 속으로 들어가 숨었고 피라미드들은 정글 속에 묻혀버렸다. 그들이 잠적한 후, 밀림 속에서 수백 년 동안 잠자던 마야의 피라미드들은 19세기에 발견되어 마침내 경이적인 모습을 세상에 드러냈다.

마야의 피라미드는 인류 역사의 불가사의로, 또한 영원한 수수께끼를 간직한 신성의 유산으로 남을 것이다. 지금도 마야인은 여전히 살아남아 있고, 마야의 유적들은 치첸이차로 세계의 관광객을 불러들이고 있다.

내가 목격한 마야의 후손들은 대부분 키가 작고 목이 짧았다. 그들의 엉덩이에는 지금도 몽고반점이 나타난다고 했다. 그들은 어디선가 많이 본 듯한 사람들이며, 어쩐지 친근감이 들고 얼굴 표정은 슬프고 순박해 보였다. 길거리에서 기념품을 파는 마야인 아주머니의 얼굴이 어쩌면 그렇게도 우리나라 시골 장터에 앉아 산나물을 파는 아낙네의 얼굴 표정과 닮았는지…. 나는 그들의 얼굴에서 눈을 떼지 못했다. **99**

■ 9월 23일(토) [프랑크푸르트 ➡ 멕시코시티] / 흐림

아침 일찍 일어나 짐을 챙기고 나서 마인 강변으로 갔다. 멕시코로 떠나기 전에 잠깐 틈을 내 마인 강변에서 열리는 벼룩시장을 찾은 것이다. 시장은 이른 시간인데도 벌써 사람들로 붐비고 있었다. 우리는 수백 개의 좌판 사이를 비집고 돌아다니면서 독일 재래시장의 풍물을 구경했다. 아내는 중고품을 파는 노점상에서 3유로 50센트를 주고 팔찌처럼 생긴 여성용 시계를 샀다. 귀국한 후 수리해서 며느리에게 주겠다는 것이다. 친구의 부인은 딸에게 준다며 5유로짜리 브로치 한 개를 샀다. 벼룩시장에 대한 아내의 호기심은 특별했다. 아내는 골동품을 늘어놓은 어느 노점상 앞에서 발길을 멈췄다. 르네상스 풍으로 만든 푸른색 촛대 한 쌍을 손에 들고 몹시도 사고 싶은 듯 한참동안 이리저리 만지작거렸다. 나는 아내를 조용히 끌어당겼다.

오전 11시 20분 프랑크푸르트 공항을 이륙한 루프트한자 항공의 LH498 보잉 747기는 암스테르담, 영국 글라스고 북부, 아이슬란드의 레이캬비크, 그린란드의 고드타브, 캐나다의 허드슨 만, 미국의 오클라호마를 거쳐 11시간 30분간의 비행 끝에 현지 시각 오후 일곱 시경 멕시코시티 공항에 도착했다. 7월 17일 영국에 도착한 후 두 달 엿새 만에 다시 탄 비행기인데, 프랑크푸르트 공항에서 탑승절차를 밟으며 나는 이상하게 설레는 기분을 느꼈다. 그리고 유럽을 떠나게 되는 아쉬움을 느끼는 한편, 유럽에서의 긴 여행이 갑자기 아득한 옛일처럼 여겨졌다. 유럽은 몇 달 동안 나의 고향이었다.

공항 출구에서는 멕시코에서 우리를 안내해 줄 여행 가이드가 기다리고 있었다. 공항에서 멕시코시티 중심가로 차를 타고 오면서 나는 갑작스럽게 변화된 환경이 낯설게 느껴졌다. 마음은 아직도 유럽에 머물고

있었다. 그리스 로마 문화권에서 색깔이 전혀 다른 문화권으로 들어선데 대한 생소한 기분이 가슴을 누르고 있었다. '그러나 여행자여, 그대는이미 마야와 아스테카의 나라에 와 있다. 마음의 껍질을 벗고 신속하게멕시코에 적응해라.' 나는 나 자신에게 그렇게 타일렀다.

잠시 후 멕시코시티 공원 부근에 있는 니코 호텔에 여장을 풀었다. 우리 네 사람은 생전 처음 인연도 없었던 나라 멕시코에 온 것이다.

■ 9월 24일(일) [멕시코시티] / 맑음

멕시코는 나에게도, 친구에게도 그동안 낯선 나라였다. 멕시코 인디언문화에 스페인 문화가 혼합된 나라, 중미의 산유국, 테 넓은 밀짚모자를쓴 마리아치들이 거리에서 통기타를 치며 노래를 부르는 제법 낭만적인나라, 스페인처럼 투우를 즐기는 나라. 그것이 멕시코에 대해서 지금까지 품어온 대체적인 인상이었다. 멕시코의 역사에 대해서는 책에서 읽었지만 현재에 관한 구체적인 지식은 없었다. 그래서 멕시코의 현재를 제대로 알기 위해서는 아무래도 역사를 좀 더 깊이 이해하는 것이 좋겠다는 생각에서 오늘 아침 국립인류학박물관을 찾았다. 박물관은 시내 한가운데 있었다. 박물관에는 인류의 출현과 진화과정, 인종의 분포와 이동,인류의 생활사를 재현한 미니어처 전시관이 시기별로 나뉘어져 있었다.멕시코의 고대사를 소개하는 전시관에는 마야와 아스테카 시대의 유물유적들이 가득했다. 테오티와칸과 마야 유적지 치첸이차의 유물은 종교적 신비와 과학이 결합된 것들로 뛰어난 독창성과 예술성을 보여주었다.나는 박물관에 전시된 것들 가운데 특히 멕시코 원주민들의 종족적 기원이 한민족을 포함한 아시아계와 같은 것임을 밝혀놓은 인종계통도를 보고 마야인들의 존재에 깊은 관심을 갖게 되었다.

마침 일요일은 무료입장을 하는 탓인지 박물관에는 아침부터 엄청나게 많은 관람객들이 모여들고 있었다. 그 가운데는 단체입장한 중학교 학생들이 많았다. 웬 학생들이 그렇게 많은지 궁금했는데, 무료입장과는 관계없이 학생들은 자기 나라의 역사를 공부하기 위해 박물관에 와서 학습탐구활동을 벌이고 있었다. 학생들은 저마다 아버지나 어머니를 동반하여 전시관을 돌며 유물을 함께 관찰하고 토론을 벌였으며, 관찰한 내용을 노트에 기록하고 있었다. 한 여학생에게 물어보니, 교장선생님이 지시한 숙제를 하는 중이라고 말했다. 부모들은 마치 자신에게 내준 숙제라도 하듯 아이들을 돕고 있었다. 이렇게 학생이 작성하고 부모가 서명한 보고서를 담당교사에게 제출하고 있었다. 부모, 학생, 교사가 함께 문화재를 관찰하고 역사를 배우며 토론을 벌이는 인류학박물관은 멕시코 국민의 산 역사교육 현장이었다.

박물관 탐방을 마친 뒤 자동차로 한 시간을 달려간 곳은 멕시코시티에서 동북쪽으로 50km 떨어진 테오티와칸이었다. 그 동안 역사책을 읽고 상상하며 은근한 설레임 속에 기대했던 그 장소, 지면이나 영상을 통해 경이의 눈길로 바라보았던 테오티와칸의 피라미드가 눈앞에서 웅장한 모습을 드러내고 있었다. 가로 223m, 세로 223m, 높이 65m(원래는 71m) 규모의 태양의 피라미드, 거신(巨神)의 무덤처럼 생긴 사각뿔 모양의 돌산이 오후의 햇빛 속에서 검붉게 빛나고 있었다. 그것은 긴 세월의 침묵 속에 멕시코를 지켜 온 장엄한 역사의 상징이었다.

'신으로 다시 태어나는 사람'이라는 뜻의 테오티와칸은 신들의 도시로 불리우며 왕이 죽어서 이곳에 묻히면 신이 된다는 전설이 전해진다. 즉 태양의 피라미드는 신들의 도시에 세워진 성전이었던 것이다. 테오티와칸의 주요 건축물들—태양과 달의 피라미드, 케찰코와틀 신전 피라미드,

태양의 피라미드 '테오티와칸'은
멕시코를 지켜온 장엄한
역사의 상징이다.

죽은 자의 길—의 정확한 건립연대를 알 수는 없지만, 적어도 2000년 이상으로 거슬러 올라가는 것으로 추정되어 왔다.

나는 친구와 함께 240개가 넘는 돌계단을 밟아 태양의 피라미드 정상에 올랐다. 그리고 눈이 시리도록 파란 하늘을 우러러보았다. 태양은 머리 위를 지나 서쪽으로 약간 기울어진 곳에서 빛나고 있었다. 날짜를 헤아려보니, 오늘은 추분으로부터 이틀이 지나고 있었다. 밤낮의 길이가 같아지는 3월 22일과 9월 22일에 태양의 피라미드는 지난 수천 년 동안 '빛과 그림자의 기적'을 만들어왔다. 그 기적이라는 것이 무엇인가.

춘분과 추분이 되면 태양광선은 남쪽에서 북쪽으로 내리쬔다. 정오가 되면 완벽한 직선 그림자가 피라미드 서쪽의 아래 단에 만들어졌다가 완전히 사라져 다시 밝아질 때까지 정확하게 66.6초가 걸린다. 이런 사실을 과학자들이 오랜 탐구 끝에 밝혀냈다. 이 신기한 현상은 테오티와칸 피라미드가 만들어진 이후 매년 정확하게 일어났고 앞으로도 이 거대한 피라미드가 사라질 때까지 계속될 것이다. 피라미드는 춘분과 추분을 정확히 알려주는 영원한 시계탑의 역할을 해왔던 것이다.

태양의 피라미드에 숨겨진 또 다른 비밀은 원주율을 나타내는 파이(π)의 원리가 숨겨 있다는 것이다. 이집트 기자의 피라미드와 마찬가지로 이곳 태양의 피라미드도 파이의 수치를 이용해서 설계되었다는 사실이 최근에 와서 밝혀진 것이다. 피라미드 경사면은 43.5도의 완만한 각도를 이루고 있는데 피라미드의 높이 71.17m에 4파이를 곱하면 정확하게 피라미드 밑변의 길이 893.89m가 된다. 계산상의 길이와 실제 피라미드 밑변의 길이 893.91m 사이의 오차는 2cm에 불과하다. 정말 놀라운 일이 아닌가!

학자들의 연구에 의하면, 이 위대한 피라미드를 만든 테오티와칸의 천재들이 파이의 개념을 사용한 것은 피라미드를 둥근 공의 개념으로 이해하여 피라미드를 통해 그들이 살고 있었던 지구의 북반구를 표현하려고 했다는 것이다. 결국 반구는 지도상에 평면으로 나타나게 되고 정점은 북극점을 표시하며, 네 개의 삼각 면으로 만들어진 피라미드 토대의 밑변은 적도를 뜻하는 과학적 이유가 설명되는 것이다. 따라서 피라미드 높이에 4파이를 곱하면 피라미드의 변의 길이가 된다. 테오티와칸 사람들은 천문 지리를 바탕으로 지구와 태양을 읽고 있었던 것이다.

우리는 '사자(死者)의 길' 북쪽에 솟아 있는 달의 피라미드를 향해 걸어 갔다. 하늘의 은하수를 표현해서 만들었다는 사자의 길을 어떤 학자는 원래 물이 가득 저장된 저수지였을 것이라고 주장하기도 했다. 달의 피라미드는 성채보다 훨씬 높은 곳에 있기 때문에 물은 북쪽에서 남쪽으로 흘렀을 것이고, 몇 개의 수문을 거쳐 봇둑처럼 생긴 칸막이가 있는 연못에 저장되었을 것이며, 연못의 물은 하늘의 빛을 반사하는 물웅덩이로 사용되었을 것이라고 추측했다. 이것은 하나의 가설이지만, 만일 그랬다면 테오티와칸의 저수지는 타지마할이나 베르사이유의 정원보다도 훨씬 더 장대한 광경을 연출했을 것이다.

나는 달의 피라미드 정상에 올라 주위를 둘러봤다. 달의 피라미드는 파괴된 흔적이 거의 없이 원형대로 보존되어 있었고 4단식 지구라트(고대 바빌로니아의 사각뿔 형태의 성탑)의 형태를 유지하고 있었다. 그곳에서 완만한 남쪽 평원 한가운데 펼쳐진 테오티와칸의 전경이 한눈에 들어왔다. 그것은 위대한 건축가에 의해 설계된 하나의 완전한 기하학적인 도시였다.

동쪽으로 곧게 뻗은 사자의 길 너머로 보이는 태양의 피라미드는 태고의 신비를 간직한 대지 위의 조각과도 같았다. 케찰코와틀 신전 피라미드와 태양의 피라미드는 사자의 길을 축으로 왼쪽에 자리잡고 있었고 달의 피라미드는 사자의 길이 시작되는 곳에 서 있었다. 케찰코와틀 피라미드와 태양의 피라미드는 병렬로 나란히 배치되어 있고, 달의 피라미드는 일부러 어긋나게 배치되어 있었다. 세 개의 피라미드 사이에는 어떤 수학적, 기하학적 비밀이 숨어 있는 것만 같았다. 태양과 달의 피라미드는 지상으로부터의 높이는 같지만, 건축물의 높이는 태양의 피라미드가 더 높았다. 태양의 피라미드는 달의 피라미드보다 낮은 지대에 지어졌기 때문이다.

테오티와칸은 기원 전 100년에서 600년 사이에 번영을 누린 아메리카 대륙 최대의 도시였다. 이 도시를 건설한 사람들은 똘테까족이었다. 멕시코 신화에 의하면 똘테까족은 최초의 옥수수 알갱이를 발견한 인류의 창조자이며 일명 깃털 달린 뱀 신이라고 불린 케찰코와틀을 숭배했다. 케찰코와틀에 의해 인간 세계는 무질서와 공포 속에서 천천히 고통스럽게 창조되었으나 그는 인간의 삶과 행복을 지켜주는 수호신으로 인간에게 도구 만드는 법과 옥수수 재배법, 공예기술, 옥을 연마하는 법, 깃털을 엮는 법을 가르쳐주었다. 프로메테우스가 고대 지중해 세계의 영웅이었던 것처럼 케찰코와틀은 중앙아메리카 사회의 정신적인 영웅이 되었다. 무엇보다 케찰코와틀이 인간 세계에 가져다준 선물은 교육이었다. 이러한 신화는 똘테까의 문화적 유산을 이어받고 똘테까를 계승하려고 했던 중앙아메리카의 모든 왕국들에게 지배의 정당성을 제공해 주었고, 케찰코와틀은 속계에 살아 있는 신이 되었다.

똘테까족을 계승한 고대 중앙아메리카의 마지막 왕국은 아스테카였다. 고대 북아메리카의 애리조나, 치와와를 거쳐 멕시코에 왔던 아스테카족은 용맹스러운 전쟁의 신 우이칠로포슈틀리(마법의 벌새란 뜻)의 신관인 테노슈의 신탁에 의지해서 호수 위에 떠 있는 한 섬에 도착했다. 그들은 이 섬에 피어난 선인장 위로 독수리가 뱀을 삼키고 있는 환영(멕시코의 국기에 그려진 그림)을 보면서 오랜 행군을 멈추었다. 아스테카 인들은 1325년 호수의 소택지와 섬들 위에 그들의 도시 테노슈티틀란을 세웠다. 그리고 이 도시의 이름에 '달의 배꼽'이란 뜻을 지닌 메히꼬(멕시코의 어원)라는 접두사를 덧붙였다.

아스테카족은 똘테까족의 후예로 중앙고원 분지에 살고 있던 선주민들로부터 미개하다는 이유로 경멸을 당했지만 선주민보다도 더 독특하고 창조적인 문화를 만들어냈다. 그런데 아스테카족이 이곳에 도착하기 전인 12세기 중엽, 그들의 선조였던 똘테까족은 모든 문화적 유산을 남겨 놓은 채 역사의 무대에서 수수께끼처럼 사라졌다. 그 뒤로 번영을 지속하던 아스테카 제국은 스페인의 정복자 에르난 코르테스에 의해 멸망했다.

호수에 세워진 도시의 위용에 넋을 빼앗긴 스페인 정복자 코르테스는 아스테카 최후의 황제 목테수마의 궁전에 황금으로 만든 방이 있음을 알아차렸다. 코르테스는 황금의 냄새를 맡는 사냥꾼이었다. 그가 제국의 수도 테노슈티틀란에 입성했을 때, 목테수마 황제는 도시 입구의 대로에 나와 코르테스를 영접했다. 코르테스를 뱀 신 케찰코와틀의 현신이라고 확신한 황제는 이렇게 말했다.

"어서 오십시오! 당신을 기다리고 있었습니다. 여기가 바로 당신의 고향입니다."

그러나 코르테스는 즉각 목테수마 황제를 포로로 잡고 그의 황금을 강탈하였다. 그는 도시 곳곳에 있던 아스테카의 우상을 파괴하고 그 자리에 기독교 교회의 제단을 세웠다. 탐욕스러운 스페인 침략자들에 맞서 인디오들은 반란을 일으켰지만, 600명도 채 안 되는 코르테스의 군대는 잔인한 공격을 퍼부어 마침내 1521년 아스테카의 수도를 함락시켰다.

목테수마와 그의 제국이 호수의 핏빛 물속으로 가라앉았을 때 아스테카의 신화와 영원을 꿈꾸던 시간은 사라져버렸다. 파괴된 우상과 잊혀진 보물은 모두 바로크 양식의 기독교 교회와 스페인 부왕의 궁전이 세워진 땅 속으로 파묻혀버렸다. 스페인의 정복은 젊은 기운과 창조의 힘으로 가득 찼던 아스테카 문명의 흐름을 끊어버리고 그의 발전을 가로막아 아스테카인과 오늘의 멕시코에 슬픈 유산을 남겨 놓았다. 아스테카 제국의 멸망을 목격한 인디오 시인들은 슬픈 시를 읊으며 탄식했다.

어디로 갈 것인가, 친구들이여,
연기는 피어오르고 안개는 자욱하구나.
통곡하라, 친구들이여,
물은 온통 핏빛으로 물들었으니,
오! 통곡하라, 아스테카 제국은 사라졌도다.

이렇게 해서 제 5의 태양의 시대는 막을 내렸다.
정확한 제작연대를 알 수 없는 거대한 피라미드를
두고 아스테카의 후손들은 인간이 만든 것이라기
보다는 신의 조화이거나 자연의 기적처럼 여겼을
것이다. 그리고 피라미드에 관한 이야기는 세대에서 세대로 전설처럼 전해졌을 것이다. 그 아스테카의 영역에 세워진 고대의 피라미드를 보기 위해 테오티와칸에는 오늘도 수많은 사람들이 몰려들고 있다.

우리는 피라미드에서 내려와 때마침 사자의 길에서 벌어지는 민속무용단의 전통 인디오 춤을 구경했다. 인디오들은 울긋불긋한 깃털로 만든 모자를 썼으며, 얼굴에 흰색과 붉은색, 검정색 물감을 칠하고 손에는 묘하게 생긴 지팡이와 칼, 창을 쥐고 있었다. 인디오들은 괴상한 소리를 지르며 하늘과 땅을 번갈아 쳐다보며 고개를 움직였다. 그들이 일정한 박자에 따라 발로 땅을 차며 어깨춤을 출 때마다 발목에서 요란한 방울소리가 났다. 그들이 온몸으로 토해내는 함성과 동작을 바라보면서 우리나라 무당의 춤사위와 어쩌면 그렇게 비슷할까 하는 생각을 했다. 인디오의 춤이 끝났을 때 우리는 테오티와칸을 떠났다.

피라미드를 보고 돌아오는 고속도로 양쪽 산 위에 터키의 게제콘두와 비슷한 빈민촌이 모여 있는 것이 보였다. 마치 예전 서울의 신림동이나 상계동 판자촌을 닮은 것 같았다. 수천, 수만 채의 오두막집이 거대한 피라미드를 만들고 있었다. 빽빽하게 들어찬 집집마다 멕시코 국기가 꽂혀 있었다. 국경일도 아닌 날 국기를 내건 까닭이 궁금하여 여행 가이드에게 물어봤지만 그 역시 이유를 모르겠다고 한다. 다만 언제부턴가 빈민들이 일제히 깃발을 내걸기 시작했을 뿐이라는 것이다. 그렇다면 그들이 내건 국기는 가난에 대한 울분과 저항의 표시일까, 아니면 순수한 애국심의 발로일까. 이런 저런 생각을 하며 호텔로 돌아왔을 때는 늦은 오후였다.

■ 9월 25일(월) [칸쿤] / 흐렸다 갬

오후 2시 40분 멕시코 국내선인 아에로 멕시코항공의 AM455기를 타고 오후 4시 45분 카리브 해의 휴양 도시 칸쿤에 도착했다. 유카탄 반도 끝에 위치한 인구 100만 명의 칸쿤은 1975년부터 휴양 도시로 조성된 신도시인데, 최근 관광 붐을 타고 인구가 증가 추세에 있다고 한다.

칸쿤(Cancun)은 마야어로 '뱀의 둥지'란 뜻이다. 우리가 사흘 동안 묵게 될 인터콘티넨탈 호텔의 시설은 다소 낡아보였지만, 20km가 넘는 카리브 해안을 둥글게 기어가는 거대한 뱀 모양의 해변에 위치하여 바다를 향한 전망이 뛰어났다. 객실에서 내려다보니 창밖에 옅은 에메랄드색의 바다가 펼쳐져 있고, 멀리까지 길게 뻗은 모래사장이 햇빛을 받아 하얗

휴양 도시 칸쿤 해변 호텔 수영장 뒤로 비취빛 카리브해가 펼쳐졌다.

게 빛났다. 우리는 마야인들이 대부분 거주하고 있다는 다운타운에 나가 중국식당에서 저녁을 먹은 뒤 다시 호텔로 돌아왔다. 그리고 주저할 새도 없이 수영복으로 갈아입고 바닷가로 나갔다.

날이 어두워지면서 하늘에는 별이 빛나기 시작했다. 해수욕장은 산호와 조개가루로 만들어진 고운 모래로 덮여 발바닥으로 밟는 감촉이 부드러웠다. 바닷물은 따뜻하고 물결은 잔잔했으며 카리브해로부터 불어오는 바람은 훈훈했다. 불야성을 이룬 해변 호텔들의 불빛이 밤바다를 적셨다. 아내와 나는 따뜻한 바다에서 느릿느릿 헤엄을 치며 여유로움을 만끽했고, 친구 부부는 바다 한가운데까지 나가 수영을 하고 있었다.

어려서부터 헤엄을 칠 줄 몰랐던 나는 이번 여행을 통해 물에 뜨는 법을 완전히 터득했다. 넉 달 가까이 여행하는 동안 실내 수영장이나 때로는 얕은 바닷물에서 헤엄치는 법을 배웠다. 물론 그때마다 아내와 친구가 나의 수영연습을 거들어주었는데, 그 덕에 물에 대한 두려움도 사라졌다. 내가 수영하는 모습이 개헤엄처럼 보일지 몰라도 그건 문제 될 게 없다. 카리브해의 밤하늘에 빛나는 별빛 아래 뒤늦게 배운 수영의 즐거움을 만끽하며, 바닷물에 둥둥 떠다니는 쏠쏠한 재미에 시간가는 줄을 몰랐다. 이만큼 물에 뜰 수 있게 된 것도 세계 일주 여행 덕분이다.

바닷물에서 나온 우리는 다시 호텔 수영장에서 헤엄치고 놀았다. 젊은 남녀들이 물속에서 포옹하고 입을 맞추며 깔깔대는 모습은 어느새 낯설지 않은 풍경이 되었다. 그들을 바라보면서 우리 부부의 젊은 시절을 되새겼다. 그래, 우리에게도 그런 시절이 아마 있었을 거야… 장기간의 여행에 몸은 고단하지만 눈앞에 전개되는 것들은 새롭고 흥미진진하며 경이롭기만 하다.

그러나 한편으로 지난 세월을 돌아보며 아내의 얼굴을 바라볼 때마다, 흰머리카락이 눈에 띠게 늘어가는 모습에 애틋한 마음 또한 깊어간다.

■ 9월 26일(화) [칸쿤] / 쾌청

아침 식사를 마치고 나서 해수욕장으로 나갔다. 아침부터 뜨겁게 내리쬐는 햇볕을 피해 우리는 갈대를 엮어 만든 비치파라솔 아래 긴 의자에 누워 수평선을 바라보았다. 파란 하늘에는 흰 뭉게구름이 천천히 흐르고 태양에 반사돼 하얗게 빛나는 모래사장 너머로는 바닷물이 잔물결을 일으키며 더 멀리 있는 남청색 바다와 경계를 이루었다.

철늦게 이제 막 피어난 야자나무의 연두색 잎이 미풍에 춤추고 있었다. 옥외수영장 주변에는 오랜만에 보는 부겐빌레아 꽃이 활짝 피었다. 어디선가 물새들이 날아와 맑은 소리로 지저귀고 있었다. 오늘 아침 칸쿤 해변은 평화의 낙원이다. 이 평화의 낙원을 지난해 10월 허리케인 윌마가 휩쓸고 지나갔다. 카리브해에서 불어오는 허리케인 가운데 가장 험악했던 태풍이 비바람을 몰고 칸쿤 앞바다에서 예순다섯 시간을 맴돌다 북상했다. 뉴올리언스를 초토화시켰던 태풍 카트리나보다도 더 강력한 윌마는 높이 10m의 파도를 몰고 칸쿤을 공격해와 해안의 호텔과 야자나무숲을 휩쓸었다. 그 후 칸쿤 사람들은 이런 말을 한다고 했다.

"윌마는 뱀의 둥지를 너무 사랑한 나머지 65시간이나 칸쿤에 머물렀지요. 사랑이 지나치게 뜨거웠던 탓이랍니다!"

오늘로서 여행은 109일 째로 접어들었다. 앞으로 집에 돌아갈 때까지는 한 달 이상이 남아 있다. 멕시코를 떠나 미국으로 가면 가을이 될 것이고, 캐나다로 들어갈 때에는 빨간 단풍이 물들기 시작할 것이다.

여행은 낯선 기후 속에서도 심신의 건강을 확인하는 기회이다. 그것은 열린 공간 속에서 시간의 날개를 타는 비행이다.

■ 9월 27일(수) [칸쿤] / 오전 맑고 오후 비

마야인의 조상은 빙하기가 끝나갈 무렵인 약 15,000년 전후 중앙아시아의 시베리아를 떠나 베링해를 건넜다. 그들은 알라스카, 북아메리카를 거쳐 멕시코에 정착했으며, 기원전 1500년경부터 유카탄 반도의 정글지역에 독특한 문명을 건설하기 시작했다. 그들의 후손은 그 후 남아메리카로 내려가 안데스 산맥에 잉카 문명을 건설했다.

킬람 발람의 『마야 연대기』에 의하면, 기원 후 300년~900년에 이르는 고전기에 마야 문명의 전성기가 이루어졌고 이때 마야인들이 올드 치첸을 건설한 것이라고 기록되어 있다. 두 번째 전성기인 900년~1200년의 후기 고전기에 이차족의 정력적인 활동으로 유카탄 반도는 중앙아메리카의 문화 중심지가 되었고, 그 이후 '이차족의 우물가'라는 뜻의 치첸이차로 불리는 지역이 나타났다.

강을 끼지 않은 문명이란 상상하기 어렵지만 마야 문명은 세계사를 통틀어 강을 끼지 않은 유일한 문명이었다. 우물은 마야인에게 생명수였으며 신이 관리하는 성소였다. 마야는 '물이 지배하는 세상'이라는 뜻을 지닐 만큼 물은 마야인의 생명 자체였다. 우물에서 생명수를 공급받은 마야인들은 그들의 신성한 신인 케찰코와틀로부터 부여받은 신비한 능력을 지상에 펼쳤다. 그들은 천문학, 수학, 20진법, 태양력을 만들고 이들을 하나의 상징으로 통합한 피라미드 신전을 건설했다. 마야의 태양력은 오늘날에도 과학적 원리가 증명되는 경이로운 지적 유산이다.

우리는 오전에 자동차를 타고 출발하여 두 시간 반 만에 치첸이차에 도착했다. 키가 작은 열대숲 사이의 길을 따라 십여 분간 걸어갔을 때 거대한 석조 건축물 하나가 나타났다. 그것은 쿠쿨칸 신전이었다. 케찰코와틀과 마찬가지로 깃털 달린 뱀을 상징하는 쿠쿨칸 신전은 정방형의 피라미드였다. 눈앞에 30m의 높이로 우뚝 솟아 있는 피라미드는 완벽한 지구라트의 형태를 갖추고 있었다. 동서남북 4면의 계단은 동쪽(92개)을 제외하고 각각 91개인데, 이것을 모두 합치면 1년의 날짜와 같은 365개가 된다. 쿠쿨칸의 기하학적 디자인과 방위는 시계처럼 고도의 정밀성을 지닌 것이었다. 쿠쿨칸 피라미드는 춘분과 추분 날에 삼각형의 빛과 그림자를 이용해 북쪽 계단에서 거대한 뱀이 꿈틀거리고 있는 것처럼 보이도록 설계되었다. 그것은 테오티와칸에 있는 태양의 피라미드가 춘분과

석상 차크몰. 절반은 누워있고 절반은 앉아 있는 모습이다.

추분 날에 만들어낸 기적의 그림자와 똑같은 원리로 만들어졌다.

쿠쿨칸 피라미드를 지나 동쪽을 향해 걸어갔을 때 '천 개의 돌기둥' 으로 불리는 하얀 돌기둥 무리가 나타났다. 질서 정연하게 줄지어 선 기둥 위에 고대의 전성기 때는 거대한 지붕이 얹혀 있었을 것이다. 천 개의 기둥 앞을 지나자 곧바로 가파른 계단이 나타났다. 그 계단 정상에 전사의 신전이 있었다. 신전 계단을 올라갔을 때 거대한 석상 하나가 나타났다.

그 석상을 보자 나는 가슴이 서늘해졌다. 절반은 누워있고 절반은 앉아 있는 모습의 석상은 차크몰이라고 부르는 돌조각이었다. 차크몰 상은 기묘한 긴장감과 두려움을 풍기며 무엇인가를 기다리는 듯이 보였다. 무릎을 세운 채 팔꿈치를 지면에 대고 손은 배 앞으로 내밀어 빈 접시를 받치고 있었다. 그것은 어색하게 고정된 몸을 일으켜 이제 곧 바닥에서 일어나려는 듯한 자세였다. 석상은 뒤로 몸을 젖히고 있는데, 엄격하고 무자비하며 무관심한 표정은 강렬하고 냉혹한 힘을 느끼게 했다. 그것은 쿠쿨칸의 저승사자처럼 보였다.

차크몰의 눈이 향하고 있던 서쪽은 고대 마야인들에게 암흑과 죽음 그리고 검정색을 의미했다. 차크몰이 배 앞에 들고 있는 접시는 제물로 받쳐진 인간이 살아있을 때 잘라낸 신선한 심장을 담아두는 곳이라고 하니, 서쪽을 향한 차크몰의 냉혹한 시선이 머무는 곳에는 누군가의 죽음과 그의 심장이 있을 것이다. 그곳에는 우리가 살고 있는 나라도 있다. 그는 한국인의 심장도 기다리고 있는 것인가.

전사의 신전 맞은편에는 축구경기장이 있었다. 여기에서 벌어진 축구경기에서 승리한 팀의 주장은 신을 위해 자신의 심장을 영광스럽게 바쳤다. 희생제의 집행자들이 제물이 된 젊은이를 돌 위에 눕히고 네 사람이 벌어진 팔다리를 움직이지 못하도록 위에서 누르고 있으면, 칼은 든 집행인이 나타나 재빠르게 칼로 찌르고, 그 자리에 손을 넣어 심장을 빼내 접시 위에 얹었다.

1200년 전에 만들어진 치첸이차의 유적은 마야족과 똘떼까족의 전통이 섞인 혼합사회의 산물이며, 잔혹하고 야만적인 희생제의식은 고대 멕시코 문명 가운데 가장 오래된 올멕 문명에서 비롯되었다. 올멕 문명 이후 2500년이 지난 스페인 정복기에 인간을 제물로 받치는 풍습을 계승한 것은 아스테카족이었다. 아스테카의 8대 황제 아위소틀은 단 한 번의 의식에서 팔만 명의 사람들을 제물로 바쳤다고 전해진다. 팔만 명의 주검과 팔만 개의 심장… 대체 왜 이렇게 악령에 사로잡힌 듯 사람의 목숨을 빼앗은 것일까. 아스테카인들은 제물을 바쳐 세계의 종말이라고 믿었던 제5 태양의 시대가 오는 것을 늦추려고 했다. 파국과 종말을 늦추고 인간 세계의 평화를 연장하기 위해 그들은 피의 의식을 벌였다. 이것은 올멕, 똘떼까, 마야, 아스테카 문명의 공통된 특징이다.

우리는 신성한 우물 또는 이차의 우물이라는 뜻을 지닌 체노떼 사그라도로 갔다. 직경 55m, 수면까지의 깊이 22m, 최대 수심 100m인 둥근 형태의 신성한 우물은 검푸른 녹색을 띤 채 햇빛에 반사되고 있었다. 공포의 빛을 뿜는 이 거대한 우물은 신비의 전설을 간직한 비밀의 입구처럼 보였다. 마야인들은 뱀 신의 축복을 받기 위해 이 우물 속에 처녀를 제물로 바쳤다. 신비감에 젖어 한참동안 우물을 들여다 본 후, 쿠쿨칸 피라미드 쪽으로 돌아와 동쪽 계단 앞에 섰다. 여행 가이드의 설명을 듣고 손바닥으로 박수를 세게 쳤더니 박수소리는 피라미드에 부딪쳐 예닐곱 번씩 괴상한 반향을 일으키며 되돌아왔다. 그것은 흉내 내기 어려운 새소리 같기도 하고 박쥐의 울음소리 같기도 했다.

　전설에 의하면 이 소리는 날개달린 뱀 케찰코와틀이 우는 소리라고 했다. 그리고 케찰코와틀의 울음소리는 곧 비를 부른다고 했다. 케찰코와틀이라는 이름의 날개달린 뱀 신, 이 뱀 신의 정체는 대체 무엇일까. 뱀 신은 혹시 동양인이 숭상해 온 전설과 신화 속의 동물, 용이 아닐까. 한국이나 중국에서 신처럼 여겨온 길조의 상징인 용은 청룡과 황룡으로 현신하면서 땅과 하늘을 넘나들고 인간의 화복길흉을 관장하지 않았는가. 용은 제왕의 상징으로 왕궁의 기둥에 조각되고 왕의 옥좌와 옥쇄에 새겨지며 용포에 수놓아지는 것으로 끝나지 않았다. 용은 필부필부들에게 부귀영화의 소망을 담은 꿈을 선물했다. 그렇다면 멕시코의 날개달린 뱀 신 케찰코와틀은 여의주를 물고 승천하는 한국의 용과는 무엇이 어떻게 다를까.

　　신성한 뱀 신을 노하게 하지 마라
　　뱀 신이 노하면 비가 그치고 우물은 마르리라
　　그러므로 신을 안심시키고 즐겁게 하려면 젊은 전사를 불러 모아
　　그들로 하여금 일곱 명씩 편을 갈라 축구경기를 하게하고

이긴 팀의 주장의 심장을 신께 바쳐라

비를 내려 대지를 적시고, 옥수수 밭에 풍년이 들게 하리라.

기원 전 1500년에서 서기 1300년까지 지속된 마야 문명은 수수께끼처럼 역사 속에서 사라졌다. 그것은 의문의 실종이었다. 사람들은 가까스로 살아남았지만 문명은 파괴되었다. 스페인 정복자들은 마야인들을 학살하거나 병균을 옮겨 죽게 만들었다. 가까스로 살아남은 사람들은 밀림 속으로 숨거나 노예가 되었지만 찬란했던 문명은 피라미드들과 함께 정글 속으로 묻혀버렸다. 단절된 시간을 뛰어넘어 그들이 잠적한 후 밀림 속에서 수백 년 동안 잠자던 마야의 피라미드들은 19세기에 발견되어 경이로운 모습을 세상에 드러냈다.

마야의 피라미드는 인류 역사의 불가사의로, 또한 영원한 수수께끼를 간직한 신성의 유산으로 남을 것이다. 지금도 마야인은 여전히 살아남아 있고, 마야의 유적들은 치첸이차로 세계의 관광객을 불러들이고 있다.

내가 목격한 마야의 후손들은 대부분 키가 작고 목이 짧았다. 그들의 엉덩이에는 지금도 몽고반점이 나타난다고 한다. 그들은 어디선가 많이 본 듯한 사람들이며, 어쩐지 친근감이 들고 얼굴 표정은 슬프고 순박해 보였다. 길거리에서 기념품을 파는 아주머니의 얼굴이 어쩌면 그렇게도 우리나라 시골 장터에 앉아 산나물을 파는 아낙네의 얼굴 표정과 닮았는지… 나는 그들의 얼굴에서 눈을 떼지 못했다.

■ 9월 28일(목) [멕시코시티] / 맑음

여행 111일 째. 칸쿤의 에메랄드빛 아침 바다는 잔잔했다. 하늘은 맑고 햇빛은 눈부시게 빛났다. 해변에서는 모래사장의 강렬한 반사광선 때문에 선글라스를 쓰고 다녀야 했다. 온종일 바닷물에 몸을 담그며 파라솔 아래서 시간을 보냈다.

칸쿤 공항에서 오후 5시 30분 멕시코 국내선 아에로멕시코 항공의 AM944기를 타고 7시 45분에 멕시코시티 공항에 도착했다. 저녁 식사를 마친 후 곧장 쉐라톤 호텔로 와서 짐을 점검하고 내일 아침 미국으로 떠날 준비를 했다. 내일은 새벽에 일어나야 하는데 제대로 잠을 잘 수 있을지 모르겠다.

새 얼굴의 뉴욕

미국

UNITED STATES OF AMERICA

66 뉴욕의 관문 케네디 공항을 들어서면서 나는 25년 전의 추억을 더듬었다. 뉴욕 방문은 과거로 가는 시간여행이 아니라 아내와 함께 새로운 미래를 향해 내딛는 희망의 발걸음이었다.

몰라보게 달라진 할렘 거리를 걸으며 호기심에 찬 시선으로 여기저기를 살폈다. 건물들은 새로 지었거나 개축하여 세련되고 깨끗했으며, 새로 만들어놓은 보도블록, 가로등, 화분, 가로수, 안내표지는 거리의 경관을 완전히 다른 모습으로 바꿔놓았다. 할렘 가는 오히려 맨해튼 중심가보다 더 깨끗하고 점잖은 분위기로 변모했다. 전임 시장 루돌프 줄리아니와 현 시장 마이클 블룸버그가 주도해 온 도시재개발 정책이 성공을 가져온 것처럼 보였다.

맨해튼의 애비뉴와 스트리트를 종횡으로 달리면서 보니, 뉴욕은 지금 한창 도시혁신이 진행 중이었다. 25년 전에 비해 도시 전체의 색채가 밝아지고 더 세련되어졌으며, 도시의 치안 역시 안정되어 있는 것처럼 보였다. 도시 곳곳에서 광케이블과 각종 지중선의 공사, 도로 보수공사가 벌어지고 있어, 파헤쳐진 곳이 많았다.

그런데 선상에서 바라본 뉴욕은 나에게 앞으로 이 도시의 이름을—예를 들면 뉴 엔젤스 같은 이름으로—바꾸면 어떨까 하는 엉뚱한 생각을 불러일으켰다.

9·11테러의 악몽은 악마의 저주를 받은 것일는지도 모르니 도시 이름을 이 틈에 천사로 바꿔 부르는 것은 어떨까. 새로운 천사들의 도시 뉴 엔젤스로⋯ 그렇게 되면 뉴요커들을 짓눌렀던 악몽은 축복과 은총으로 바뀌고, 기쁨 속에서 새로운 도시의 탄생을 지켜보게 되지 않을까. **99**

■ 9월 29일(금) [뉴욕] / 흐림

새벽 4시에 잠에서 깼다. 몸이 몹시 무거웠지만 지체할 시간이 없었다. 우리는 서둘러 멕시코시티 공항으로 달렸다. 새벽길에는 자동차도 거의 없었다. 공항에 도착하여 출국수속을 할 때 트렁크와 배낭에 대한 보안 검사가 매우 까다로웠다. 미국에 입국하는 승객에 대해서는 특히 9·11 테러 이후 수하물 검색이 한층 엄격해진 것 같다.

오전 7시 10분 UA970편으로 4시간 30분을 날아 샌프란시스코 공항에 도착했다. 여객청사 안에서 3시간을 기다리다 UA008편으로 갈아타고 5시간 20분을 날아 밤 9시 5분 뉴욕의 존 에프 케네디 공항에 도착했다.

1981년 단신으로 망명과도 같은 유학을 왔을 때 거쳐 갔던 어두운 기억의 케네디 공항과 뉴욕 땅을 25년 만에 다시 밟았다. 삼십대의 청년이 육십이 되어 다시 찾은 이 도시의 관문에서 지난 세월에 대한 감회와 함께 잊고 싶은 기억에 대한 아픔이 되살아나는 것을 느꼈다. 뒤숭숭했던 1980년 여름, 헌법을 정지시키고 정권을 탈취한 신군부 사람들은 나를 국보위라는 이름의 군사 쿠데타 지휘본부로 불러 그 무슨 백서를 만들라고 명령했다. 그것은 광주에서 발생한 사건과 관련하여 있지도 않은 사실을 꾸며내고 하지도 않은 일을 날조해 신군부의 개혁성과로 만들라는 사복군인들의 협박이었다. 그때 어디서 그런 용기가 생겼는지 알 수 없지만, 나는 역사학도의 손을 더럽히고 싶지 않다는 소박하지만 단호한 결심에서 그 일로부터 손을 떼고 그들에게 무언의 항명을 했다. 내가 맡았던 백서 간행작업은 끝내 나의 손을 떠나 다른 기관으로 넘어갔지만, 그로 인해 외부에서 밀려오는 압력 속에서 더 이상 공직에 머물 수가 없음을 깨닫고 사직서를 낸 뒤 때마침 준비해왔던 유학길에 올랐다. 가족을 동반할 수 없었던 나는 홀로 비행기를 타야 했다. 그때 국무총리는 나에게 미국 대학원 입학에 필요한 추천서를 써주었다. 그렇게 두 해를 보내고 나서 귀국한 후 우여곡절 끝에 공직에 복귀했으나, 이름도 생소한 임업연수원이라는 곳으로 발령을 받아 3년 동안 아무 보직 없이 구석방에 처박혀 세월을 보내야 했다. 그 시절 나와 아내는 마음 속으로 눈물을 삼키며 지냈다. 그것은 내 인생에서 가장 고통스럽고 우울한 시절이었다. 그 우울한 시대의 문지방을 처음 넘던 곳이 케네디 공항이었다. 그러나 그것은 이미 지나간 시간 망각의 피안에서 어른거리는 일일 뿐이며, 나는 지금 아내를 동반하여 세계를 일주 중인 행복한 여행객이다.

일행은 공항에 마중 나온 여행 가이드의 안내를 받아 대기하던 차를 타고 허드슨 강을 건너 달리다가 잠시 후 뉴저지에 있는 매리어트 호텔에 도착했다.

■ 9월 30일(토) [뉴욕] / 흐림

6인승 지프는 여행하기에 매우 편리하고 기동력이 좋아 우리는 아침나절부터 맨해튼의 여러 곳을 돌아다녔다. 컬럼비아 대학교, 센트럴 파크, 브로드웨이, 뉴욕대학 주위의 카페거리 그리니치빌리지, 차이나타운, 관청가 시빅 센터, 입구에 성난 황소상이 장승처럼 버티고 있는 월 가, 1789년 조지 워싱턴이 취임선서를 했던 연방기념관을 차례로 돌아봤다.

그런데 가는 곳마다 주차하기가 여간 어렵지 않았다. 자가용을 타고는 아예 도심에 들어오지 말라는 듯, 경찰들이 여기저기에서 삼엄한 경계를 하며 주차단속을 하고 있었다. 시가지 곳곳에서 운전자와 경찰 사이에 쫓고 쫓기는 단속과 주차전쟁이 벌어지고 있었다. 점심을 먹기 위해 어느 음식점 앞에 잠깐 정차하려 하자 바로 옆 호텔 쪽에서 호루라기를 불며 호텔 전용구역이라고 으름장을 놓으며 차를 세우지 못하게 했다. 결국 주차할 장소를 찾지 못해 여행 가이드는 우리만 음식점에 내려주고 다른 곳으로 갔다. 식사를 마친 후 연락을 받고 어디선가 차를 몰고 나타난 그에게 물어보니 음식점에서 멀리 떨어진 곳에 주차를 하고 자신은 패스트푸드로 점심을 때웠다고 했다.

우리는 '9·11테러'의 현장을 찾았다. 사무엘 헌팅턴이 말한 '문명의 충돌'이 악몽의 현실로 나타났던 현장에 더 이상 쌍둥이 건물은 없었다. 사람들은 세계 무역센터가 서 있던 건물터를 그라운드 제로라고 부른다. 미국의 자존심과 부의 상징이었으나 지옥의 땅으로 변했던 그라운드 제로에서는 프리덤 타워의 기초공사가 2011년 이전 완공을 목표로 진행되고 있었다. 첨탑까지 포함하여 높이가 533m(미국이 독립한 1776년을 상징하는 1776피트에 해당함)에 이르게 될 프리덤 타워가 완공되면 뉴욕의 새로운 관광명소가 될 것이다.

9·11테러의 비극은 뉴욕을 새로운 도시로 바꿔놓았다. 25년 전 전쟁의 폐허와 같았던 할렘의 거리를 나는 겁에 질린 눈으로 두리번거리며 걸은 적이 있다. 그 할렘 가가 완전히 다른 세상으로 변했다. 빈곤, 마약, 폭력, 무법, 우울의 상징이었던 무너진 건물과 어두웠던 거리는 밝고 안전해 보이는 깨끗한 거리로 바뀌었다. 새로 태어난 할렘. 상전벽해란 이런 것을 두고 하는 말이리라.

몰라보게 깨끗해진 할렘 가를 걸으며 호기심에 찬 시선으로 여기저기를 살폈다. 건물들은 새로 지었거나 개축되었고, 새로 만들어놓은 보도블록, 가로등, 화분, 가로수, 안내표지는 거리의 경관을 완전히 다른 모습으로 바꿔놓았다. 할렘 가는 오히려 맨해튼 중심가보다 더 깨끗한 분위기로 변모했다. 전임 시장 루돌프 줄리아니와 현 시장 마이클 블룸버그가 진행해 온 도시재개발 정책이 어떻게 이처럼 멋진 성공을 거두게

자유의 여신상.

된 것일까.

맨해튼 곳곳에서는 어디에서나 도시 혁신이 진행 중이었다. 25년 전에 비해 도시 전체의 색채가 밝아지고 더 세련되었으며, 도시의 치안도 비교적 안정되어 있는 것처럼 보였다. 도시 곳곳에서는 광케이블과 각종 지중선의 공사, 도로 보수공사가 벌어지고 있었다.

맨해튼 남쪽 해안에는 관광선착장이 있었다. 우리는 유람선 워터 택시를 타고 맨해튼 남쪽 바다에 있는 자유의 여신상 주변을 한 바퀴 돌면서 뉴욕을 바라봤다. 그런데 선상에서 바라본 뉴욕은 앞으로 이 도시의 이름을 바꾸면—예를 들면 뉴 엔젤스 같은 이름으로—어떨까 하는 엉뚱한 생각을 불러일으켰다. 9 · 11테러의 악몽은 악마의 저주를 받은 것일지도 모르니 도시 이름을 이름에 천사로 바꿔 부르는 것은 어떨까. 그렇게 되면 뉴요커들을 짓눌렀던 악몽은 축복과 은총으로 바뀌고, 기쁨 속에 새로운 도시의 탄생을 지켜보게 되지나 않을까.

자유의 여신상은 오늘도 맨해튼 쪽을 응시하며 횃불을 들고 있었다. 나는 뉴욕이 자유의 여신이 지켜주는 천사의 도시가 되기를 빌었다. 세계 모든 나라 사람들이 몰려와 살고 있는 도시가 세계 모든 나라로부터 사랑받는 뉴 엔젤스가 되기를….

엠파이어스테이트 빌딩은 9 · 11테러 이후에 다시금 뉴욕에서 가장 높은 건물이 되었다. 건물의 용도는 말할 것도 없고 건물 자체가 볼거리와 돈벌이의 대상이 되는 세상에서 건물의 높이는 점점 더 중요해지고 있

〈뉴욕의 거리와 도시구획〉

뉴욕의 맨해튼은 한국이나 유럽과 달리 행정구역과 주소지가 직선으로 나누어져있어서 길을 찾기가 쉽다.

남북을 연결하는 도로 스트리트(street)는 남쪽의 1번부터 북쪽의 215번까지, 동서를 연결하는 도로 애비뉴(avenue)는 동쪽의 1번부터 서쪽의 12번까지 바둑판처럼 일목요연하게 나뉘어져 있다. 다만 극장가로 알려진 브로드웨이가 곡선을 이루며 다른 애비뉴에 비스듬히 걸쳐 있다. 그래서 어떤 사람들은 브로드웨이를 애비뉴의 망나니로 부르기도 한다.

맨해튼의 거리는 마치 바둑판이나 고기를 굽는 석쇠처럼 생겨 가로, 세로의 좌표를 조합하면 위치를 쉽게 찾을 수 있다. 근대 도시 가운데 이처럼 거리의 명칭을 숫자로 만든 것은 뉴욕시가 처음이다. 현대의 시각에서 보면 별로 대단할 것도 없어 보이는 이런 행정구획의 설정이 200여 년 전에는 혁명적 발상으로 여겨졌다. 무엇이 그렇다는 것일까.

첫째, 뉴욕의 거리에는 민주주의의 정신이 담겨 있다. 200년 전 당시 유럽 도시의 거리이름은 대부분 왕이나 귀족, 저명인사 또는 역사적 사건을 기념하여 만들었지만, 맨해튼의 거리이름을 숫자로 정한 것은 누구든지 쉽게 알 수 있도록 한 시민 민주주의와 보편성의 소박한 구현이었다. 당시만 해도 뉴욕에는 많은 이민자들이 살고 있었기 때문에 비영어권 이민자들이나 글을 모르는 사람들에게 영어가 아닌 숫자로 된 이름은 외우거나 쓰기에 간편하고 말하기도 쉬웠을 것이다. 런던이나 파리는 지금도 숫자로 된 거리 이름을 거의 찾아볼 수 없고 외우기 힘든 이름들이 대부분인 점을 감안한다면, 당시 이런 식의 거리 명칭과 구역 획정은 파격적이고 혁명적인 발상이었을 것이다.

둘째, 경제적 측면의 고려가 엿보인다. 시가지를 바둑판 구조로 설계한 결과 2,000개의 직사각형 토지가 만들어지게 되었다. 사각형의 토지는 사람들이 쉽게 팔고 살 수 있는 매매 단위가 되고 부동산을 거래하는 데도 효율적이었을 것이다. 게다가 네모 반듯한 건물은 건축 비용 또한 훨씬 절감되었을 것이 아닌가.

셋째, 개척정신의 반영이다. 200년 전의 맨해튼은 일부 남부지역 이외에는 미개발된 숲과 늪으로 이루어진 원생림 지대였다. 그러나 이런 미개발지도 언젠가는 모두 개발되어 팔릴 것이라는 낙관론이 도시구획에 담겨 있다. 언덕과 구릉에도 평면 상태를 가정하여 직선을 그어나간 그 시대의 뉴욕 사람들은 앞을 내다볼 줄 아는 개척자들이었다.

넷째, 환경에 대한 깊은 배려다. 직선으로 훤히 뚫린 도시구획 덕분에 햇볕이 건물에 막히는 일이 줄어들고 도시의 일조량이 늘어나게 되었다. 공기의 흐름도 막힘이 없게 되어 20세기 이후 자동차 운행에 따른 공해 방지에 유리하게 되었다. 뉴욕의 공기가 의외로 상쾌하게 느껴지는 것은 바다와 강으로 둘러싸인 입지조건뿐만 아니라 사방으로 뚫린 바둑판식 도시구조에도 크게 기인한다.

이처럼 오늘날 별 것 아닌 것으로 넘기기 쉬운 바둑판 시스템의 도시구획이지만, 이 구획이 200년 전에는 신생 독립국의 민주주의 이상과 개척정신, 이민자들에 대한 배려, 실용적인 사고를 반영한 뉴욕의 멋진 창조물이었던 것이다.

다. 나는 86층에 있는 전망대에서 맨해튼 시가지를 내려다보며 뉴욕의 도시계획을 생각했다. 어떻게 저렇게 짜임새 있고 치밀한 도시계획을 만들었을까! 200년 전에 벌써 21세기를 내다보고 뉴욕을 설계한 도시계획의 천재들에게 박수를 보내지 않을 수 없다.

일정을 마친 우리는 뉴저지에 있는 염소고기전문 한식당을 찾아갔다. 삶은 염소요리와 채소, 김치를 먹었더니 기운이 되살아나는 것 같았다. 염소탕 5인분과 소주 세 병 값 121.82달러, 팁 10달러를 합해 132달러를 지불했다. 유럽에 비해 미국의 음식 값은 확실히 싸다. 네덜란드의 식당에서 같은 메뉴를 주문했더라면 최소한 140유로 정도를 지불했을 것이다. 그런데 계산할 때 세무서용이 아닌 수기 영수증으로 써주는 것을 보고 혹시 탈세라도 하려는 것이 아닌가 하여 기분이 씁쓸해졌다. 오늘 하루 동안 많은 것을 구경하며 25년 전의 기억을 되돌아보니 낮 시간이나 밤 시간이나 짧기만 하다.

"대한민국의 공무원과 지방의회 의원 여러분, 선진지 견학차 뉴욕에 올 기회가 있으면 시내 구경만 할 것이 아니라 200년 전에 시작된 뉴욕의 도시계획과 현재 진행되고 있는 도시혁신의 기법이라도 충실히 배워가기 바랍니다. 그리고 센트럴 파크에 가보세요. 공원이란 어떻게 만들고 어떻게 활용해야 하는지 그곳에서 답이 나올 테니까."

■ 10월 1일(일) [뉴욕] / 오전 비 오후 갬

오늘은 우리 모두가 보고 싶어 했던 미국 자연사박물관 이야기부터 해야겠다. 센트럴 파크에서 가까운 곳에 있는 자연사박물관은 테오도어 루즈벨트 대통령 시대에 지어진 그리스풍의 석조 건물로 지하에서 4층까지 주제별로 전시관이 구성되어 있다. 지하층에는 지구 및 우주관, 1층에는 운석관, 광물관, 뉴욕주 환경관, 북미 산림관,북서 해안 인디언관, 북미 포유류관, 테오도어 루즈벨트 기념관이 있다. 특히 북미 인디언의 역사와 생활풍습을 알려주는 생활용구, 무기, 악기, 제례용기는 인디언과 인종적 근원을 함께하는 한국인에게 강한 호기심을 불러일으킬 만한 것들이다. 그들의 의식주는 근본적으로 우리와 닮은 데가 많다.

2층에는 멕시코 및 중미관, 세계 조류관, 아시아 민족관, 남미 민족관, 아프리카 포유류관, 아프리카 민족관이 있다. 나는 아프리카 민족관에서 한참동안 머물렀다. 그곳에는 아프리카 예술의 진수가 관람객들의 눈길을 끌고 있었는데, 바로 나무로 만든 조각이었다. 언제부턴가 아프리카의 목(木)조각은 나에게 비상한 관심의 대상이 되어 제주도 중문에 있는 아프리카 박물관을 찾아간 적도 있다. 아프리카 민족관에는 다양한 생활용기와 악기, 목공예품들이 전시돼 있다. 목공예 중에서도 특히 목조각은 아프리카 예술의 꽃이다. 괴상한 몸짓으로 춤추는 무녀, 눈을 부릅뜬 전사, 미소 짓는 모녀 등의 조각상… 아프리카의 조각에는 고민하는 모습이 없다. 지극히 압축되고 단순화한 형상, 그로테스크한 조각기법, 세상을 초월한 듯한 표정, 신비하고 강렬한 원색… 목조각은 모두 높은 예술성을 지닌 것들이다. 그것은 인류의 탄생지 아프리카에 대한 원초적인 향수를 강하게 자극한다.

3층에 있는 태평양 민족관, 초원의 인디언관, 북미 조류관, 파충류 및 양서류관, 아프리카 포유류관을 둘러보고 서둘러 4층으로 올라갔다. 그곳에는 이 박물관에 입장한 가장 큰 이유가 기다리고 있었기 때문이다. 4층에는 발달포유류관, 원시포유류관, 척추동물기원관, 조류공용관, 공룡관이 있다. 공룡관에는 영화 '쥬라기 공원'에 등장했던 육식공룡 티라노사우르스, 작은 몸집의 벨로시랩터의 화석뼈가 원형 그대로 조립돼 전시되고 있다. 공룡들 앞에서는 어른 아이를 가릴 것 없이 모두 호기심에 가득 찬 눈동자를 굴리며 위아래를 살피고 있었다.

성격이 온순하고 동작이 느려 멸종을 자초했던 초식공룡 프론토사우르스의 거대한 화석뼈 앞에서 나는 눈을 의심하지 않을 수 없었다. 높이 10m, 길이 25m가 넘는 거대한 골격. 1억 5천만 년 전에 정말 이런 괴물이 존재했을까. 지구상에 이 덩치 큰 공룡 수십억 마리가 어떻게 모여 살았을까. 그 시대 지구의 모습은 얼마나 원색적이고 신비로웠을까….

친구가 프론토사우르스 뼈 앞에서 의심쩍은 눈빛으로 말했다.

"이 공룡 뼈가 진짜일까. 아무래도 인공뼈 같은데… 안내원한테 한번 물어봐."

내가 옆에 있는 여자안내원에게 물었더니 그녀의 답변은 간결했다. 그것은 진짜 화석뼈로 조립한 것이며 자세한 내용은 설명서를 읽어보라는 말 한 마디가 답변의 전부였다. 설명서에는 화석뼈가 발굴된 상태로 보존된 원형이라고 쓰여 있었다.

나는 스티븐 스필버그 감독의 탁월한 연출로 공룡을 영상 복원한 영화 쥬라기 공원을 떠올리며 프론토사우르스의 뼈를 바라봤다. 존 윌리엄스가 작곡한 쥬라기 공원의 주제음악을 중얼거리면서, 나는 전시관에서 6천만 년 전으로 떠나는 환상의 시간여행을 즐겼다. 뉴욕 한복판에 이런 흥미진진한 박물관이 있는 줄을 미처 몰랐다. 우리는 세 시간 동안 원시 지구의 신비에 빠졌다.

점심을 먹고 나서 우리는 뉴저지에서 고속도로를 따라 40분 동안 북쪽을 향해 달려갔다. 사방이 울창한 활엽수 숲으로 둘러싸인 곳에 우드베리 커먼 프리미엄 아울렛이라는 대형 할인매장이 있었다. 아내들이 가보고 싶어 했던 곳이다. 우리 같은 남정네들이 품질과 가격의 적정여부를 도무지 알 수 없는 의류제품 진열대 앞에서 50대의 두 여자들은 물건을 매만지며 시간을 보냈다. 미국에서 첫 쇼핑을 하는 것이 즐거운 듯 보였다. 여행이 한 달 정도면 끝나게 되니까 아내들도 이제는 물건이 사고 싶어지는 모양이다.

친구와 나는 세 시간 동안 넓은 매장을 돌아다니다 지쳐버렸지만 아내들의 발걸음은 가벼워보였다. 아내들은 똑같이 생긴 흰색 여성 재킷 두 벌을 샀으며, 남편인 우리들을 위해 800달러짜리 털 스웨터 두 벌을 280달러에 샀다. 그 동안 넉 달 가까이 여행하는 동안 우리는 여러 나라의 백화점, 할인점, 아울렛 등을 구경했고 그때마다 필요한 것들을 조금씩 샀지만 쇼핑다운 쇼핑을 한 적은 없었다. 경비를 아껴야 하는 이유 외에도 장기여행자들인 우리들에게 짐의 무게가 늘어나서는 안 되었기 때문이다.

아울렛에서 쇼핑을 마치고 뉴저지로 돌아온 후 한국 교민이 경영하는 음식점에서 자장면과 만두를 먹었다. 정말 오래간만에 자장면의 향기를 맡았다. 신장개업을 했다며 주인아주머니가 양을 곱빼기로 주었다. 면발의 쫀득함과 감칠맛은 이곳이 미국임을 잊게 할 정도였다. 우리나라에서도 별로 먹지 않았던 자장면을 이곳에서 포식하다니, 이것도 필경 잊을 수 없는 추억이 될 것이다.

■ 10월 2일(월) [필라델피아] / 쾌청

허드슨 강변의 아침 공기는 달고 상쾌했다. 공해의 기미조차 느낄 수 없는 신선한 대기가 숲으로 둘러싸인 마을을 감돌았다. 가을 옷으로 갈아입기 위해 조금씩 초록색을 털어내고 있는 숲 속을 따라 우리는 드라이브를 즐기며 동북쪽에 위치한 미국 육군사관학교 웨스트포인트로 1시간 20분 가량을 달렸다. 캠퍼스 안으로 들어가기 위해 입구에서 노란색 전용 버스를 탔는데, 맨 처음 들린 곳은 사관생도들이 예배를 올리는 교회였다. 1910년에 지은 석조 건물의 교회는 60년대 배우 타이론 파워가 주연한 영화 '웨스트포인트'의 한 장면에서 보았던 바로 그 교회였다. 교회 내부 전면에는 졸업생과 각계의 헌금으로 만들어진 스테인드글라스와 그 한가운데에 웨스트포인트의 정신을 알리는 세 개의 단어-Duty(의무), Honor(명예), Country(조국)이 새겨져 있었다.

웨스트포인트는 1802년에 설립되었다. 그러나 1862년 남북전쟁이 터졌을 때 이곳을 졸업한 젊은 장교들은 남과 북으로 갈려 서로 총부리를 겨누고 살육전을 벌여야 했다. 노예해방이냐 노예제도 수호냐-물론 그것이 전쟁의 모든 원인은 아니었다. 남북전쟁은 미국인 스스로도 이해하기 어려운 복잡한 이유와 명분 때문에 벌어진 내전이었다. 이 내전에서 동창생들끼리 서로 적이 될 수밖에 없었던 비극의 역사를 되돌아보게 하는 추모탑이 1897년에 세워졌다. 추모탑에는 '미합중국 내전에 희생된 정규군 장병들을 추모하여 살아남은 동료들이 이 추도비를 세웠다'는 글귀가 새겨져 있었다.

웨스트포인트는 남북전쟁 이전 미국 독립전쟁의 역사도 간직하고 있다. 허드슨 강 주변으로 병풍처럼 산이 둘러싸인 곳에서 조지 워싱턴이 이끄는 독립군과 영국군은 육해군으로 맞서 지루하고 고된 전투를 벌였다. 영국군의 중화기와 함선의 전진을 가로막기 위해 독립군은 쇠그물을 허드슨 강에 가로질러 설치했고, 죽고 죽이는 전투에서 흘린 피는 웨스트포인트 앞의 강물을 붉게 물들였다.

사관생도들은 독립전쟁의 현장이었던 허드슨 강을 바라보며, 그리고 매일 추모탑 앞을 지나다니며 오늘도 그들의 선배들을 생각하고 있을 것이다. 이곳을 거쳐 간 5성 장군들-아이젠하워, 맥아더, 조지 마샬, 브래

들리—을 비롯한 수많은 장군과 장교들이 1, 2차 세계대전, 한국전쟁, 베트남전쟁, 걸프전쟁, 이라크전쟁 등에서 사선을 넘나들며 전투와 전쟁을 지휘했을 것이다.

지금도 이곳의 졸업생들은 세계 각처의 전선에서 눈에 보이는 적들뿐만 아니라, 거친 환경, 낯선 문화, 종교의 벽과 싸움을 벌이고 있다. 젊은이들의 헛된 죽음은 슬픈 일이다. 자칫 죽음의 길로 가는 가교가 될지도 모를 이곳 사관학교 웨스트포인트지만 입학하기가 매우 어려움에도 불구하고 여전히 많은 젊은이들이 의무, 명예, 조국이라는 기치를 내건 웨스트포인트를 선망한다. 캠퍼스에서는 생기가 넘쳤다. 강의실로 향해 절도 있게 줄지어 가는 남녀생도들, 연병장에서 유니폼을 입고 제식훈련을 하거나 스크럼을 짜고 부딪치며 공을 던지는 생도들… 그들의 모습은 사랑스럽기까지 했다.

중세의 성처럼 보이는 석조 건물들 앞에 넓은 잔디밭이 있고, 기숙사 뒤편으로 단풍이 물들기 시작한 숲은 이미 가을이 왔음을 알리고 있다. 웨스트포인트의 경치를 보니 뉴잉글랜드 호숫가의 아름다움을 노래한 헨리 데이빗 소로우의 『월든』이 생각났다. 이곳은 사관학교가 들어서 있는 장소라기보다는 예술가들이 모여 살며 사색하기에 좋은, 마치 월든 숲 같은 곳이다. 그래서 군인의 연무장이라기보다는 음유시인의 강변이라고 하는 편이 나을 듯싶다. 나는 추억의 영화 '웨스트포인트'를 떠올리며, 이 사관학교가 전쟁에 대비한 수련의 도장이 아니라 평화를 준비하는 젊은이들의 요람이 되기를 기도하는 마음으로 교문을 나섰다.

필라델피아로 가는 고속도로 펜실베이니아 턴파이크는 넓고 탁 트여 있었다. 오후 6시가 넘어 필라델피아에 도착했다. 우리는 도심 한가운데 있는 크라운 플라자 호텔에 짐을 풀었다. 뉴욕이 그렇듯 필라델피아도

25년 전과 역시 다른 모습이었다. 새로운 고층 건물이 솟아 있고, 거리와 건물들은 예전보다 밝고 깨끗해졌다. 미국의 두 번째 수도, 유럽풍의 도시, 신사들의 거리 같은 분위기를 풍기는 200년 된 도시 옆으로 델라웨어 강이 흐르고, 그 강변에 파르테논 신전처럼 생긴 미술박물관이 있다. 아이비리그의 명문 펜실베이니아 대학 캠퍼스도 많이 변한 모습을 보니, 그 동안 세월도 델라웨어 강물처럼 저만치 흐른 것 같다.

오랜 옛날 아나톨리아 반도에서 생겨난 터키의 고대 도시 가운데 필라델피아라는 곳이 있었다. 필라델피아라는 아름다운 이름의 어원은 터키에서 유래한 것이다. 미합중국 안에 존재하는 지명과 문화는 세계 각지로부터 수입한 유산들이며, 그것들은 하나의 거대한 용광로 속에서 융해되고 있다. 필라델피아도 그 용광로 속에서 태어난 고상한 품격의 도시다. 21세기에도 미국은 여전히 문명의 용광로다.

■ 10월 3일(화) [스테이트 컬리지] / 흐림

미국의 독립기념관을 미국인이 아닌 다른 나라 사람이 보면 세상에 그처럼 싱겁고 재미없는 곳도 드물 것이다. 미합중국이 탄생되기까지의 배경, 오늘의 미국 헌법이 만들어지기까지의 과정을 알려주는 몇 가지 문서들과 이 문서들을 보관하고 있는 몇 채의 작은 건물이 미국 독립기념관의 전부다. 우리는 이 재미없는 독립기념관을 구경했다. 그런데 독립기념관의 의회관 안에 있는 전시실에서 국회의원이자 미국 헌법 서명자의 한 사람이었던 알렉산더 해밀턴이 남긴 다음과 같은 구절을 발견했다.

'공정한 정부는 성문헌법에 의존하며, 지도자들의 개인적인 변덕스러움에 의존하지 않는다…. 권력은 신중히 분리되고 균형이 유지되어야 하며, 중앙, 주 및 지방정부에 의해 공유되어야 한다.'

시시한 기념관에 기록되어 있는 결코 시시할 수 없는 글귀가 세상을 향해 어떤 메시지를 보내고 있다. 지도자의 변덕스러움이 그에게 의지하는 많은 사람들을 불안하게 만들고 정책의 실패로 국력을 약화시킬 수 있다는 사실은 미국뿐만 아니라 한국에서도 이미 확인된 역사적 진실이다.

일행이 필라델피아에서 네 시간 이상 자동차를 타고 북서쪽으로 달려 도착한 곳은 조용한 전원도시 스테이트 칼리지였다. 유니버시티 파크라는 별칭을 지닌 이 작은 도시는 25년 전 아내와 두 어린 아이들을 집에 두고 와서 홀로 공부하던 펜실베이니아 주립대학이 있는 곳이다. 무인도 생활 같았던 유학을 마치고 귀국한 후 나는 아내 없이 홀로 지내던 이곳을 늘 생각했다. 고독과 단절의 기억이 스며 있는 기숙사 맥키 홀, 캠퍼스와 강의실, 잔디밭에 대한 그리움을 잊지 못했다. 그 가운데서도 특히 집 생각을 간절하게 만들었던 기숙사를 잊지 못했다. 아내도 내가 머물렀던 기숙사를 보고 싶어 했다. 몰라보게 변해버린 캠퍼스의 도로를 따라 이리저리 차를 타고 다니다가 마침내 눈에 익은 붉은 벽돌 건물을 발견했다.

기숙사 맥키 홀은 옛 모습 그대로 그 자리에 있었다. 나는 25년 전을 회상하며 아내와 함께 239호실로 올라갔다. 내부는 리모델링을 해서 깨끗하게 변해 있었다. 문 앞에 자레드, 나덴이라는 두 사람의 이름표가 붙은 239호실의 문을 노크했지만 안에서는 아무 인기척이 없었다. 25년 전 내가 머물렀던 방에 지금은 어떤 학생들이 묵고 있을까, 어느 나라에서 유학 온 학생들일까, 내가 잠자던 침대에서는 누가 잘까, 밤새워 내가 책장을 넘기며 부스럭거렸던 책상과 의자는 그대로 있을까, 그때 나의 룸메이트였던 밀란 케블라는 그의 조국 크로아티아에 가 있을까, 노총각이었던 그는 장가를 갔을까. 그때 그는 말했다. 자기 조국은 유고슬라비아가 아니라 크로아티아라고⋯. 그로부터 세월이 25년이나 흘렀다.

걸어서 캠퍼스를 잠시 동안 돌아봤다. 도서관에서 정문에 이르는 길 양쪽의 느릅나무들은 거목이 되어 더 울창해졌다. 서른다섯 살의 학생이 환갑의 나이를 먹는 동안 캠퍼스의 모습은 몰라보게 변했다. 캠퍼스만 변한 것이 아니라 캠퍼스 밖의 시가지도 많이 변해 예전에는 한 군데도 없었던 한국음식점이 세 곳이나 보였다. 우리는 '김치'라는 한식당에 가서 김치찌개와 된장찌개를 메뉴로 저녁을 먹었다. 친구는 25년 만에 모교 캠퍼스를 찾은 나를 축하해 주고 함께 기뻐했다. 오징어볶음 안주에 소줏잔을 부딪치며 추억을 떠올린 조촐한 저녁 식사였지만, 나로서는 가슴벅찬 감회를 지긋이 억눌러야만 했던 특별한 시간이었다.

캠퍼스를 둘러보며 내가 많은 생각을 떠올렸듯 나와는 또 다르게 아내는 아내대로 남편이 없었던 한국에서의 시간들을 떠올렸을지 모른다. 인생이란 무엇일까. 살다보면 그 안에 인생이란 것이 하나도 보이지 않고, 인생이란 것이 무엇인가를 생각하면 이미 그 안에 인생이 정의되어 있는 것, 그런 것이 인생일는지 모른다. 아내와 함께 옛 캠퍼스를 찾아오리라고는 생각조차 못했지만, 그러나 그렇게 되는 것이 인생인가보다.

하늘을 담은
호수의 천국

캐나다

CANADA

66 나는 빨리 그 호수가 보고 싶었다. 우리는 아침 일찍 밴프에서 50km 떨어진 루이스 호수로 갔다. 호수는 아침 햇살을 받으며 산 그림자에 가려 있었고 그늘진 부분을 제외하고는 짙은 연두색으로 은은히 빛나고 있었다. 호수 전면에 솟아 있는 높이 2,745m의 페어뷰 산과 더 멀리서 빙하를 뒤집어쓰고 있는 3,464m의 빅토리아 산의 봉우리들은 맑고 차가운 아침의 대기 속에서 노랗게 빛나고 있었다.

호숫가에 난 서쪽의 산책로를 따라 천천히 걸었다. 그때 동쪽 산 위에 떠오르는 태양이 호수에 빛을 뿌리며 물 색깔을 조금씩 바꾸기 시작했다. 태양의 고도가 높아지면서 수면의 색깔은 암녹색에서 점차 청록색으로, 다시 초록색에서 연두색으로, 이번에는 다시 옥색과 터키블루 색으로 변했다.

친구 부부가 산책로를 따라 숲으로 간 사이 아내와 나는 마법 같은 호수의 물빛 드라마를 바라보고 있었다. 바라보는 장소가 바뀔 때마다 호수의 물빛도 바뀌었다. 루이스 호수는 태양의 고도 변화와 호수의 수면이 만들어내는 기적의 삼중주이며 살아 움직이는 풍경화였다. 자연은 캐나다에 호수라는 또 하나의 보물을 안겨주었다. 99

■ 10월 4일(수) [나이아가라] / 흐림

아침 8시 스테이트 컬리지를 떠나 필스버그, 브래드포드, 뉴욕 주의 살라만카와 버펄로를 거쳐 오후 4시에 캐나다 나이아가라 시에 도착했다. 이리 호수를 왼쪽으로 끼고 높다란 현수교를 건너 국경 출입국사무소를 통과한 우리는 나이아가라 폭포 옆에 있는 쉐라톤 비우 호텔에 도착했다. 객실이 있는 5층 복도에서 내려다보니 캐나다 쪽으로 떨어지는 말발굽 폭포와 강 건너 아메리칸 폭포가 한눈에 들어왔다.

짐 정리를 한 뒤 폭포를 더 자세히 보기 위해 호텔 근처에 있는 스카이론 타워로 갔다. 높이 90m의 거대한 타워 위에는 비행접시 모양의 둥근 전망대가 있었다. 우리는 전망대 꼭대기로 올라가는 엘리베이터 안에서 나이아가라 폭포의 전경을 한눈에 내려다볼 수 있었다. 타워의 전망대를 한 바퀴 도는 동안 폭포 사이의 염소 섬, 폭포 아래로 흐르는 나이아가라 강, 상류 쪽에 넓게 펼쳐진 이리 호수, 강 건너 미국 쪽의 나이아가라 시와 캐나다 쪽의 나이아가라 시가 한꺼번에 파노라마처럼 눈에 들어왔다. 흰 물보라를 쉴 새 없이 뿜어내는 거대한 폭포를 내려다보며 가슴이 탁 트이는 쾌감을 느꼈다.

차를 타고 폭포 가까이에서 낙하장면을 지켜봤다. 물줄기가 만들어내는 굉음은 자연이 인간에게 들려주는 경고의 북소리처럼 들렸다. 폭포는 안개구름을 피워 올리며 미친 듯이 천둥소리를 냈다. 저녁이 깊어지면서 파랑, 분홍, 빨강 하얀색 조명이 비치기 시작했고, 조명에 반사된 폭포는 더 이상 지상의 것이 아니었다. 천국과 지옥의 심연을 비추는 오로라처럼 영롱한 색채를 뿌리며 진동하는 한편의 광시곡 같았다.

폭포 구경을 마친 뒤 한식당 폭포 스시에서 먹은 김치전골과 해물탕, 된장찌개의 저녁 식사값은 팁을 포함해 94캐나다 달러였다. 캐나다 달러와 미국 달러의 교환 비율은 거의 1:1이었다.

■ 10월 5일(목) [오타와] / 맑음

　호텔 레스토랑에서 아침 식사를 하기 위해 해가 비치는 쪽을 향해 테이블에 앉는 순간이었다. 나이아가라에서 피어오르는 안개구름 너머 이리 호수의 수평선 위로 솟아오르는 태양이 수면 위로 눈부신 빛을 뿌리며 황금색 스펙트럼을 만들어냈다. 아침의 운무와 햇빛이 만들어낸 자연의 조화, 그 불가사의하고 신비한 파노라마가 눈앞에서 펼쳐지고 있었다. 아침 식사를 마치고 짐을 챙긴 우리는 폭포가 잡힐 듯 가까운 곳에서 천둥소리를 울리며 낙하하는 모습을 지켜봤다. 푸른색이 감도는 하얀 운무 속에 무지개가 선명하게 나타났다.

　나이아가라 폭포를 뒤로하고 다섯 시간을 달려 도착한 곳은 천 개의 섬(Thousand Islands)이었다. 스테이크를 즐겨먹는 미식가들의 테이블에 으레 올라오는 전채음식이 야채 샐러드일 테고, 샐러드에 뿌리는 드레싱 중 하나가 싸우전드 아일랜드 드레싱일 것이다.

　나이아가라 폭포에서 흘러내린 물은 온타리오 호수를 거쳐 300km 떨어진 센트 루이스 강으로 유입되고, 강물은 다시 1,000km 이상 떨어진 대서양을 향해 흘러간다. 이 센트 루이스 강 위에 구름 조각을 뿌려놓은 듯 떠 있는 크고 작은 섬들이 바로 천 개의 섬이다. 미국과 캐나다의 부호들이 별장을 지어놓은 천 개의 섬은 실제로는 1,780여 개의 섬으로 이루어져 있는데, 이 섬들이 국제적인 명승지가 되기 시작한 것은 150년 전이다.

　우리는 관광유람선을 타고 천 개의 섬 주위를 둘러보았다. 다양한 건축 양식으로 지은 우아하고 세련된 별장들이 가을 단풍에 물든 숲 속에 자리잡고 있었다. 별장과 숲이 잘 어울려 마치 딴 세상을 보는 것 같은 느낌이 들었다. 잘 다듬어놓은 잔디, 중세 유럽의 성처럼 지은 저택들, 석탑 위에 솟은 사슴조각, 선착장에 정박해 있는 보트와 요트, 별장 앞의 나지막한 바위 절벽, 섬 주변에 우거진 갈대숲들… 섬은 그저 흔히 보는 섬이 아니었다. 이상하게도 천 개의 섬은 부자들의 은둔과 고독, 환상이 가득 배어 있는 우수(憂愁)의 군도(群島)와도 같다는 느낌이 들었다. 섬들은 소나무와 단풍나무, 다양한 활엽수로 덮여 있었다.

섬과 섬 사이를 연결하는 작은 다리들도 있는데, 그 가운데는 캐나다와 미국의 국경선을 가로지르는 길이 10m의 다리도 있었다. 안내원의 설명에 의하면 10m의 다리는 세계에서 가장 짧은 국제교량이라고 한다. 맑고 깨끗한 바다 같은 강물 위로 유람선 록포트 호는 지그재그로 달리며 캐나다의 수역과 미국의 수역을 넘나들었다.

이 희한한 물의 세상, 천 개의 섬에 별장을 지어놓은 부자들은 대체 어떤 사람들일까. 이 아름다운 곳에 별장을 지어놓은 사람들은 부의 천국을 이룬 이재의 달인들일까, 돈의 힘을 물신처럼 숭배하는 졸부들일까. 장자가 건덕(建德)이라는 천국을 만들고 열자가 종북(終北)이란 천국을 만들었듯 토마스 모어는 유토피아를 만들었는데, 천 개의 섬은 자본주의의 선인들이 만들어놓은 피난처는 혹시 아닐는지.

부자들이 입버릇처럼 하는 말 가운데 하나인 '산으로 가자, 바다로 가자' ―이것은 자연의 덕이 사라진 곳에서 덕이 있는 곳으로 피난을 가고 싶다는 말일 텐데, 왜 산이나 물은 빈부를 가릴 것 없이 사람의 마음을 편하게 만드는 것일까. 산과 물이 사람을 감싸 안는 덕을 가지고 있기 때문일 것이다. 자연은 사람을 편히 쉬게 하고 품에 안겨주는 덕이 있지만, 자연의 덕을 알지 못하는 가엾은 부자들이 얼마나 많은가. 자기를 위해서는 편리할 만큼 관대하면서도 남에게는 인색한 부자, 넘치는 돈이 덕을 망쳐버린 더러운 명성을 일컬어 졸부라고 했을 것이다. 나는 천 개의 섬을 돌아보면서 문득 '장자를 사랑하는 친구'를 떠올렸다. 그리고 이 별천지 속에 별장을 지어놓은 부자들은 결코 졸부가 아닐 것이라고 생각했다.

천 개의 섬을 지나 오타와로 가는 고속도로 주변은 완연한 가을빛이었다. 잎사귀를 떨어뜨린 자작나무와 활엽수의 숲이 이어지고, 단풍의 색깔은 점점 주홍색과 노란색으로 바뀌었다. 들판의 풀은 초록색의 활기를 잃고 길가에는 보라색 가을꽃들이 듬성듬성 피어 있었다.

캐나다 수도 오타와에 도착한 것은 오후 5시 30분이었다. 인구 100만 명의 도시는 한눈에 보기에도 깨끗하고 단정했다. 우리는 중심가에 있는 노보텔 호텔에 투숙했다.

■ 10월 6일(금) [토론토] / 쾌청

여행 119일 째. 오타와의 아침은 서늘하다 못해 춥기까지 했다.

오타와 강과 리도 강이 합류하는 지점의 언덕 위에 자리잡고 있는 캐나다 국회의사당은 고딕 양식으로 지어진 대칭과 균형미를 갖춘 고전적인 석조건축물이었다. 의사당 가운데 솟아 있는 평화의 탑은 1차 세계대전 전몰장병을 추모하기 위해 만든 청동첨탑이었다. 의사당 뒤편에서 내려다본 강변의 경치는 풍요로운 숲 속에 현대 도시의 세련미가 흐르는 한 폭의 수채화였다. 오타와는 마치 이런 곳에서는 전쟁 따위는 상상할 수도 없을 것 같은 느낌을 주는 평화로운 도시다. 평화의 정원과도 같은 캐나다의 수도는 한때 도살장을 방불케 한 처절한 전쟁터였다. 영토를 빼앗기 위해 영국군과 프랑스군은 오타와 강변에서 밀고 밀리는 살육전을 벌여 강물을 핏빛으로 물들였고 푸른 초원에는 주검이 넘쳐났다. 그러나 피비린내 나는 어두운 기억을 과거 속에 묻은 채 오타와 강은 지금 부드럽고 완만한 곡선을 그리며 조용히 흐르고 있다.

총독 관저 리도홀은 영국여왕의 대리인 격인 캐나다 총독이 거주하는 관저다. 관저 주위의 넓은 잔디 위로 단풍나무와 침엽수들이 빽빽이 들어서 있었다. 잔디밭에는 이곳을 다녀간 세계 저명 인사들이 기념 식수한 나무들이 자라고 있는데, 나무마다 그들의 이름을 새긴 푯말을 세워 놓았다. 1961년 존 F. 케네디, 1991년 마르그레테 2세 덴마크 여왕, 1998년 넬슨 만델라 남아공 대통령… 그들이 심어놓은 활엽수들은 기운차게 잘 자라고 있었다. 1999년 7월 6일 김대중 대통령이 방문 기념으로 심어 놓은 전나무는 키도 작고 생육상태도 나빠 모양새가 초라했다. 전나무 곁에는 2003년 모잠비크 대통령 요아킴 치사노가 심어놓은 스페인 전나무가 싱싱하게 자라고 있었다. 주위에는 보리스 옐친, 김영삼, 노태우의 이름도 보였다. 그런데 역사의 뒷전으로 사라진 총독이라는 존재가 모범적인 민주주의 나라에 여전히 남아 있다는 사실이 흥미롭다. 게다가 실권도 없는 사람이 거처하는 장소가 관광객을 끌어들이는 명소가 되고 있다는 사실은 역설적이다 못해 희극적이다.

정오가 될 무렵 오타와 시내 중심가에서 열리고 있는 풍물시장을 구경했다. 할로윈 데이가 다가오고 있는 탓인지 노점상의 좌판에는 호박이 유난히 많았다. 농산물, 과일, 편물, 모피를 파는 노점상 주위에 특히 많은 사람들이 몰려들고 있었다. 원주민 인디언들은 가죽제품과 목공예품, 농산물을 팔고 있었는데, 물건 값은 유럽에 비해 훨씬 싸고 품질도 좋은 편이었다. 어느 나라든지 풍물시장에서는 빈부의 차이가 사라지고 서민의 생활상이 그대로 드러난다. 흥미진진한 거래와 흥정, 익살 섞인 입씨

름, 어릿광대의 춤이 시장 바닥을 즐겁게 만든다. 시장은 인생의 합주곡을 연주하는 공연장 같다.

■ **10월 7일(토) [토론토] / 쾌청**

토론토는 온타리오 호수를 끼고 광활한 평야 위에 세워진 캐나다 최대의 도시다. 종횡의 직선들이 만들어내는 현대적인 도시 경관, 속되고 지저분한 구석이 없는 거리, 그 속에서 온타리오 호수를 배경으로 길게 뻗친 도시의 스카이 라인… 토론토는 확실히 젊은 기운이 감도는 도시다. 때마침 추수감사절에 도시를 빠져나간 차량과 사람들 덕분에 토요일 오전의 토론토 시는 한가롭고 여유가 넘쳤다.

우리는 세계에서 가장 높다는 씨엔 타워(CN Tower)에 올라가 토론토 시를 전망했다. 도시 전체가 바둑판같은 형태를 갖추고 있었다. 전망대에서 내려다보니 씨엔 타워 옆에는 토론토의 또 다른 명물인 거대한 스카이돔이 아침 햇빛을 받아 번쩍거리고 있었다. 스카이돔 주위에는 조형미가 넘치는 일단의 건물들이 기하학적으로 배치되어 이 일대가 토론토의 상징적인 공간임을 알려주고 있었다. 토론토는 어느 모로 보나 계획 도시의 진수다.

전망대 아래층에는 투명 유리를 통해 밑을 내려다보는 글라스 플로어가 있었다. 유리 바닥 위를 밟기 겁내던 나는 친구 부인에게 등을 떠밀려 유리 바닥 위에 올라서는 순간 눈을 감아버렸다. 겨우 눈을 뜨고 아래를 내려다보니 자동차들이 느릿느릿 이동하고 사람들이 보일 듯 말 듯 개미처럼 움직이고 있었다. 까마득한 아래쪽 지표면에 건물이 거꾸로 매달려 있는 것처럼 보였다. 나는 현기증이 나서 오래 서 있을 수 없었지만, 친구 부부는 아무렇지도 않은 듯 유리 바닥 위를 왔다 갔다 했다.

전망대에는 씨엔 타워를 현대 세계의 경이라고 표현한 현황판이 있는데, 세계에서 가장 높은 건축물들의 지상 높이가 순서대로 기록되어 있었다.

토론토	시엔 타워	553m
모스크바	오스탄키노 타워	540m
시카고	시어스 타워	526m
타이페이	101 타워	508m
상하이	동방진주탑	468m
쿠알라룸푸르	페트로나스 쌍둥이 타워	452m
시카고	존 핸코크 센터	444m
뉴욕	엠파이어 스테이트 빌딩	443m

그러나 이 순위는 조만간 바뀌고 높이는 계속 경신될 것이다. 높이에 대한 원초적인 갈망을 지닌 인간은 자꾸 높은 곳으로 올라가려 하고 더 높은 건축물을 지으려고 경쟁하며 높은 지위에 올라가기 위해 치열하게 다툰다. 높이에 대한 인간의 욕망은 인간이 우주를 자유롭게 왕래할 때에도 사라지지 않을 것 같다. 지금 이 순간에도 세계 각국은 최고의 건물을 짓기 위해 경쟁하고 있다.

모든 면에서 정결하고 아직 때 묻지 않은 모습을 유지하고 있는 캐나다를 모자이크 문화의 나라라고 표현한다면, 용광로로 불리는 미국과는 어떻게 다를까. 에스키모, 인디언, 소수 민족의 문화를 의도적으로 융합하지 않은 채 이들을 하나의 모자이크의 틀로 유지하고 있는 캐나다인들은 겉보기에 관대한 국민처럼 보인다.

나는 오래 전부터 캐나다와 미국을 합쳐 하나의 국가로 만들면 어떨까 하는 생각을 해왔다. 정말 그런 일이 일어날 수만 있다면, 그것은 흥미진진한 역사적 사건이 될 것이다. 그러나 캐나다인들은 미국과는 일정한 거리를 두고 독립해 있기를 원할 것이다. 모든 대중 문화와 스포츠가 미국의 그것과 대동소이하고, 젊은이들이 청바지를 입고 햄버거를 즐기는 라이프 스타일은 다를 바가 없지만, '캐나다는 다만 캐나다일 뿐'이라는 캐나다인들의 생각이 지금까지 이어온 200년의 역사를 바꿔 놓을 것 같지는 않다.

▥ 10월 9일(월) [재스퍼] / 쾌청

어제, 여행 121일째인 10월 8일 오전 10시 30분. 우리는 에어 캐나다 소속 AC175기를 타고 토론토 공항을 이륙했다. 그리고 4시간 10분을 비행한 후 현지 시간 12시 40분에 에드먼턴 공항에 도착했다. 마중 나온 여행 가이드가 운전하는 7인승 밴을 타고 에드먼턴 시가지를 잠깐 둘러본 다음 목적지인 재스퍼로 향했다. 왕복 6차선 고속도로 양쪽에는 치자빛으로 물든 자작나무와 전나무숲이 이어졌고, 재스퍼 국립공원 지역에 들어서자 숲은 더욱 무성해졌다. 도로변에는 야생 산양들이 무리지어 풀을 뜯고, 몸집 큰 사슴 엘크들이 길가에서 서성대고 있었다. 잠시 차를 멈춰 길가에서 바라보자, 사슴들은 무심한 표정으로 눈만 껌벅이며 우리를 쳐다보다가 어슬렁거리면서 어디론가 사라졌다.

마침내 재스퍼에 도착했을 때, 저녁 햇살에 반사되어 분홍색으로 빛나는 설산의 봉우리들이 저무는 하늘의 푸른 기운 속에서 신비로운 분위기를 뿜어내는 것을 보고 이 지역이 만년설 지역임을 실감했다. 아름답고 환상적인 매력에 이끌려 찾아온 호수 마을 재스퍼―나는 아내와 함께 이곳에 오기를 얼마나 꿈꾸어 왔던가! 우리는 재스퍼 인 알파인 리조트 호텔에 투숙했다. 그때 벌써 호텔 밖에는 저녁의 냉기가 감돌기 시작했다. 아내의 기침은 캐나다 여행 중에 더 심해진 것 같았다. 나는 아내에게 약을 챙겨주며 일찍 잠자리에 들게 했다.

10월 9일, 재스퍼의 오늘 아침은 춥고 쌀쌀한데다, 밤새도록 텔레비전에서 내보내는 북한 핵 실험 뉴스 때문에 잠을 제대로 자지 못했다. 지금까지 누려왔던 여행의 즐거움이 한꺼번에 사라지는 기분이었다. 여행을 떠나면 국내에서 일어나는 복잡한 일들을 잊을 수 있으려니 생각했지만 그건 너무 순진하고 비현실적인 생각이었다. 외국에 나와서도 고국에 관한 이런저런 소식으로부터 완전히 자유로울 수 없는 것은 자식들의 앞날에 대한 걱정 때문일 것이다. 북한의 핵 실험 소식을 들으니 마음이 착잡해지고 자꾸 집 식구들의 얼굴이 떠올랐다. 그렇지만 우리의 여행을 중단할 수는 없다.

인도네시아 발리의 모든 건물 높이가 야자수 높이 이하로 제한되는 것처럼, 재스퍼의 호텔과 상가 건물도 높이가 나무 높이를 넘어서는 안 되는 캐나다 국립공원의 규칙에 따라 3층 이하로 제한되고 있다. 산장처럼 생긴 재스퍼 인 리조트 호텔도 3층짜리 아담한 목조건물이다. 아침의 객실 안은 따뜻했지만 호텔 주변에는 서리가 잔뜩 내려 있었다.

아내는 심한 감기와 몸살 기운 때문에 호텔에 남아 쉬기로 하고, 친구 부부와 나는 자동차로 20분 거리에 있는 말린 협곡으로 갔다. 일만 년 전 빙하기에 만들어진 깊이 30~60m의 석회암 협곡으로 전체 길이가 3.7km에 달했다. 협곡의 시냇가를 따라 다섯 개의 다리를 건너며 왕복 5km가 넘는 비탈길을 두 시간 동안 걸었다. 협곡 중간에는 깊고 둥글게 파진 물웅덩이들이 수십 개나 있고, 그 중 어떤 소(沼)는 파란 잉크를 풀어

놓은 듯한 물이 소용돌이치고 있었다. 등산로 여러 곳에 큰 뿔 사슴 엘크의 출현을 알리는 경고판이 서 있었다.

된서리가 내린 산의 계곡 가장자리에는 얼음이 얼어 있었다. 깊은 산속 길을 걸을 때 코끝에 닿는 차갑고 비릿한 아침 공기의 냄새가 온몸을 상쾌하게 만들었다. 오솔길 주위는 전나무숲으로 울창하게 덮여 있었다. 계곡의 물소리가 일정한 거리마다 들리다 끊기기를 반복했는데, 그것은 흐르던 물이 지하로 스며들었다가 계곡 아래쪽에서 다시 솟아오르곤 했기 때문이다. 계곡 양쪽의 암벽 밑으로부터 샘물이 콸콸 솟아 아래쪽으로 갈수록 개천의 수량을 증가시켰다. 계곡의 물은 일만 년 동안 쉬지 않고 흘러왔고 지금도 그 아래쪽 골짜기로 흘러내려가고 있다.

아침 트래킹을 마치고 다시 자동차로 이동한 곳은 말린 호수였다. 흰 눈이 덮인 웅장한 산봉우리 아래에 연두색 호수가 비단폭처럼 펼쳐져 있었다. 호숫물은 투명한 생수 그 자체였다. 나는 두 손에 호숫물을 담아 몇 번이고 들이켰다. 로키산맥의 장대한 모습과 맑은 호수가 만들어내는 풍경은 알프스의 경치와는 또 다른 매력을 풍겼다.

재스퍼 북쪽에 있는 피라미드 호수는 일만 년 전 빙하가 만들어놓은 담수호다. 호숫물은 그 앞에 솟은 해발 2,763m의 피라미드 산에서 눈이 녹아내려 만들어진 것이다. 오후의 햇빛을 받은 피라미드 산은 봉우리 윗부분이 붉은색으로 빛나고 있었는데, 그것은 이곳 사람들로부터 '바보들의 황금'으로 불리는 철분 성분 때문에 생기는 물리적 현상이라고 한다. 산허리 아래 호수 너머에서 불어오는 바람이 전나무숲의 향기를 실어다 주었다.

문득 10년 전 캐나다로 출장 왔을 때 하룻밤 묵었던 통나무집 패어몬트 재스퍼 파크 랏지의 아련한 추억이 되살아났다. 재스퍼 동쪽 보베르 호수의 옥빛 물색을 잊을 수가 없었다. 호숫가에는 통나무로 만든 산장

말린 호수.
손바닥으로 마셔 본 호숫물은
시원하기 그지없는 생수였다.

이 있을 것이다. 나는 아내에게 그 통나무집을 보여주고 싶었다. 6월 들꽃이 핀 잔디밭에 누워 눈 덮인 피라미드 산을 바라보며 감격에 겨운 나머지 아내에 대한 미안한 마음조차 잊게 만들었던 통나무집을 찾느라고 사방을 두리번거렸다. 호숫가 동쪽 끝에서 마침내 십년 전의 그 통나무집을 찾아냈다. 창문의 커튼을 젖히면 호수와 전나무숲과 눈 덮인 피라미드 산이 한눈에 들어왔던 아담한 2층 통나무집은 그 자리에 서 있었다. 나는 아내와 함께 통나무집 앞에서 사진을 찍었다. 사람들의 가슴속에는 평생 잊지 못할 장소에 대한 기억이 자리잡고 있다. 세월이 흐른 뒤 기억 속에 희미하게 각인되었던 장소나 건물을 발견할 때의 반가움과 감회는 이루 말할 수 없다. 보베르 호수의 통나무집은 우리 부부에게 기쁨을 안겨주었다.

재스퍼는 시끌벅적한 이벤트나 젊은이를 유혹하는 말초적인 볼거리가 없는 리조트 타운이다. 그러나 산책과 명상, 관조와 음유를 즐기며 조용한 추억 만들기를 원하는 사람들에게는 더없는 위안을 주는 곳이다. 이제 내일 아침 재스퍼를 떠나면 옥빛 호수 마을은 다시 오기 어려운 영원한 추억 속의 장소가 될 것이다.

■ 10월 10일(화) [밴프] / 갬

태고의 아득한 시간 앨버타의 집 잃은 바위 하나
무엇이 움직여 센트럴파크에 옮겨 놓았을까.
생명의 파수꾼들이여, 집 잃은 돌의 고향이 원래 어디였던가.
백만 년 시간의 길 위에서 열 번 스쳐갔던
추운 여름의 정체를 알겠느냐, 작은 행성의 사람들아!

땅의 삼분의 일이 거기 묻혀 생명의 시간이 동결되었었지.
불덩이 주위를 도는 푸른 행성이 타원을 그릴 때,
잔인한 십만 년마다 새로운 겨울이 다시 시작되리라.
너희의 둥지를 어디로 옮기겠느냐, 행성의 아들딸들아
내일 그 긴 겨울 암흑의 폴리오세를 또 맞이하겠느냐.

　어느 무명의 시인은 신생대 네오기 홀로세에 기나긴 빙하 시대가 끝나자 시작된 인류 문명 시대가 새로운 빙하기를 맞을 수 있음을 이렇게 걱정했다. 그 빙하 시대의 흔적이 캐나다의 여행길에서 우리를 기다리고 있었다. 밴프로 가는 도중에 재스퍼 국립공원 구역 안에 있는 콜롬비아 빙원을 구경했다.

　아득한 옛날 캐나다에는 네 번의 빙하기가 찾아왔다. 그 시기에 콜롬비아 빙원은 지표를 깎아내는 두꺼운 얼음층의 일부였고, 그것이 지금의 로키 산맥을 만들어냈다. 빙원은 고산 지대에 쌓인 눈이 30m 이상의 두께가 되면 아래쪽에 쌓인 눈이 압력을 받아 얼음으로 변해 만들어진 것이다. 그리고 계속 눈이 쌓여 얼음이 두꺼워지면서 아래쪽 계곡으로 넘쳐흐르게 되는데 이것을 빙하라고 한다. 콜럼비아 빙원 아래쪽에 있는 아타바사카 빙하는 한때 북쪽으로 흘러 재스퍼에 이르고 동쪽으로는 대초원 지대까지, 남쪽으로는 캘거리까지 뻗친 거대한 빙하였다. 이렇게 빙하가 수백 킬로미터를 흐르는 데는 수천 년의 세월이 걸렸고, 지구를 덮은 마지막 빙하기는 지금부터 약 일만 년 전에 끝이 났다.

　우리는 매표소 앞에서 버스를 타고 빙하 앞에서 내렸다. 그곳에서 캘거리대학교 교통경영학과 학생인 데이비드 구아이 군이 운전하는 시가 10억 원짜리 설상차를 타고 거북이처럼 느린 속도로 빙하를 향해 올라갔다. 날씨는 예상 외로 포근했다. 빙하 양쪽으로 해발 3,000m 높이의 깎

아지른 바위산이 솟아 있었다. 콜롬비아 빙원은 325㎢의 면적으로 로키 산맥에서 가장 큰 얼음덩어리이며 빙원의 최고점은 해발 3,745m의 콜롬비아 산이다. 데이비드 군은 아타바사카 빙하의 깊이가 최대 365m 정도로 추정된다고 설명해 주었다. 콜롬비아 빙원의 연평균 강설량은 7m이고 빙하가 녹아내린 물은 태평양과 대서양, 북극해로 흘러간다. 홀로세에 만들어진 캐나다의 빙하는 사라져가는 것이 아니라 두려운 해빙을 거듭하면서 어떤 운명적인 시간을 기다리고 있는 것처럼 보인다.

원래 페이토 호수 구경은 예정에 없었다. 페이토 호수에 관해서는 전혀 아는 바가 없었는데, 이곳 밴프에 와서 처음 그 이름을 들었다. 빙원 구경을 마치고 어느 간이식당에서 점심을 먹은 후, 친구와 나는 보우(Bow) 산에 있는 페이토 호수를 찾아갔다. 호수가 보이는 산 정상에 올랐을 때, 나는 숨이 멎을 만큼 깜짝 놀랐다. 저것이 대체 무엇일까. 지상의 실체일까, 환영일까, 내가 꿈을 꾸고 있는 것일까. 산 위에서 내려다 본 페이토 호수는 너무나 경이로운 모습을 하고 있었다. 나는 호수를 바라보며 한참동안 넋을 잃었다. 호수는 에메랄드, 비취, 콤포즈블루, 터키블루 등 그 어떤 색의 명칭으로도 묘사하기 어려운 오묘하고 신비한 색깔을 띠고 있었다. 그것은 지금까지 살아온 60년 동안 처음 보는 색깔이었다. 햇빛에 반사되어 거대한 보석의 표면처럼 매끄럽게 빛나는 호수는 마치 신이 조화를 부려 마법의 물감을 풀어놓은 것만 같았다. 어떻게 물이 저런 빛깔을 띠게 되는 것일까.

전망대에 있는 표지판의 설명을 읽어보니 빙하수에 녹아 있는 암석 분말이 바로 비밀의 주인공이었다. 태양광선 가운데 다른 빛깔의 광선은 호수 속에 흡수되어버리지만, 청색과 녹색광선은 물속에서 분산되어 암석입자에 반사됨으로써 신비로운 물 빛깔을 만들어낸다는 것이다. 페이토 호수의 신비한 빛깔은 광학의 원리가 만들어낸 자연의 창작품이었다.

페이토 호수.
앨버타 주 산 중 호수의 물빛은 필설로 형용하기 어려워
마치 신이 내린 기적과도 같았다.

이 호수를 스케치해 집에 가지고 가서 유화를 그리고 싶지만, 내가 가진 물감과 재주로는 도저히 그려내기가 어려울 것만 같았다. 나는 두려운 마음으로 호수를 사진 찍었다. 캐나다의 로키 산맥 안에, 지구상에 어떻게 이런 비경이 숨어있었을까. 집에 돌아가면 친구들에게 이 캐나다의 숨은 보석을 꼭 이야기해 주겠다.

밴프 인터내셔널 호텔 객실에서 아내와 함께 텔레비전을 보고 있는데, ABC의 저녁 뉴스에서 '햇볕정책은 실패했으며, 남한의 대북지원금이 북한의 핵 개발 자금으로 사용되었을 것으로 추측된다' 는 보도를 방송하고 있었다. 미국의 CBS, ABC, 캐나다의 다른 TV 방송에서도 온종일 북한 핵 실험에 관한 뉴스를 방송하고 있다. 그 동안 한국인에게 햇볕정책이라는 게 대체 무엇이었을까.

아내는 감기와 몸살 때문에 입가에 물집이 생겼고 기침은 조금 더 심해졌다. 호텔 부근에 있는 수퍼마켓 약국에 가서 약사가 추천해주는 기침약과 면역 강화제를 사가지고 왔다. 아내가 아프니 내가 의사도 되고 약사도 되고 간호사가 될 수밖에 없다. 어떻게 해볼 수도 없는 남편으로서 안쓰럽기만 하다.

■ 10월 11일(수) [밴프] / 쾌청

십년 전 캐나다에 출장을 와서 그 호수를 보았을 때, 나는 그때의 감동을 이렇게 노트에 적어놓은 적이 있다.

> 만년 설산 빅토리아, 하늘 맞닿은 봉우리가
> 비취빛 물속에 잠겼다.

작은 가슴 떨리게 하는 심연의 숨결

숨 막히게 눈이 어린 연두색 수채화

그 먼 하늘과 땅 사이의 황홀한 속삭임

원시의 정적, 경이로운 조화가 거울 속에 잠겼다.

한시라도 빨리 그 호수가 보고 싶었던 우리는 아침 일찍 밴프에서 50km 떨어진 루이스 호수로 갔다. 호수는 아침 햇살을 받으며 산 그림자에 가려 있었고, 그늘진 부분 외에는 짙은 연두색으로 은은히 빛나고 있었다. 호수 전면에 솟아 있는 높이 2,745m의 페어뷰 산과 더 멀리서 빙하를 뒤집어 쓰고 있는 3,463m의 빅토리아 산 봉우리들은 차가운 아침 대기 속에서 노랗게 빛나고 있었다. 호숫가에 난 서쪽 산책로를 따라 천천히 걸었다. 그때 동쪽 산 위에 떠오르는 태양이 호수에 빛을 뿌리며 물빛을 조금씩 바꾸어 놓기 시작했다. 태양의 고도가 높아지면서 수면의 색깔은 암녹색에서 점차 청록색으로, 초록색에서 연두색으로, 햇빛이 고도를 조금 더 높이자 다시 옥색과 터키블루 빛으로 변했다.

친구 부부가 산책로를 따라 숲으로 걷기운동을 하러 간 사이 아내와 나는 마법같은 호수의 물빛 드라마를 구경했다. 바라보는 장소가 바뀔 때마다 물빛도 바뀌었다. 루이스 호수는 태양의 고도 변화와 호수의 수면이 만들어내는 기적의 삼중주이며 살아 움직이는 풍경화였다. 자연은 캐나다에 호수라는 또 하나의 보물을 안겨주었다. 영국 빅토리아 여왕의 넷째 딸 이름을 딴 루이스 호수는 지금도 세계 10대 비경 중 하나로 꼽히고 있다. 물속에서 거꾸로 빛나는 산봉우리, 푸름을 간직한 설산, 침엽수를 두른 산허리의 원시적인 윤곽, 햇빛의 이동에 따라 시시각각 변하는 물 빛, 파란 하늘 아래 설원과 루이스 호수가 빚어내는 조화는 세계의 절경으로 영원히 이곳에 남아 있을 것이다.

푸른 하늘 밑에 펼쳐진
루이스 호수의
신비한 물빛과 설산의 비경.

캐나다에는 왜 이렇게 호수가 많은 것일까. 한반도 넓이의 45배가 넘는 997만 ㎢의 광활한 공간 안에 널려 있는 31,752개의 호수들은 왜 하나같이 그렇게 아름다울까. 루이스 호수를 뒤로 하고 우리는 브리티시 콜롬비아 주 요호 국립공원에 있는 에메랄드 호수로 향했다. 그래, 오늘은 호수의 날이다. 캐나다 여행은 호수로 가는 여행이니 마음껏 호수에 빠져보자. 바위산들로 둘러싸인 에메랄드 호수 주위로는 전나무숲이 우거지고, 호수 가장자리에는 숲의 그림자가 잠겨 있었다. 어디를 가도 호수, 숲, 산, 그리고 또 호수… 그 호수를 찾아 전 세계에서 사람들이 몰려들고 있다. 이곳에까지 한국관광객들이 구경 온 것을 보니 한국인의 세상나들이 발걸음이 꽤 넓어진 모양이다.

캐나다의 호수는 그저 흔한 호수가 아니다. 하나같이 유리알 같은 생수이며 생수를 가득 담은 물 단지다. 나는 재스퍼 호숫물을 몇 번인가 마셔 봤다. 로키의 빙원에서 녹아내린 맑고 차디찬 생수는 사람의 심신을 정화하는 힘이 있다. 조물주의 조화인지 세상사의 섭리인지 알 수 없지만, 목청이 높고 수다스러운 사람들도 호숫가에서는 이상하리만큼 조용해진다. 호수에는 유리알 같은 투명함이 있는가 하면 녹색 심연의 두려움도 스며있다. 도시의 소음에 시달리는 사람은 호수라는 거울 앞에 서면 심신이 정화되지만, 도시로 돌아가면 다시 소음과 매연에 묻혀버린다. 그러면서 또 호수의 카타르시스를 그리워한다.

오후에는 밴프로 돌아와 곤돌라를 타고 유황산(Mt. Sulpha)에 올라갔다. 전망대에서 내려다보니 보우 강을 끼고 자리잡은 아담한 밴프 마을의 전경이 눈에 들어왔다. 마릴린 먼로가 주연한 영화 '돌아오지 않는 강' 을 촬영했던 조그만 보우 폭포가 보이고, 그 아래 보우 강줄기를 굽어보는 언덕 위에 유명한 밴프 스프링 호텔이 있었다. 10년 전 출장 와서 밴프에 들렀을 때, 이 호텔에서 하룻밤을 묵은 적이 있다. 그 당시 나는 마릴린 먼로가 잔 적이 있는 방을 구경했고 우연히도 그 옆방에서 잠을 잤다. 호텔은 마치 산중 수도원처럼 고색창연한 모습을 하고 있다.

밴프 마을 주변에는 사방으로 해발 2,700m가 넘는 검붉은 바위산들이 오후의 햇빛을 받아 빛나고 있었다. 산허리의 성장 한계선까지 뻗쳐올라간 전나무숲이 다시 골짜기와 평야로 뻗어나가 광활한 원시림을 이루고 있었다. 티 없이 맑은 하늘, 부드러운 바람, 온화한 날씨 속에 잠긴 오후의 밴프 마을은 축복받은 산중 낙원과도 같았다. 로키 산맥의 장대한 모습을 바라보며 전망대 카페에서 아내와 함께 차를 마셨다. 따뜻한 차 한 잔의 향기를 밴프의 추억 속에 묻어둘 생각으로… 차를 마시면 아내의 기침은 조금 잦아들 것이다.

■ **10월 12일(목) [캘거리] / 맑음**

캐나다의 산과 호수는 하늘과 땅의 축약이다. 호수는 지표면의 하늘이며 산은 땅이 부풀어 오른 고고한 침묵이다. 호수가 아름답고, 호수에 비친 그림자가 아름답고, 호수를 호수이게 만드는 산이 아름다운 것은 그 속에 아름다운 땅과 하늘의 침묵이 있기 때문일 것이다.

우리가 캘거리로 가는 도중에 들른 미네왕카 호수도 깊은 침묵이 감도는 아름다운 호수였다. 수백 년 전부터 인디언들의 주거지였던 미네왕카 마을의 이름을 딴 이 호수는 캐나다에서는 보기 드문 인공 호수다. 밴프 지역에 식수와 전기를 공급하기 위해 1912년에 댐을 처음 쌓고 1941년에 보강공사를 한 담수호 밑에는 지금도 인디언 부락의 유적이 고스란히 남아 있다. 스킨 스쿠버들이 수중 인디언 마을의 탐사를 위해 가끔 잠수작업을 벌인다고 하는데, 캐나다의 인디아나 존스들이 옛 인디언 마을의 흔적을 발굴하여 호숫가에 미네왕카 마을을 재현해 놓는다면 얼마나 멋있는 유산이 될 것인가!

나의 아버지와 할아버지가 살던 강원도 내평리 마을은 1972년 이후 소양호 수면 100여m 아래에 잠겨버려 그 마을에 남아 있던 산골 사람들의 주거지와 삶의 자취는 하나도 보존되지 못한 채 망각의 심연으로 사라졌다. 미네왕카 마을과 내평리 마을은 대명 천지간의 물속에서 영원한 침묵을 계속하고 있다.

정오경 캘거리에 도착한 후 동계올림픽이 열렸던 올림픽 공원에 들려 잠깐 구경을 하다가 우리 부부는 캘거리 시내 어느 한식당으로 향했고, 친구 부부는 가까운 골프장으로 갔다. 점심을 먹은 뒤 가까운 할인마켓에서 비타민 C와 몇 가지 상비약을 사가지고 인터내셔널 호텔로 와서 일찌감치 체크인을 했다. 아내를 위해 호텔에서 쉬는 것이 좋을 것 같았다. 아내여, 쉬면 힘도 생겨날 테니 우리 함께 푹 쉬자. 그동안 얼마나 강행군을 해왔나.

저녁 무렵 호텔에서 쉬고 있는데 뜻밖의 손님이 찾아왔다. 캘거리에 살고 있는 아내 친구의 여동생이 고향 춘천에 사는 그녀의 언니로부터 이야기를 듣고 우리 부부의 소재를 수소문한 끝에 남편과 함께 호텔로 찾아온 것이다. 사람 찾는 일이 이렇게 쉬워졌으니 세상이 그토록 좁아진 셈이다. 어떻든 객지를 떠도는 여행자로서는 고마운 일이다.

우리는 여동생 부부의 초대를 받아 한밤중에 그들의 집을 방문했다. 늦은 시간인데도 음식과 과일, 술을 준비하여 내왔다. 친구와 나는 연어 샐러드를 안주로 오래간만에 위스키를 마셨다. 지난해 여름 우리 집을 방문한 적이 있는 여동생은 언니를 많이 닮았다. 풍부한 유머와 쾌활한 성격이 방문객의 마음을 편안하게 해주었다. 우리 부부도 반가웠지만 초대한 주인공들은 더 반가와 했다. 10년 전 캐나다로 이민 와서 숱한 고생

한밤중 호텔로 돌아오는데 캘거리 시가지 전체가 환히 불을 밝히고 있었다. 사람 없는 빌딩마다 대낮처럼 전깃불을 밝혀놓아 시가지는 불야성이었다. 이 도시는 에너지 절약 따위에는 무관심한 도시인가. 그러나 캘거리의 야간점등은 다른 목적이 있었다. 그것은 바로 세계를 향해 손짓하는 투자유치의 불빛이었다.

밝은 도시 이미지를 만들어 이제 곧 본격화된 앨버타 주의 석유생산에 국제적인 투자가들을 끌어들이려는 신호였다. 석유로 벌어들인 돈으로 촉발된 건설경기를 오랫 동안 지속하기 위해서는 무엇보다 밝은 도시경관과 이미지가 필요할 것이다. 이를 위한 캘거리의 매력적인 유인책이자 홍보수단이 밤의 빛이었

다. 밤의 빛은 경제의 몸통에 감성과 낭만의 날개를 단 문화의 빛일 것이다.

캘거리는 지금 한창 건설 붐을 타고 있어 인구가 빠른 속도로 늘고 있다. 앨버타 주는 모래석유(sand oil)로 점차 캐나다의 텍사스가 되고 있다. 석유 수입으로 넉넉해진 재정 덕에 주민은 지방세를 내지 않고, 오히려 지난해에는 주정부로부터 1인당 400캐나다 달러의 보너스를 받았다. 우리의 여행가이드도 400달러를 받았다고 했다. 한국의 지방정부가 꿈조차 꿀 수 없는 일을 캐나다의 주정부가 하고 있다. 캐나다로 이민을 오거나 유학을 오고자 하는 사람들은 당분간 밤의 불빛이 밝은 캘거리에서 기회를 잡을 가능성이 많을 것이다. 적어도 앞으로 10년 동안은.

끝에 엔지니어로 자리를 잡아 지금은 유복하게 살고 있는 젊은 부부가 대견스러웠다. 고향이야기와 여행이야기로 시간을 보내다가 밤 12시가 넘어 그들 부부가 태워준 차를 타고 호텔로 돌아왔다. 나는 그들 가족이 오래도록 행복하게 살기를 마음속으로 빌었다.

■ 10월 13일(금) [밴쿠버] / 맑음

오전 10시. 캘거리 공항에서 에어캐나다 소속 AC207기를 타고 이륙한 지 1시간 30분 후에 밴쿠버 국제공항에 도착했다. 공항에 마중 나와 있던 여행 가이드의 7인승 밴을 타고 밴쿠버 외곽에 있는 힐튼 호텔로 왔다. 호텔에서 잠시 쉬는 동안 트렁크를 정리했다. 짐 보따리 가운데는 버릴 것이 많이 늘어났고 빨랫감도 쌓여 있었지만 그것은 또 아내의 몫이

다. 잠깐의 여유만 생기면 아내는 빨래를 하고 짐을 정리한다. 아내의 옷 가지를 정리하는 솜씨는 언제나 깔끔하고 빈틈이 없다. 그래서 나는 아내에게 '정리의 여신'이라는 별명을 붙여 주었다. 빨랫감을 호텔 세탁소에 일일이 맡겼더라면 그 돈을 일일이 감당할 수 없었을 것이다.

점심 식사 후 우리는 퀸엘리자베스 공원, 차이나타운, 세계 최초의 증기시계가 서 있는 가스타운, 밴쿠버 만의 캐나다 플레이스와 컨벤션 센터를 구경했다. 시가지의 건물과 풍경은 영국의 냄새를 풍겼다. 그러나 세계적인 미항으로 이름난 밴쿠버의 진정한 아름다움은 맞은편에 있는 스탠리 공원에서 바라보는 풍광일 것이다.

1997년에 이어 두 번째로 찾은 스탠리 공원은 변함없이 아름다운 곳이었다. 공원 전체를 덮은 더글러스 소나무, 삼나무, 단풍나무들이 원시림을 이루어 한낮에도 햇빛이 들어올 틈이 없을 정도였다. 산책길 주변에 너구리들이 모여 놀고 있는 모습이 자주 눈에 띄었고, 공원 주위로 연결된 해변도로에서는 시민들이 드라이브와 산책을 즐기고 있었다.

공원의 1200년 묵은 삼나무는 벼락을 맞아 중간이 부러지고 번갯불에 몸통을 그을린 채 옆에서 새로운 가지를 싹틔워 이미 거대한 나무로 성장시켜 놓았다. 속 빈 나무(Hollow Tree)로 명명된 이 늙은 삼나무는 밑동의 둘레가 18.3m나 되었다. 강원도 태백산의 주목은 살아서 천년, 죽어서 천년을 간다고 하는데, 이 속 빈 삼나무가 앞으로 얼마나 더 살 수 있을지 궁금하다. 스탠리 공원을 나오다가 잔디밭에 서 있는 캐나다 육상 영웅 해리 윈스톤 제롬의 동상 아래 새겨진 월터 스콧 경의 글귀를 발견했다.

하고자 하는 의지 (The Will To Do)
도전하는 영혼 (The Soul To Dare)

그랬었구나… 그렇다면 우리 부부의 여행은 무엇일까. 나이가 들수록 인생에는 향기가 깃들어야 한다는 오랜 생각에서, 그리고 지루한 일상 속에서 메말라가는 영혼을 일깨우기 위해 친구 부부와 함께 나선 세계 일주 여행이다. 그런 삶을 위해 지구를 돌면서 나이를 이기는 의지와 심신의 인내력을 시험하고 있다. 우리 부부는 지금 여행길에서 지나간 삶의 자취를 돌아보고 시간과 공간의 변화를 느끼면서 어떻게 사는 것이 진정 아름다운 여생을 사는 것인지를 스스로에게 묻고 있다.

■ 10월 14일(토) [밴쿠버] / 흐림

사랑하는 윤미에게

오랜만에 소식을 전하게 되는구나. 너희 어머니가 심한 몸살과 기침으로 요즘 힘겨운 여행을 계속하고 있어 곁을 지켜야하는 나도 마음이 바빴단다. 약을 먹고 섭생을 조심하여 조금씩 좋아지고 있으니 크게 걱정하지 않아도 되겠다. 보기보다는 참을성이 강한 사람이니 집에 돌아갈 때까지 별일이야 있겠니?

너희도 꽃을 좋아하니까 오늘은 세계적으로 이름난 화원 부차트 가든 이야기를 들려주마….

아침 6시 30분. 사방이 아직 캄캄할 때 호텔을 나와 가로등 불빛이 뿌옇게 비치는 새벽길을 달려 빅토리아 행 페리선착장에 도착했다. 9시 정각에 우리가 탄 자동차는 페리 선으로 올라갔다. 그리고 출발한 지 1시간 40분 만에 빅토리아 섬에 도착했고, 섬에 도착하자마자 목적지인 부차트 가든으로 달렸다. 브리티시 콜럼비아 주의 큰 섬 빅토리아에 있는 부차트 가든은 100년의 역사를 지닌 세계적인 화원이다. 이 화원은 로버트 부차트 부부가 채굴이 끝난 황량한 석회암 채석장을 정돈하여 아름답게 꾸며놓은 것이다.

캐나다 최초의 포틀랜드 시멘트 생산의 선구자였던 부차트 씨의 부인 마담 부차트는 폐허가 된 채석장을 보고 안타깝게 생각한 끝에 이곳을 가족 공원으로 만들어야겠다는 구상을 하고 정원 가꾸기를 시작했다. 부차트 부부가 오랫동안 세계 여러 곳을 여행하면서 수집해 온 희귀한 화초와 관목을 심어놓은 유명한 '가라앉은 정원'(Sunken Garden)이 이렇게 해서 처음으로 만들어졌다. 부차트 부부의 미학적 취미생활로 시작된 정원 가꾸기는 그 후로도 계속 돼 장미 정원, 이탈리아 정원, 일본 정원이 잇달아 만들어졌고, 이 우아하고 희귀한 정원 예술을 보기 위해 매년 전 세계로부터 수백만 명의 구경꾼들이 찾아오고 있다.

우리는 필라델피아의 롱우드 가든과 함께 세계에서 가장 아름다운 정원으로 소문난 부차트 가든의 입구로 들어갔다. 정원 입구를 지나 왼쪽 오솔길로 접어들자 달팽이 연못과 반대편 부차트 일가의 저택 앞으로 피아짜 광장이 나타났다. 광장과 경계를 이룬 기둥들 뒤쪽에 장미넝쿨이 얹혀 있었다. 조금 더 위쪽에는 꽃바구니들이 가득한 정자가 있고, 그 왼쪽에는 가라앉은 정원으로 가는 계단의 표지판이 서 있었다.

전망대에 올라갔을 때 15m 깊이의 낮은 쪽으로 가라앉은 정원이 보였다. 두 그루의 측백나무가 오솔길 양편에 서 있고 정원의 경사면에는 담쟁이와 버지니아 덩굴이 덮여 있었다. 지그재그형의 계단은 석회암이 채취됐던 움푹한 채석장 바닥부분과 닿아 있는데, 그 뒤쪽에 남아 있는 높다란 석회석 가마를 보니 예전 시멘트 공장의 자취였음을 알 수 있었다.

수직으로 솟은 벽 아래 부분까지 심어놓은 꽃나무들과 관목들 사이로 종류가 다양한 일년생 식물을 심은 화단이 있고, 그 사이로 굽이치듯 나

있는 오솔길을 걸어 호수 반대편으로 가자 활짝 핀 세인트 존 꽃들과 단풍이 어울린 동산이 나타났다. 동산을 배경으로 다년생 초목들이 들어찬 잔디밭이 펼쳐졌고, 그 사이로 곧게 뻗은 콘크리트 경사로가 분수대까지 뻗쳐 있다. 특히 20여m를 뿜어 올리는 분수는 야간에 오로라 같은 환상을 만들어 관람객들을 황홀하게 만든다고 한다. 경사로를 따라 다시 왼쪽 갈래 길로 접어들었을 때 장미 정원으로 연결되는 달리아 꽃밭 쪽으로 야외음악당과 또 다른 잔디밭이 나타났다. 잔디밭 주위에는 호두나무들이 가득 서 있었다. 때마침 우리 네 사람이 호두나무 옆을 지나가고 있을 때 열매들이 후드득 떨어졌다. 두 부부가 신이 나서 한참 동안 호두를 주웠는데, 주운 호두의 양이 세 됫박이 넘었다. 지나가던 다른 구경꾼들도 호두를 줍느라 부산을 떨었다.

장미 아치로 덮인 길을 지나 장미 정원에 도착했다. 정원 한가운데를 나지막한 회양목 울타리와 보도블록이 둥글게 감쌌고 그 안에 울긋불긋한 장미들이 제철을 지나서도 피어 있었다. 장미 정원을 지나자 청동으로 만든 세 마리의 철갑상어를 조각한 분수대가 나타났다. 이 조각들은 동물조각가로 이름난 시리오 토화나리라는 사람의 작품인데, 예술성 높은 조각은 정원의 풍경과 잘 어울렸다. 분수대를 지나자 일본 정원이 나타났다. 전통적인 일본식과는 다소 동떨어진 듯한 느낌을 주는 이 정원은 정원사 이사부로 기시다의 도움으로 1906년에 만들어진 것인데, 정원수 사이를 지날 때마다 잠깐씩 바다가 보였다. 일본 정원을 거쳐 들어간 이탈리아 정원에는 두 개의 아치 입구 사이로 머큐리 신의 동상이 보였고, 십자모양 연못에는 물고기를 들고 있는 소녀조각상의 분수대가 우아한 자태를 뽐내고 있었다. 이탈리아 정원을 지나 도착한 피아짜 광장 한가운데에는 플로렌스 양식으로 만든 타카라는 이름의 멧돼지 동상이 서 있는데, 멧돼지의 코는 사람들이 하도 많이 만진 탓에 노랗게 반짝거리

고 있었다. 코를 만지면 행운이 온다고 하여 우리도 타카의 코를 만지작
거렸다.

정원을 한 바퀴 도는 데 세 시간 쯤 걸렸다. 계절이 가을로 접어든 탓인
지 꽃의 화려함이 여름만큼은 못해도 단풍과 화목이 이뤄내는 정원의 분
위기는 여전히 풍요롭고 환상적이었다. 세 시간 동안 우리는 꽃의 향연
과 이국적인 분위기에 이끌려 꿈을 꾸는 듯한 기분으로 산책을 했다.

10년 전인 1996년 캐나다 출장 당시 나는 부차트 가든을 보고 큰 감동
을 받은 나머지 귀국한 후 내 고장에도 이런 정원이 하나 있으면 좋겠다
는 생각에 몰두하다가 마침내 어떤 일을 벌인 적이 있다. 정원조성 계획
을 세우고, 중앙부처로부터 지원예산을 확보하고, 관련 공무원들을 부차
트 가든과 미국 롱우드 가든, 일본의 수목원, 제주도 여미지 식물원 등지
에 보내 벤치마킹을 하게 하고… 그렇게 몇 년 동안 노력을 기울여 만들
어놓은 것이 춘천에 있는 도립화목원이다. 규모나 내용이 기대했던 것에
미치지 못해 불만스럽지만, 혼례를 마친 신혼부부들이나 어린이와 학생
들이 소풍을 가는 장소가 고향에 마련되었다는 것은 그나마 다행스럽고
기쁜 일이다. 앞으로 우리나라 전역에 방치된 채석장과 폐광지에 나무와
꽃을 심어 화목원이나 정원을 조성하고, 삼림욕장과 산간학교를 만들어
놓는다면 그것은 값지고 아름다운 미래의 자산이 될 것이다.

배를 타고 밴쿠버로 돌아오는 나의 머릿속은 온통 부차트 가든의 오색
영롱한 꽃으로 가득 찼다.

■ **10월 16일(월) [해리슨] / 흐리다 갬**

어제는 하루 종일 아침부터 궂은비가 내리고 안개가 짙게 끼어 있었

다. 그러나 음산한 날씨에도 불구하고 가보고 싶은 곳이 있었다. 밴쿠버에서 북쪽으로 110km, 자동차로 두 시간 떨어진 마을 휘슬러다.

2010년 동계올림픽을 치르게 될 휘슬러는 해발 600~2400m 높이의 산으로 둘러싸인 스키 리조트가 있다. 산 위에는 수십 개나 되는 스키 활강장과 대규모의 리프트 시설이 갖춰져 있어 이 지역이 일찌감치 동계올림픽 후보지로 꼽혀 온 배경을 짐작하게 했다. 울창한 침엽수림의 아늑한 산속에 크고 작은 호텔과 콘도미니엄들이 가득 들어차 있었다. 강원도 용평도 경치 좋은 곳이지만 휘슬러는 지형 조건과 주변 풍광이 용평보다 훨씬 뛰어났다. 밴쿠버에서 휘슬러로 가는 도로가 아직 4차선 확장공사 중이어서 교통의 원활함은 영동고속도로에 비해 떨어졌다.

많은 사람들이 강원도 평창에서 동계올림픽이 열리기를 바라고 있지만, 내가 평창 동계올림픽 개최를 소망하는 데에는 특별한 이유와 추억이 있다. 도청에 재직 중이던 1993년 12월 쿠웨이트에서 열리는 아시아올림픽평의회(OCA) 12차 총회에 동계아시안게임유치 한국대표단의 일원으로 도지사와 함께 참석하여 2000년에 개최되는 제 4회 동계아시안게임을 유치한 경험이 있기 때문이다. 그때 나는 쿠웨이트 현장에서 북한의 장웅, 중국의 웨이 지종 IOC 위원과 일본의 야츠다카 마츠이라, 홍콩의 오 세일스, 태국의 산티파르브 테자바니자 대표 등을 만나 동계아시안게임의 평창 유치가 이루어지도록 협력해줄 것을 부탁했다. 사마란치 IOC 위원장과 김운용 IOC 위원도 참석한 OCA총회는 며칠 동안 회의와 협의를 거듭한 끝에 먼저 3회 동계아시안게임은 중국 하얼빈에서 개최하고 4회 대회는 평창에서 개최하는 절충안을 채택했다. 그렇게 평창은 한국 최초로 동계아시안게임을 개최하는 장소로 결정되었고, 2000년 제 4회 동계아시안게임은 평창군 용평에서 열렸던 것이다.

밴쿠버로 돌아오는 도중 안개 자욱한 밴쿠버 만에 차를 멈추고 물개들이 헤엄치는 모습을 구경했다. 미끈하게 잘 생긴 물개들이 떼를 지어 물속을 들락거리는 광경을 보고 때 묻지 않은 캐나다의 자연에 놀라움과 부러움을 느꼈다. 깨끗한 대자연과 풍요로운 자원, 거기에 깨끗하고 정직한 정부는 캐나다의 위대한 시대를 예고하는 아름다운 힘의 원천이 될 것이다.

오늘은 밴쿠버에서 100km 떨어진 작은 온천 휴양마을 해리슨으로 이동했다. 우리는 해리슨 핫스프링스 리조트 호텔에 투숙했다. 호텔은 넓은 호수를 바라보는 전망 좋은 곳에 있었고, 호텔 뒤쪽 산에는 침엽수가 울창했다. 호텔 안쪽에는 노천온천이 있는데, 어린이와 노인을 위한 온탕과 일반인을 위한 열탕이 구분되어 있었다. 터키 파묵칼레와 헝가리 헤비츠에서 온천을 즐긴 것이 두 달 전의 일인데, 캐나다에도 수질이 좋은 유황온천이 있다는 것은 뜻밖이다.

저녁 식사 후 호텔 뒤쪽에 있는 옥외 온천을 찾았다. 따뜻한 온천에 몸을 담그고 맑게 갠 밤하늘의 별을 쳐다보니 그동안 쌓였던 피로도 말끔히 사라지는 것 같았다. 우리는 밤이 이슥하도록 온천탕 안에서 여행에 관한 이야기를 하며 외국인 부부들과도 대화를 나누었다.

■ 10월 17일(화) [시애틀] / 맑음

누군가 시애틀에서 무엇을 보았냐고, 혹은 시애틀의 상징이 무엇이냐고 물어본다면 무슨 대답을 들려주어야 할지 나는 모르겠다. 톰 행크스와 맥 라이언의 '잠 못 이루는 시애틀의 밤', 눈 덮인 레이니어 산, 스타벅스 커피, 스페이스 니들, 보잉사, 빌 게이츠와 마이크로소프트…. 이런 것들뿐일까. 그러나 시애틀에는 시애틀만이 갖고 있는 진실과 비밀이 있는 것 같다. 인종의 편견이 엷어지고 정치적 자유가 자연스럽게 받아들여지는 작은 용광로 같은 곳, 그것이 시애틀이라고 말하는 사람들이 있다. 그리고 또 누군가가 말하기를, 울창한 숲과 호수가 공존하는 이 도시에 쓸쓸한 상념이나 음울한 겨울 같은 것은 없고, 가끔 어둡고 칙칙한 수묵화 같은 하늘이 덮이고 이슬비가 내려도 그것은 맑은 담채화 같은 시애틀의 얼굴을 잠깐 동안 가려주는 것이라고 했다. 그래서 시애틀 사람들은 이렇게 말한다고 하지 않는가. '레이니에 산이 보이면 곧 비가 내릴 징조이고, 보이지 않으면 그건 비가 오고 있는 중' 이라고.

아침 9시 해리슨을 출발하여 수사(Susa) 국경검문소에서 입국심사를 마친 후, 오후 1시 자동차로 시애틀에 도착했다. 우리는 크라운 플라자 호텔에 짐을 풀고 나서 곧장 부둣가로 차를 달렸다. 그곳에는 시애틀의 명소 퍼블릭 마켓이 있었다. 퍼블릭 마켓은 태평양을 바라보는 언덕 위에 자리잡은 관광단지 같은 느낌을 주는 아담한 시장이다. 이곳에는 농민이 직접 판매하는 파머스 마켓, 기념품 판매점, 식당가, 헌책방이 모여 있고, 전 세계에 체인망을 가진 커피전문점 스타벅스 1호점도 목이 좋은 시장 대로변에 있다. 어떤 생선가게 앞을 지나가는데 그곳에서는 구경꾼들을 상대로 생선 던지기 게임을 하고 있었다. 진열대 밖에서 생선을 던져 진열대의 지정된 상자 속에 집어넣으면 넣은 사람이 그 물고기를 가져가는 게임이 한참 벌어지고 있었다. 몸집 좋은 어떤 남자가 70cm가 넘어 보이는 연어를 상자 속으로 던지려고 했지만 연어는 바로 앞에 있는 물탱크 속으로 풍덩 빠져버렸다. 여러 사람들이 생선 던지기 게임에 끼어들었는데, 그중 한 청년이 던지기에 성공하여 그가 던진 도미를 가게 주인으로부터 선물 받았다. 주인은 붉은색 도미를 얼음상자에 포장하여 그 청년에게 주었다. 청년은 휘파람을 불며 생선 상자를 메고 갔다.

영화 '잠 못 이루는 시애틀의 밤' 에서 주인공 톰 행크스(샘 역)와 맥 라이언(애니 역)이 처음으로 시선을 마주쳤던 장소… 그것은 유니언 호숫가의 어느 수상가옥이었다. 그 호숫가의 길을 스쳐지나가면서, 영화의 주인공들이 거닐던 부두와 부둣가의 카페들을 바라보며, 톰 행크스의 다소 멍청하면서도 슬픈 듯한 얼굴 표정을 떠올렸다. 해안도로의 어느 지점에서 잠깐 차를 멈춰 부두의 난간에 섰을 때, 영화의 한 장면에서 본 듯한 장소가 희미한 기억 속에 떠올랐지만 어느 장소인지 분간할 수가 없었다.

'스페이스 니들(Space Needle)을 구경하지 않으면 시애틀 방문이 끝난 것이 아니다.' –시애틀의 명물인 전망 탑 스페이스 니들을 소개하는 팸플릿에 쓰인 말이다. 스페이스 니들은 지상에서 전망대까지의 높이가 171.6m, 가장 꼭대기의 항공기 경보등까지의 높이가 199.6m인 작은 규모의 전망탑이다. 토론토의 씨엔 타워와는 비교할 바가 못 되는 작은 규모지만, 전망대에서 바라본 시애틀의 모습은 너무나 아름다웠다. 햇빛에 반사되어 빛나는 바다 너머로 태평양의 푸른 기운이 감돌았다.

스페이스 니들은 한여름 더위 때에는 1인치가 팽창하여 시속 10마일의 바람이 불 때마다 약 1인치씩 흔들린다고 한다. 2001년 2월 28일 10시 54분, 진도 6.8의 강진이 발생했을 때 이 전망탑은 3피트 정도 흔들렸지만, 지진이 계속되는 1시간 15분 동안 아무런 피해를 입지 않았다. 또 그것은 진도 9.2의 강진에도 견딜 수 있는 장치를 갖추고 있다는 점에서 시애틀의 상징일 뿐 아니라, 재해로부터의 안전을 웅변하는 표지이기도 하다. 나는 우리나라에 진도 6.8에 견디는 구조물이 있다는 이야기를 들은 적이 없다. 물론 진도 6 이상의 지진이 일어나봐야 건물의 견고성 여부가 검증될 테지만, 그런 일이 제발 일어나지 않기를 바란다. 내일은 북미 일정을 마치고 하와이로 향하는 날이다.

천국과 지옥이
만나는 곳

하와이

HAWAII

66우리는 차를 타고 태평양 쪽으로 나아갔다. 바닷가 주변의 풍경은 황량하고 괴이하기 짝이 없는 용암의 사막이었다. 용암의 사막은 분출된 마그마가 굳어져 시커멓게 변해버린 적막하고 황량한 용암석의 벌판이었다. 그것은 지상에 나타난 현실로서 받아들이기 어려울 만큼 어두운 환상이 감도는 공간이었다. 나는 친구와 함께 검은 암석 위를 걸으며 마치 외계에 온 듯한 착각과 환영에 빠졌다. 그리고 이 믿기 어려운 초현실적인 광경이 만들어낸 자연 앞에서 침묵할 수밖에 없었다. 진기한 열대 식물들이 무성하게 자라고 있는 하와이의 한 모퉁이에서 외계의 행성과도 같은 경이로운 공간이 만들어지고 있었다.

지구는 여전히 숨을 쉬며 생명의 피를 쏟아내고 있다. 나는 이 뜨거운 용암사막에서 살아남아 새잎을 싹틔우고 숲을 이룬 오히아나 나무의 꿋꿋한 모습을 보았다. 생명의 피 속에서 살아남아 생명의 피에 뿌리박고 자라는 이 기적의 나무를 잊지 못할 것이다. 그리고 지구가 토해내는 핏덩이 앞에서는 겸손해야 한다는 아내의 말을 또한 기억할 것이다.

오늘 열대 밀림의 천국과 용암사막의 지옥을 한꺼번에 다녀왔지만, 하와이에 오펜바흐의 오페라 천국과 지옥의 서곡은 들리지 않았다. 용암의 사막 위로 태평양에서 불어오는 바람 소리만 들렸을 뿐이다. **99**

■ 10월 18일(수) [하와이] / 흐림

아침 9시. 시애틀에는 비가 내리고 있었고 바깥 기온은 10도였다. 감기 기운 탓인지 밤새도록 한기를 느껴 하마터면 시애틀의 밤을 홀딱 새울 뻔했다. 아침에 뜨거운 물로 목욕을 하고 나서 내의를 입었다.

시애틀을 떠나 오후 1시 30분 밴쿠버에 도착해 점심을 먹은 뒤 밴쿠버 공항으로 갔다. 탑승 절차를 마친 후 두 시간을 기다리다 오후 4시 30분, 에어 캐나다 항공사의 AC47기를 타고 공항을 이륙했다. 우리가 항공사 측에 특별히 부탁하여 앉게 된 여객기의 비즈니스 클래스에는 세 명의 친절하고 기품 있는 여승무원이 있었다. 얼굴에 주름이 가득한 할머니 승무원, 아직은 세련된 매력을 풍기는 중년의 승무원, 젊고 우아한 아가씨 승무원이 번갈아 오가면서 음료와 음식을 갖다 주는데, 마치 할머니, 딸, 손녀 3대가 한 조를 이루어 일하는 것처럼 보였다.

여섯 시간의 비행 끝에 저녁 8시 30분 호놀룰루 공항에 도착했다. 공항청사 밖으로 나왔을 때 후덥지근한 바람이 온몸을 감쌌다. 캐나다의 늦가을에서 갑자기 한여름 속으로 들어온 기분이었다. 시애틀에서 입고 온 내의를 미처 벗어버릴 틈이 없어 공항 밖으로 나왔을 때는 어찌나 땀이 나는지 온몸이 축축해졌다. 여행 가이드가 운전하는 밴을 타고 호놀룰루 와이키키 해변에 있는 하와이언 힐튼 빌리지 호텔에 도착했을 때는 이미 밤 9시가 넘어서였다. 10년 만에 다시 찾은 호놀룰루의 예전 기억이 아득하기만 했다.

사흘 전 가까운 빅아일랜드(하와이의 별명)에서 지진이 일어나 호놀룰루 시도 정전이 되는 소동을 겪었다는 소식을 들었는데, 여행 가이드는 호놀룰루는 축복받은 땅이니 안심하라며 태연한 표정으로 말했다. 가까운 곳에서 저녁을 먹고 호텔로 돌아와 목욕을 하고 짐을 정리했다. 아내는 처음 와본 하와이에 대한 호기심과 기대로 마음이 들뜬 것 같다.

■ 10월 19일(목) [호눌룰루] / 흐림

　우리는 오늘 예정되었던 오아후 섬 일정을 취소했다. 호텔 객실이 당초 예약했던 대로 바다가 보이는 오션 뷰 룸이 아니라는 이유로 친구가 객실을 바꿔줄 것을 호텔 측에 요구했지만 좀처럼 받아들여지지 않았다. 호텔 측의 애매한 답변에 객실을 바꿔주기를 기다리느라고 시간만 소비했다. 객실에서는 바다를 직접 볼 수 없었지만 베란다에서는 비스듬히 바다가 보였다. 다행스럽게도 객실은 아늑했고, 욕실은 깨끗했으며 불편이 없을 만큼 시설과 비품을 잘 갖춰놓고 있었다. 나는 이만하면 나무랄 데 없지 않겠냐고 친구의 불편한 심기를 달랬다.

　나는 친구가 무엇 때문에 불만을 토로하는지 알았다. 그는 이제 여행에 조금 지치기 시작한 것이다. 그래서 친구가 호놀룰루에서 자유롭게 시간을 보내고 그가 좋아하는 골프를 마음껏 치도록 해야겠다는 생각을 했다. 당초 하와이 여행 일정도 사실은 그런 의도로 짜놓았던 것이다. 그동안 역사, 문화, 건축, 미술은 소화불량에 걸릴 만큼 많이 보았으니, 지금부터는 그냥 하고 싶은 대로 자유로운 일정에 따라 시간을 보내는 것도 좋지 않을까. 우리 부부는 객실에서 시간을 보냈다. 나는 온종일 일기를 정리하고 글 쓰는 데 필요한 자료를 챙겼다. 아내는 간단한 빨래를 하거나 다림질을 했다.

　저녁 시간, 우리는 폴리네시아 마술 쇼를 구경하러 갔다. 존 히로카와가 출연하는 하와이 디너쇼에는 일본, 중국, 미국관광객들이 테이블을 메우고 있었다. 마술사 히로카와의 능수능란한 마술 시범, 넘치는 유머와 재치, 좌중을 사로잡는 화술, 무대와 객석을 넘나드는 날렵한 동작, 그는 어떻게 십년 전이나 다름없는 모습을 하고 있을까. 십년 전 미국과 캐나다 출장길에 이곳에 와서 그의 공연을 보고 묘기에 혀를 내두른 기억이 새롭다. 지금의 그는 그때보다 더 성숙하고 세련된 것 같고, 전혀 늙음을 모르는 청년처럼 보인다.

하와이언들의 훌라춤과 불춤은 하와이 민속공연의 꽃이었다. 원주민 여인들이 머리에 빨간 화환을 두르고 온몸을 유연하게 돌리면서 추는 훌라춤은 여전히 신비롭고 환상적이었다. 횃불을 양손에 들고 전후좌우로 돌리면서, 몸을 굴리고 날리며 사람과 불이 하나가 되어 빛의 원을 그려내는 불춤은 하와이에 대한 향수를 더욱 깊게 할 것이다. 한 시간 반 동안 진행된 마술 쇼는 신비로운 환상의 여운을 남기고 그렇게 끝이 났다.

호텔로 돌아와 일기를 정리했다. 침대 머리맡에는 플루메리아 꽃으로 만든 레이가 걸려 있었다. 호텔 측에서 갖다 놓은 모양이다. 재스민과 비슷한 꽃향기가 방 안에 퍼져 묘한 향수를 자극했다. 나는 우리 여행이 꽃향기처럼 아름답게 마무리되기를 빌었다.

■ 10월 20일(금) [호놀룰루] / 맑음

친구 부부는 아침 일찍 골프를 치러 나갔다. 우리 부부는 바다가 보이는 호텔 뷔페식당에서 다소 늦은 시각에 아침 식사를 했다. 햇빛이 밝은 테라스 밖으로 와이키키 해변의 모래사장이 펼쳐지고 멀리 태평양의 수평선이 보였다. 스페인 말라가의 고성호텔 식당에서 남청색 지중해를 바라보며 아침을 먹던 7월의 어느 청명한 날이 생각났다.

아내와 나는 풍성하게 차려진 식단에서 다양한 메뉴를 골라 천천히 느굿한 식사를 즐겼다. 풍성한 열대 과일 중에서도 파파야와 파인애플이 특히 싱싱하고 맛이 좋았다. 아내는 파파야를 좋아했다. 집에 가면 파파야 같은 열대 과일을 먹을 수 없을 테니 호놀룰루에 머무는 동안이라도 실컷 먹어두라고 아내에게 말했다. 파파야의 맛에는 어딘가 폴리네시아 문화의 향기 같은 것이 스며 있다.

호텔 앞 해변에서 산책을 하며 시간을 보내다가, 오후에 시내버스를 타고 호놀룰루 교외에 있는 아울렛에 구경을 하러갔다. 아내의 청에 따라 나선 길이었지만, 우리 부부가 모처럼 함께 시간을 보내는 기회가 되었다. 아내는 두 아이와 며느리를 위해 옷가지를 몇 벌 샀는데, 특히 새로 맞은 며느리에 대한 생각이 나보다 각별했다. 가진 돈은 거의 바닥났지만, 다섯 달 간의 긴 여행이 끝나가는 무렵에 작은 선물이라도 준비해야 하는 것은 어쩔 수 없는 부모의 마음인가 보다. 나는 오래간만에 신용카드를 사용했다.

저녁 7시, 호텔 수영장에 마련된 특설무대에서 한바탕 축제가 벌어졌다. 맨 처음 흰색과 빨간색 화환을 머리에 두른 무희들이 나타나 하와이 기타와 노래에 맞추어 훌라춤을 추었다. 빨간 꽃술을 손에 들고 엉덩이와 배를 빠르게 흔들며 원주민 무희들은 신나게 춤을 추었다. 무희들은 전통 악기를 손에 들고 흔들어대며 좌우로 계속 돌면서, 두 손을 번갈아 하늘로 올리며 기도하듯 춤추었다. 원주민 가수들이 부르는 하와이 민요는 저녁 바람을 타고 야자나무들 사이로 울려 퍼졌다.

그 뒤를 이어 남자 무용수들이 등장하여 막대를 쥐고 봉춤을 추었다. 그들은 봉을 전후좌우로 빠르고 자유롭게 움직이며 전사의 춤을 추면서 원주민 언어로 함성을 질렀다. 그 사이에 여성 무희들이 나와 가느다란 나무 봉을 쥐고 흔들며 둥근 원을 그렸다. 봉춤이 끝나자마자 우람한 몸집의 사나이가 등장하여 빠른 북소리에 맞추어 불춤을 추기 시작했다.

막대의 양 끝에 달린 불꽃이 원을 그리며 좌우상하로 움직이는가 하면, 어느새 남자의 등 뒤에서 환상의 곡예를 만들어내고 있었다. 그때 또 한 명의 사나이가 나타나 불 막대를 흔들며 입으로 불꽃을 들이마시다가 하늘을 향해 뿜어냈다. 갑자기 고동나팔이 울리며 남성들의 하와이 민요 합창이 시작되고, 무희들의 훌라춤이 펼쳐졌다. 하와이 기타가 만들어내는 감미로운 선율이 가수의 노래와 무희들의 춤을 부드럽게 이끌었다. 무희들이 구경꾼들 사이를 돌며 그들의 목에 화환을 걸어주었다. 수영장 주변을 가득 메운 구경꾼들은 훌라춤과 하와이 음악에 매료되어 홀린 듯한 표정이었다. 그때 갑자기 천둥치는 듯한 굉음과 함께 해변 모래사장에서 폭죽놀이가 시작되었다. 쏘아올린 폭죽은 공중에서 영롱한 빛줄기를 뿜어내며 휘황한 불꽃을 만들어냈다. 불꽃놀이는 한참 동안 계속되었다. 그리고 그렇게 저녁의 축제는 끝이 났다. 우리 부부는 이 신나는 공연을 호텔 베란다에서 내려다보며 구경했다.

■ **10월 21일(토) [호놀룰루] / 흐림**

아침 7시 35분 하와이 에어라인 여객기를 타고 마우이 섬으로 향했다. 마우이 섬까지는 40분밖에 걸리지 않았다. 우리는 공항 밖에서 기다리고 있던 밴을 타고 3,055m 높이의 휴화산 할레아칼라의 정상을 향해 구불구불한 길을 올라갔다.

산꼭대기로 오르는 도중 어느 휴게소에 잠깐 멈췄다. 휴게소 뒤 정원에는 세상에서 처음 보는 진기한 꽃 플로리아가 큰 꽃망울을 터뜨리고 있었다. 아프리카가 원산지라는 핸드볼 크기의 분홍색 플로리아 꽃에 향기는 없었지만 벌들이 날아들었다. 하와이 군도에는 별의별 꽃이 많이 피어있다. 세계에서 가장 아름다운 섬으로 8년째 계속 선정돼 왔다는 마우이는 부자들과 유명 연예인, 스포츠 스타들의 별장이 많았다. 해발 2,000m 지점부터 할레아칼라 국립공원이 시작되는데, 도로 한복판에서 가끔 하와이 주의 상징 새인 내내(거위 종류)가 차의 진행을 가로막았다.

할레아칼라 화산 정상에 올랐을 때 가장 먼저 눈에 보인 것은 지구상에서 오직 이곳에서만 자란다는 은검초(Silversword root)들의 기묘한 모습이었다. 은검초는 은빛의 작은 칼처럼 생긴 수십 개의 꽃받침이 둘러싸고 그 위에 해바라기 꽃과 비슷하게 생긴 꽃이 피는 식물이다. 그것은 6개월 동안 피다가 시든 후 씨앗을 바람에 실어 번식하는 마우이 화산지대의 희귀식물이다. 또 만지기만 해도 500달러의 벌금을 물어야 할 만큼 엄격히 보호되고 있는 천연기념물이다.

화산 전망대 안내원의 설명에 의하면, 1790년 마지막 분출 이후 활동을 멈추고 있는 할레아칼라 화산은 300년 주기로 분출을 반복해 왔다고 한다. 그렇다면 2090년을 전후로 다시 그 장엄한 광경을 볼 수 있게 될 것이다. 전망대에서 내려다보니 900여m 아래쪽에 여러 개의 분화구가 널려 있고 분화구 주변은 마치 화성 표면처럼 검붉은 화산재로 덮여 있었다.

1000년 전 인도네시아와 타이티에서 건너온 마우이족은 화산의 공포와 위력 앞에서 두려움에 떨며 화산의 신에게 제물을 바쳤다. 그들은 신의 노여움을 달래기 위해 노래를 부르고 춤을 추었다. 훌라춤과 훌라송, 불춤, 하와이 민요는 화산의 공포와 전설 속에서 신들에게 봉헌된 자연의 예술이었다. 마우이 섬 이아오(Iao) 공원의 밀림 사이로는 높은 산에서 발원한 계곡류가 흘러내렸다. 그 아래 꽃나무 숲 속에서는 그 옛날 전쟁에서 섬을 지키다 도망가던 마우이 전사들이 '이아오!' 하며 고함치는 소리가 들리는 듯 했다. 하와이 주의 상징인 노란색 무궁화가 활짝 핀 공원

마우이 섬의 거대한 반얀나무는 공룡의 모습을 닮았다.

길, 플루메리아 꽃향기가 가득한 골짜기, 금방이라도 화산의 신이 덮칠 것 같은 쿠쿠이 산, 산길 곳곳에 핀 쿠쿠이 꽃들, 마우이 전사들의 망루였던 이아오 바늘 산의 뾰족한 봉우리… 이아오 공원에는 마우이 섬의 아름다움을 지켜주는 순결한 자연이 있었다. 그리고 이곳에는 1903년 하와이에 이민을 왔던 한인들을 기념하기 위해 만든 이민 정자가 있었다. 하와이 이민 100주년기념으로 2003년에 교민들이 세운 기와집 정자 주위에는 중국, 일본, 필리핀, 폴르투갈의 기념관도 들어서 있다.

섬의 서북쪽 카에나팔리 지역에 있는 라하이나는 하와이 왕국을 통일한 카메하메 왕이 다스렸던 옛 수도로 19세기 고래잡이의 중심지였다. 그레고리 펙이 절뚝발이 에이허브 선장 역을 맡아 열연했던 영화 '백경'을 촬영한 곳도 이곳 라하이나의 앞바다 태평양이었다. 또한 훗날 해양 소설의 영원한 고전이 된 『백경(Mobidick)』의 저자 허만 멜빌도 이곳을 들락거리며 꿈을 키웠을 것이다. 허만 멜빌에게 있어 태평양은 무한한 영혼의 공간인 동시에 신성한 영감의 세계였을 것이다. 바다를 동경하는 사람들에게 태평양은 곧 신이었다. 그 태평양의 신은 오늘도 인간들에게 부드러운 출렁임으로 바다의 신비를 토해내고 있다.

카메하메 왕이 있던 왕궁은 현재 법원 건물로 사용되고 있다. 왕궁 뒤편에는 1873년 윌리엄 오웬 스미스 목사가 심어놓았다는 반얀나무가 공룡 같은 모습을 한 거목으로 자라 있었다. 20여 개의 새끼나무를 탄생시킨 어미나무는 자목과 연결되어 긴 가지를 종횡으로 뻗고 있었다. 어미나무의 밑둥은 둘레가 대략 20m가 넘는 것 같았다. 어미나무와 자목이 만들어놓은 나무 그늘의 면적은 800평이 넘어 그 자체가 하나의 넓은 공원을 이루었다. 식물들의 왕성한 생장은 열대 섬에 내린 조물주의 특별한 은총일 것이다. 우리는 마우이 섬을 뒤로 하고, 오후 5시 45분 비행기 편으로 호놀룰루로 돌아왔다. 마우이 섬의 감흥이 가시기도 전에 내일은 하와이 섬으로 간다.

■ 10월 22일(일) [호놀룰루] / 흐림

아침 7시 40분 하와이 에어라인 여객기를 타고 40분 후인 8시 20분에 하와이 힐로 공항에 도착했다. 우리를 안내하기 위해 나온 여행 가이드는 현지에서 살고 있는 젊은 아주머니였다. 먼저 그녀가 안내하는 대로 해안도로 주위에 울창하게 우거져 있는 열대 밀림으로 차를 타고 이동했다. 햇빛도 잘 비치지 않을 정도로 정글에는 야자나무, 대나무, 고무나무 등 덩굴을 늘어뜨린 활엽수와 꽃나무들이 어우러져 있었다. 우리는 밀림 사이의 작은 길을 따라 이동하면서 섬의 원시생태를 감상했다.

경관이 아름다운 해변에는 어느 미국인 부호의 별장이 있는데, 주변에는 줄기가 빨간 야자나무들이 무성한 숲을 이루고 있었다. 오래 전에 사탕수수 밭이었던 곳에는 하와이의 특산물인 마카다미아 농장과 파파야 과수원이 만들어져 있었다. 심은 뒤 6년이면 열매를 맺는다는 마카다미아 나무는 모양도 아름답고 풍요로워 관상수가 되기에도 부족함이 없을 것 같다.

1903년 1월 13일 최초의 해외 이민 한국인 101명이 호놀룰루에 입항했다. 그 가운데 45명이 이곳 사탕수수밭에서 하루 열여섯 시간의 중노동을 하고 한 달에 6달러의 임금을 받았다. 그들의 생활은 노예나 다름없었지만, 개미처럼 번 돈으로 독립운동 자금을 마련해 상해 임시정부에 송금했다. 1905년 멕시코 애니깽 농장의 이민자들도 하와이 이민자들을 따라 독립자금을 상해로 보냈다. 그들이 보낸 돈은 모두 고통과 눈물로 얼룩진 돈이었다.

차를 타고 가는 길에 사탕수수밭에서 숨져간 이민 1, 2세들의 유해가 묻혀 있는 힐로 공동묘지 앞을 지났다. 그들은 조국을 떠난 후 한 번도 고향 땅을 밟지 못하고 절연된 섬에 갇혀 이산의 삶을 살다가 생을 마쳤다. 사탕수수밭 한가운데 창고처럼 생긴 건물 앞에서 차를 멈췄다. 그것은 100년 전 한인들이 살던 오두막집이었다. 잠겨 있는 현관 문틈으로 보이는 내부는 감방과도 같은 우중충한 모습에 함석과 널빤지로 지은 건물은 너무 낡아 천장이 군데군데 무너져 내린 채였다. 창문조차 없는 집안에서는 잡초가 자라고 있었다. 하루의 중노동을 끝낸 그들은 곳간처럼 생긴 좁은 공간에서 살을 맞대고 새우잠을 잤을 것이다.

그런데 하와이에 미세스 리로 불리는 103세의 이민 1세 할머니가 아직 살아계신다는 것은 놀랍고 반가운 일이 아닐 수 없었다. 그러나 최근 할머니의 소재를 확인할 수가 없어 교민들도 궁금하게 여기고 있다는 여행 가이드의 말을 듣고 나도 모르게 걱정이 되었다. 그렇다면 혹시 돌아가시기라도 했다는 말인가. 어떻게든 만나 뵐 수는 없는 것일까. 나는 나중에라도 꼭 할머니에 관한 소식을 수소문해 알려 줄 것을 가이드에게 부탁했다. 그분은 이제 개인으로서의 할머니가 아니라 구한말 하와이 이민의 슬픈 역사를 간직한 우리 시대의 마지막 증인이다. 한국 정부와 외교관들이 보호해 드려야 할 인간문화재이니 만큼 이곳 총영사관이 나서야 할 것이다.

벌판에 펼쳐진 드넓은 사탕수수밭은 아무도 돌보지 않은 채 방치되어 있었다. 100년 전 한인들의 눈물과 땀이 배어있을 사탕수수밭 한 가운데를 지나면서, 나는 자국의 역사와 백성에 그처럼 무관심한 사람들에 대한 분노가 끓어오르는 것을 느꼈다.

하와이 주립공원인 아카카 폭포는 수직으로 높이가 128m나 되는 폭포였다. 폭포 주변을 에워싼 밀림 속에는 진기한 나무와 꽃들이 장관을 이루었다. 도처에 나무를 감싸고 올라간 흰색 모닝글로리의 덩굴이 널려 있고, 야생 생강 꽃의 향기가 숲에서 은은히 퍼지고 있었다. 숲에는 사람 키보다도 큰 고사리들이 무성하게 자라고 있었다. 나는 엄지손가락 굵기의 고사리 순을 꺾어 입으로 씹어 보았다. 그 맛이 우리나라 고사리와 다를 바 없었다. 이곳 고사리를 말려 나물로 무쳐먹거나 육개장을 끓이면 어떤 맛이 날까, 궁금하다.

폭포 구경 후 점심을 먹은 나니마우(Nanimau: 영원히 아름답다) 식당 뒤편에는 규모는 작지만 눈부시게 화려한 정원이 있었다. 실개천이 흐르고, 물고기가 헤엄치는 작은 연못에는 수련과 노랑, 빨간색 부겐빌레아 꽃이 흐드러지게 피었다. 마닐라 야자나무들로 둘러싸인 화단에는 이름 모를 작은 꽃들이 울긋불긋한 색채의 경연을 벌이고 있었다. 공공기관도 아닌 개인이 만들어놓은 화원이 이곳을 거쳐 가는 여행객들에게 공짜로 아름다움을 선사한다는 것은 얼마나 멋진 봉사인가. 입장료를 받아도 좋으니 한국에도 이런 개인 화원이 늘어났으면 좋겠다.

하와이 화산국립공원은 자연이 인간에게 안겨주는 모든 두려움과 경이의 축소판이었다. 화산을 관장하는 불의 여신 펠레는 2800만 년 동안 시집을 가지 못한 채, 칼데라 화산 지대에 들어온 뭇 남성들을 호시탐탐 노려왔다고 하와이 신화는 전하고 있다. 그리고 펠레 여신이 남자에게

시집가는 날 화산의 분출은 영원히 멈출 것이라고 했다. 그런데 오늘 두 남자가 아내들을 동반하고 펠레 여신의 불구덩이를 찾아왔다. 펠레 여신은 화산의 분출을 멈추지 않을 것이다.

화산 공원 일대는 해발 1200m의 광활한 고원이다. 용암이 굳어 만들어진 시커먼 벌판에서 연기가 솟고 넓은 원형의 칼데라 한가운데 세 개의 거대한 분화구가 움푹 파여 있었다. 그 가운데 킬라우에키 분화구 밑바닥에서는 노란색의 유황 연기가 피어오르고 있었다.

토마스 재거 화산박물관을 둘러보고 나서 나는 화산석은 자연이 과학을 미화시킨 예술품이라는 생각을 했다. 불의 여신 펠레의 머리털은 석면을 닮은 형상이었고 파호에호아 용암석은 검정색 구들장처럼 생겼다. 우리는 자동차를 타고 넓은 칼데라 화산지대 한복판으로 들어가 킬라우에아 분화구를 내려다보았다. 노란색 유황 연기가 계속 피어오르고 용암이 굳어버린 검은색 바위 벌판 주위에서 하얀 연기가 바람에 휘날렸다.

칼데라의 신기한 모습을 뒤로하고 용암사막으로 향했다. 1983년에 분출되어 태평양 연안으로 흘러내린 검붉은 용암은 주위의 구릉을 덮고 숲

과 야생의 생명체들을 잿더미로 만들어 버렸다. 시뻘건 용암의 불줄기가 태평양으로 흘러내리면서 시커먼 육지를 새로 만들어냈고 용암의 분출로 넓어진 해안은 하와이의 지도를 바꿔 놓았다.

우리는 차를 타고 태평양 쪽으로 나아갔다. 바닷가 주변의 풍경은 황량하고 괴이하기 짝이 없는 용암의 사막이었다. 용암의 사막은 분출된 마그마가 굳어져 시커멓게 변해버린 적막하고 황량한 용암석의 벌판이었다. 그것은 지상에 펼쳐진 현실로서는 받아들이기 어려울 만큼 어두운 환상이 감도는 공간이었다.

나는 친구와 함께 검은 암석 위를 걸으며 마치 외계에 온 듯한 착각과 환영에 빠졌다. 그리고 이 믿기 어려운 초현실적인 광경이 만들어낸 자연 앞에서 침묵할 수밖에 없었다. 진기한 열대식물들이 무성하게 자라고 있는 하와이의 한 모퉁이에서 외계의 행성과도 같은 경이로운 공간이 만들어지고 있었다니…. 해안 위쪽의 두 군데서는 용암이 바다로 흘러내리면서 뿜어내는 연기가 하늘로 치솟았다. 친구는 황량한 용암사막의 분위기에 압도된 듯 말없이 카메라 셔터만 눌렀다.

지구는 여전히 숨을 쉬며 생명의 피를 쏟아내고 있다. 나는 이 뜨거운 용암사막에서 살아남아 새잎을 싹틔우고 숲을 이룬 오히아나 나무의 꿋꿋한 모습을 보았다. 생명의 피 속에서 살아남아 생명의 피에 뿌리박고 자라는 이 기적의 나무를 잊지 못할 것이다. 그리고 지구가 토해내는 핏덩이 앞에서는 겸손해야 한다는 아내의 말을 또한 기억할 것이다. 한반도의 백두산과 한라산이 활동을 멈추고 있지만 언젠가, 아니 어쩌면 예고조차 없이 폭발할 날이 올는지도 모른다. 그리고 그 언젠가가 정말 언제가 될는지는 아무도 알 수 없다. 자연 속에는 인간의 힘으로 풀 수 없는 초과학적 비밀이 너무도 많다. 인간은 마법의 지표 위에 살고 있다. 우리는 형용하기 어려운 기분과 감동의 여운을 간직한 채 힐로 공항으로 향했다. 오후 5시 25분에 이륙한 비행기는 6시 15분 호놀룰루에 도착했다. 저녁을 먹고 호텔로 돌아왔을 때 날은 완전히 어두워졌다.

오늘 열대밀림의 천국과 용암사막의 지옥을 한꺼번에 다녀왔지만, 하와이 섬에 오펜바흐의 오페라 천국과 지옥의 서곡은 들리지 않았다. 용암의 사막 위로 태평양에서 불어오는 바람소리만 들렸을 뿐이다.

■ 10월 23일(월) [호놀룰루] / 맑음

아침에 아내와 함께 와이키키 해변을 걷다가 벤치에 앉아 태평양을 바라보기도 하고 야자나무 그늘에 앉아 플루메리아 꽃향기를 맡기도 했다. 친구 부부는 오아후 섬의 서쪽으로 골프를 치러 갔다. 이번 여행을 끝내고 몸과 마음의 휴식을 충분히 가진 후 나는 다시 그림을 그릴 작정이다. 여행을 하면서 나는 세계의 자연은 그림인 동시에 음악이라는 생각을 하게 됐다. 여행에서 얻은 영감을 그림으로 표현한다면 얼마나 즐거운 일이 될 것인가! 아내와 함께 음악을 듣고 영화감상을 함께하는 시간을 늘린다면 하루 스물네 시간의 길이는 조금 더 길어질 것이다. 삼십 년 이상을 같이 사는 동안 아내도 음악과 영화를 좋아하게 됐으니 나는 아내를 닮고 아내는 나를 닮은 셈이다.

이번 여행에서 얻은 느낌을 나는 인생이라는 그림과 음악 속에 새겨넣고 싶다. 또 가족이라는 울타리를 튼튼히 만드는 데도 힘을 쏟을 것이다. 가족이라는 것이 얼마나 소중하고 아름다운 것인가. 가족은 교감하는 생명체이며 목숨을 바쳐 보호해야 할 가치라는 것을 이번 여행에서 느꼈다. 억만금을 가지고도 만들지 못할 아름다운 그 무엇이 가족이라는 울타리 속에 존재한다는 것을 깨달았고, 우리 부부가 돈이 없어도 행복한 까닭이 가족에 있음을 새삼스럽게 확인했다. 가족이라는 울타리 없이 우리 부부는 이번 여행길에 나설 수 없었다. 여행은 돈만 있다고 할 수 있는 것은 아니다.

우정이라는 것은 무엇이며, 친구라는 것은 무엇일까. 그것은 악수하는 손이나 주고받는 술잔 속에서 만들어지는 것이 아니다. 소박한 가치일지라도 그것을 공유하고, 단순한 언어와 이야기만으로도 생각과 느낌이 통하는 사람이 인생의 진정한 친구가 아닐까. 그래서 나는 물과 산의 친구, 장자를 사랑하는 친구, 다산을 사랑하는 친구, 새를 사랑하는 친구, 마로니에 친구들을 소중히 여긴다. 그들은 나의 여행을 진심으로 축복해주는 벗들이다. 그들이 아름다운 것은 돈 이야기를 하지 않기 때문이다. 친구들은 돈이 삶의 목적이 아니라 다만 수단일 뿐임을 잘 알고 실천하고 있다. 그들은 필요한 만큼의 돈을 벌면서 크게 부족함이 없이 살고 있다. 그들은 넉넉하지 않으면서도 돈에 얽매이지 않기에 더 존경스럽다. 여행 중에 친구들이 그리워진다.

■ **10월 24일(화) [호놀룰루] / 흐림**

오아후 섬을 한 바퀴 돌기 위해 섬의 동쪽으로 가는 도중이었다. 어떤 지점을 지나가다가 산등성이에 있는 묘한 형태의 마을을 발견했다. 마치 우리나라 지형을 빼닮았는데, 하와이의 한국 교민들이 이 마을에 한국 지도마을이라는 이름을 붙였다고 한다. 그 옆에는 일본의 후지산을 닮은 작은 산이 솟아 있는데, 일본 사람들이 한국 지도마을을 굽어보며 은근히 으스댄다는 것이다. 산 아래쪽 해안 어느 지점에는 바위 구멍을 통해 바닷물을 뿜어 올리는 블루 홀이라는 것이 있고, 블루 홀 옆에는 작은 만이 있었다. 이곳의 모래톱에서 영화 '지상에서 영원으로'의 잊지 못할 한장면—워든 상사로 분한 버트 랭카스터와 데보라 카가 사랑을 속삭이며 뜨겁게 입 맞추던 장면—이 촬영되었다. 1953년 프레드 진네만 감독이 만든 이 흑백영화는 아카데미 8개 부문을 수상한 고전적 명화 중 하나다. 나는 영화의 장면을 기억해내려고 애를 쓰며 한참 동안 작은 만을 바라봤다.

해안선을 끼고 달리는 산 위에는 선인장이 덮여 있었다. 오아후 섬의 동쪽 끝인 마카푸 포인트를 넘어서자, 왼쪽으로 뾰족한 봉우리들을 머리에 두른 가파른 코올라우 산이 북서쪽을 향해 길게 뻗어 있었다. 도로변에는 우산 모양을 한 몽키포드 나무들이 우거져 있었다. 영화 쥬라기 공원에서 공룡과 함께 등장하는 오아후 섬의 몽키포드 나무숲은 스필버그 감독 덕분에 더 유명해졌다.

오후에 우리는 폴리네시아 문화 센터를 구경했다. 폴리네시아의 문화유산을 보존하기 위해 만들어놓은 폴리네시아 문화 센터는 태평양의 일곱 개 섬—하와이, 사모아, 피지, 타이티, 통가, 아오테아로아, 마르케사스—의 문화와 생활 양식, 풍속, 놀이를 재현하는 아름다운 민속촌이다.

사모아 구역에서는 원주민들이 나뭇가지를 비벼 야자열매 껍질에 불을 붙이고 맨손과 작은 돌멩이 하나로 코코넛 열매의 껍질을 벗기는 탈로파 연기가 진행되고 있었다. 타이티 구역에서는 엉덩이를 요란스럽게 흔들며 춤추는 무희들의 공연이 구경꾼들의 시선을 끌었다. 통가 구역에서는 신나는 북 공연이 계속됐다. 아오테아로아의 전투춤 하카, 피지의 불라비나카 춤은 보지 못했지만, 민속촌 가운데로 흐르는 운하에서 일곱개 섬의 출연진이 차례로 지나가며 선상에서 벌이는 독특한 전통춤 공연은 환상적이고 현란한 구경거리였다. 폴리네시아 사람들의 이색적인 춤,

신비로운 화음 속에 부르는 노래는 남태평양의 민속과 정서를 표현한 낭만적인 예술이다.

오아후 섬을 한 바퀴 돌고 돌(Dole) 파인애플 농장을 거쳐 와이키키로 돌아오는 길에 진주만에 있는 애리조나 기념관(USS Arizona Memorial)을 찾았다. 1941년 12월 7일 일본의 진주만 기습공격으로 격침된 전함 애리조나 호는 지금도 1,177명의 유해와 함께 진주만의 바다 속에 잠겨 있는데, 애리조나 기념관은 바로 그 격침의 현장에 세워졌다. 기념관에는 당시 전황을 기록한 사진과 사료들이 전시돼 있었다.

애리조나 기념관 맞은편 부두에는 2차 대전 종전 당시 일본군이 맥아더 원수 앞에서 무조건 항복 문서에 조인했던 유명한 전함 미주리 호가 정박해 있었다. 그것은 영구 퇴역하여 잊혀지고 있는 과거의 군함이라기보다는 전쟁의 역사를 두고두고 증언할 미래의 전함처럼 보였다. 1945년 9월 미주리 함상에서 맥아더는 이렇게 짧게 말했다.

"세계의 평화가 회복되고 신이 그것을 영원히 지켜주시기를 기도합시다. 이제 모든 절차를 마치겠습니다."

그것으로 2차 세계대전은 끝났던 것이다.

저녁 5시 30분부터 두 시간 동안 알리 카이 유람선을 타고 선셋 크루즈를 했다. 그런데 기대했던 낭만적인 분위기는 찾아볼 수 없었고, 선상쇼의 시끄럽고 상업적인 분위기 때문에 오히려 심신의 피로만 가중되었다. 필리핀 등지에서 불러온 아마추어 가수들의 노래솜씨는 기대 이하였다. 훌라춤을 추는 무희는 하와이 원주민이 아니라 아르바이트를 하는 백인여자들이었고, 그들의 춤은 서툴러 보였다. 닷새 전 호텔 수영장에서 구경했던 공연과는 비교가 안 될 정도로 즉흥적이고 상업적인 쇼였으며 품격이라곤 찾을 수 없었다. 1인당 입장료 80달러가 아깝다는 생각이 들었다. 하와이 현지 여행사에서는 이런 사정을 모르고 예약했던 것 같다. 선셋 크루즈와 선상 쇼의 개운치 않은 기분을 털어버리지 못한 채 저녁 8시 호텔로 돌아왔다. 여행이 언제나 다 좋을 수는 없겠지만, 이것도 여행의 일부라는 점을 받아들이지 않을 수 없다. 나중에 하와이에 올 친구들에게 하와이에는 이런 엉터리도 있었다는 이야기를 사실대로 들려줄 것이다.

■ 10월 26일(목) [호놀룰루] / 맑음

어제 호놀룰루의 날씨는 하루 종일 맑았다. 날씨가 유난히 맑아 몸도 가볍고 기분도 좋았다. 친구 부부는 골프를 치러 갔다가 밤 열두 시가 훨씬 넘어서 돌아왔다. 골프 파트너들과 뒤풀이를 하느라고 늦었다고 했다. 아내는 오전 내내 수영장에서 물놀이를 했고 나는 지난 넉달 동안의 여정을 돌아보며 노트와 일기장을 정리했다. 이것저것 메모한 것도 많고 주워 모은 자료들도 수두룩했다. 집에 가서 차분히 정리하고 기록해야 할 것들이지만, 자료는 그때마다 챙기고 분류해 놓아야 나중에 허둥대는 일도 덜어질 것이다.

오후에는 아내와 함께 호놀룰루 시내로 산책을 나갔다. 거리에는 분홍색 자귀나무 꽃이 화사하게 피었고, 하얀 플루메리아 꽃나무 밑을 지날 때는 그윽한 향기가 풍겼다. 꽃향기를 맡으며 석양이 질 때까지 와이키키 거리를 걸었다. 이곳 오아후 섬뿐만 아니라, 마우이, 하와이 섬에는 향기롭고 예쁜 열대 꽃들이 가득 피어있는데, 사철 꽃향기가 흐르는 이 섬들은 종잡을 수 없는 향수를 불러일으킨다.

오늘 아침에 일어나 호텔 베란다에서 내려다보니, 정원의 작은 연못에서는 여섯 마리의 잉어가 한가롭게 헤엄치고 있었다. 잔디 위에서는 일곱 마리의 홍학이 머리를 깃털 속에 묻고 몸 청소와 단장을 하고 있었고, 하얀 모래가 깔린 펭귄 연못에서는 오늘도 다섯 마리의 펭귄이 뒤뚱 걸음을 하면서 아침 운동을 하고 있었다. 뭉게구름이 조용히 흐르는 하늘의 와이키키 바다에는 흰 거품을 몰고 파도가 밀려왔다. 여행 139일 째의 아침은 맑고 평화로웠다.

며칠 후면 다섯 달 동안의 여행을 뒤로 하고, 다시 소란스럽고 긴장이 가득한 고국으로 돌아갈 것이다. 오랫동안 바깥 나들이를 하면서 나는 수많은 인종 사이에서 살고 있는 한국인들과 내 가족을 생각했다. 지구는 아직도 넓은 공간이며 세상은 역시 볼 것이 많은 곳임을 실감했다. 살아 있다는 사실에 대한 기쁨과 감사함의 의미를 되새겼다. 가족이라는 존재에 대한 성찰의 시간을 갖게 해준 것도 이번 여행이었다. 그래서 마누라가 아닌 아내, 삶의 동반자로서의 아내라는 존재의 의미를 뒤늦게나마 깨달았다. 나는 남편과 아버지로서 이제 조금씩 철들기 시작한 것 같다.

여행을 통해 얻는 경험과 교훈은 다양한 것이다. 그 가운데서도 돈으로 살 수 없는 깨달음과 지혜를 얻는 것은 보람 있는 일이다. 우리 일상 밖의 삶에 대한 눈뜸, 공존하는 동시대 인간들에 대한 이해, 인생의 궁극적인 가치에 대한 발견… 앞으로 남은 세월은 그렇게 살아가야 하지 않을까.

해 저문 와이키키 해변을 산책하는데, 서쪽 하늘에 초승달이 비치고 별이 빛나기 시작했다. 달과 별이 비치는 저녁 하늘은 아름답다. 별이 빛나는 와이키키의 밤… 노래를 부를까, 시를 읊을까, 칵테일을 마실까. 그러나 노래도, 시도, 한 잔의 칵테일도 지나간 여행의 기억 속에 모두 잠겨버렸다.

더 가까워야 할 이웃

일본

JAPAN

❝ 해발 3,776m의 후지산 정상에는 눈이 덮여 있었다. 일본의 상징인 후지산에 오르는 길가에는 이미 가을빛이 완연했다. 1합목 지점 부근에는 기운차게 뻗은 소나무와 빨간색, 노란색 단풍나무들이 숲을 이루고, 3합목 지점에 오르자 전나무와 노랗게 물든 낙엽송들이 섞인 묘한 풍경이 전개되었다. 5합목 지점에서 차를 멈추고 정상을 바라보니, 맑은 하늘을 향해 솟구친 거대한 흰색 봉우리의 모습이 뚜렷이 보였다. 후지산 정상 아래에는 검붉은 화산재가 흘러내린 경사지에 말라죽은 작은 관목들이 듬성듬성 꽂혀 있었다.

세상사에 걱정이 많은 어떤 일본 사람이 속삭이는 목소리로 말했다.

"후지산의 5합목 지점에서는 걸어서 정상에 올라가 태평양을 바라보며 사무라이의 혼을 외치는 시대착오적인 독종들이 늘고 있다. 그들이 천신의 신통력에 빠져 정상적인 일본인임을 자꾸 잊어가는 것은 걱정이다… 그러니 후지산 산신에게 정성으로 소원을 빌어라. 넘치는 후지산의 정기가 그대 사무라이들의 혼을 칼끝에서 조용히 쉬게 하리라. 태평양에 잠든 영령들이 신일본제국의 대망을 감싸주리라. 내일은 너희들의 붉은 태양이 떠오를 것이니…."

그러나 걱정이 많은 듯 중얼거리는 일본인의 이야기는 정작 일본인을 향해 걱정해서 하는 말이 아닐 것이다. 현해탄 건너에서 자중지란으로 날을 지새우는 사람들에게 회심의 미소를 지으면서도, 서서히 덮쳐오는 중화의 거센 물결에 두려움으로 가슴을 쓸어내리는 21세기 사무라이의 중얼거림일 것이다. **❞**

■ 10월 28일(토) [도쿄] / 맑음

호놀룰루에서 아흐레 동안을 보내고 오늘 10월 27일은 일본으로 향하는 날이다. 우리는 오전 10시 17분 도쿄 행 UA879편에 탑승했다. 10시 30분 호놀룰루 공항을 이륙한 후 다섯 시간이 지나고 있을 때, 비행기는 이미 날짜변경선을 통과하여 영하 52도의 찬 공기를 가르며 고도 11,582m의 상공을 시속 803km로 날고 있었다. 한낮이 계속되는 동안 날짜는 10월 28일로 바뀌었다.

6월 10일 인천공항을 출발한 후 다섯 달이 가까워오는 동안 우리는 스물세 번째의 비행기를 탄 셈이다. 그동안 여객기의 소음과 지루함에 상당히 익숙해졌는데도 비행기 여행은 어쩔 수 없이 또 피곤했다. 기내에서 방영하는 항로 지도를 쳐다보면서 한반도가 얼마나 작은 공간인지 다시 한 번 실감했다. 비행거리 500km를 넘지 못하고 비행 시간이라야 김포공항에서 제주공항까지 50분에 불과한 남한의 면적은 더욱 답답하게 느껴졌다. 땅덩어리가 큰 나라에 태어났더라면 하는 공상을 지금까지 몇 번이나 했던가. 그런 공상을 한 사람이 나뿐만일까. 그러나 영토가 작더라도 문화의 가치를 귀하게 여기는 나라에 산다는 것은 부자가 되는 것 이상으로 기쁜 일일 것이다. 문화를 사랑하는 나라에서는 창조의 힘과 예양(禮讓)의 분위기가 넘치고 증오와 갈등의 기운은 사라질 것이다. 우리 생애에 상식이 통하고 문화의 향기가 흐르는 나라에서 사는 것은 불가능한 일일까.

이번 여행길의 세계 스물세 개 나라를 돌아보며 나는 문화의 힘이라는 것을 생각했다. 모든 실체 속에 있으면서 모든 실체 속에서 보이지 않는 문화라는 현상 안에는 정치권력으로서도 어찌할 수 없는 거대한 힘이 숨어 있음을 인도와 유럽의 여러 나라에서, 멕시코에서 느꼈다. 그런 가운데 2006년 한국의 문화적 현실이라는 것을 생각하지 않을 수 없었다. 이제 한국은 먹고 사는 문제는 웬만큼 해소되었다고 자위해도 좋겠지만 그것으로 나라다운 나라, 국격(國格)을 갖춘 나라라고 할 수 있을까. 국가라는 정치적 실체에도 그에 어울리는 품격이 필요한데, 경제의 골격에 살을 붙이는 문화 역량이라는 면에서 한국의 현실은 어떤가. 아직도 갈 길이 먼 것처럼 보인다.

나는 작은 나라 벨기에, 네덜란드, 오스트리아를 보면서 건강한 국가의 조건과 품격에 대해 생각했다. 그들 나라에는 확실히 문화의 빛과 향기 속에 흐르는 품격이 있었다. 경제 규모나 국민 소득이 낮고 겉보기에 잘 살지 못하는 인도, 터키, 헝가리, 멕시코의 여러 곳을 돌아보고, 역사 속에 축적된 문화 잠재력이 그 나라 국민에게 어떤 확신과 희망을 간직하게 하는지를 생각했다.

여행의 끝 무렵에서, 나는 문화라는 것은 유행이나 사치가 아니고 실체를 가진 기운이며 힘이라는 것을 느낀다. 그래서 드라마와 가요로 동남아시아의 젊은이들을 잠시 열광하게 만든 한류라는 현상을 두고 한국 문화를 이야기하는 사람들에게 한류는 다만 바람일 뿐이며 문화의 외투를 걸친 잠재력이라고 말하고 싶다. 아침 이슬처럼 잠깐 반짝이는 유행을 문화라고 정의할 수는 없다. 문화로 포장된 유행이 지속 가능하고 생명력 있는 문화가 될 수도 없다. 성급하게 한류를 상품화하여 수출하겠다는 정책이나 구상은 한류의 문화화에 오히려 걸림돌이 되는 반문화적 발상이 아닐까…. 문화는 역사를 통해 축적된 심연이다. 다른 나라 문화 위에 군림하거나 다른 나라 사람들의 자존심을 상하게 만드는 문화는 배타적, 반인류적 문화로 낙인 찍힌다. 세계는 한국인들만의 무대가 아니며 한국 문화도 타문화와 공존해야 살아남는다.

유럽에서는 도시의 축제와 종교 행사가 시민 생활의 일부이자 문화 체험의 현장이 되고 있었다. 축제는 미래의 새로운 문명을 조망하게 하는 기준점이 되어, 유럽인들이 적어도 한 세기 앞을 내다보며 문화 국가의 틀을 만들어가는 일상적인 수단인 것처럼 여겨졌다. 그들의 생활 양식, 법률, 사회가 매일 매일의 문화 활동을 통해 끊임없이 진화해 가는 것처럼 보였다. 인종의 벽을 허무는 사회적, 법률적 시스템을 만들어가면서 다인종 다국적 사회의 도래에 대비하는 독일의 모습을 보고, 나는 유럽이 그리스 로마의 유산을 이어가면서 여전히 인류 문명과 미래 공동체 형성의 주인공으로 남게 될 것이라는 믿음을 가지게 되었다.

내 눈에 비친 유럽은 해 저문 대륙이 아니라 젊은 활력이 넘치는 문화 공동체였다. 그런 관점에서 내가 젊은 시절 슈펭글러의 『서구의 몰락』을 읽고 쾌재를 불렀던 일은 너무 성급한 지적 유희가 아니었던가 하는 자괴감이 들었다. 그러면서 지구촌의 문화는 노래와 춤 속에 있는 것이 아니라, 그것을 받아들이는 인간의 생활과 사유 속에 있다는 나름의 결론을 내리게 되었다. 결국 문화는 개인의 삶, 사회 생활, 국가 운영을 지탱하는 기운인 동시에 빛이며, 정신적 삶을 위한 비타민과도 같은 실체임을 느끼게 되었다.

우리는 지구를 거의 한 바퀴 돌아 일본에 도착했다. 도쿄는 몇 해 전에 본 대로 복잡하고 소란한 도시였다. 저녁 시간, 차를 타고 도쿄 시내를 돌아다니며 구경했지만 낯선 느낌은 없었다. 일본을 몇 번 왔었을까. 출장으로 세 번, 네 번… 관광으로는 지난해 큐슈 섬을 다녀왔으니 나도 일본에 대해 아주 문외한은 아닐 터이다. 친구도 지난 날 사업차 일본에 여러 번 다녀간 적이 있다고 했다.

가까운 이웃이면서도 상대하기 어려운 나라 일본은 사실 여러 면에서 배울 것이 많다. 또한 배워야 할 것이 많은 나라인 동시에 배워서는 안 될 것을 배워야 할 나라, 일본은 어쩔 수 없는 벤치마킹의 표적인 동시에

역(逆)벤치마킹의 대상이다. 일본을 한국의 적이 아니라 도움을 주고받는 이웃으로 만드는 일은 앞으로도 한국인이 살아가는데 불가피한 일이 될 것이다.

그보다 더 큰 일이 기다리고 있다. 21세기 전반기에 펼쳐질 신아시아 비단길의 대장정에 대한해협을 가로지르는 해저터널을 건설하는 일은 한일 양국에게 똑같이 운명적인 대 역사가 될 것이다. 지구가 개벽하지 않는 한 한국과 일본은 서로 도우면서 애증을 함께 할 수밖에 없는 숙명의 이웃이다. 얼굴 생김새까지 똑같은 종족이 지구상에 한국인과 일본인 말고 또 있을까.

유럽 여행 중 스페인과 체코를 생각할 때마다 나는 마음이 우울해졌다. 십년 전만 해도 경제 사회적으로 유럽 내에서 뒤쳐졌던 나라들이 한국을 앞질러 가거나 옆에서 달려가는 모습을 보고 답답한 목마름 같은 것을 느꼈다. 그때마다 나는 일본이라는 나라가 부러웠고, 일본은 세계를 내다보는 아시아의 창이라는 생각을 지울 수 없었다. 나는 애국자도 아니고 나라 걱정할 필요도 없는 필부지만, 자식들의 삶과 앞날을 염려하지 않을 수 없는 것은 다른 부모들도 마찬가지일 것이다.

조금만 더 노력했더라면 선진국의 문턱을 넘을 수 있었던 나라를 어지럽히고, 기나긴 시간 우울한 발걸음을 내딛게 만든 사람들이 누구인가. 계몽주의자도 이상주의자도 아닌 필부가 역사를 신봉하는 현실론자로서 자신의 나라에 대해 바라는 것이 지나친 욕심일까. 부질없는 일인 줄을 알면서도 나는 일본에서 이런 생각을 하고 있었다.

문제가 있는 곳에 책임지는 사람이 없다는 것은 비극이다. 불행한 일이지만 한국의 정치인들은 분별없는 환상, 철없는 포퓰리즘에서 헤어나지 못한 채 사익과 특권의 추구에 몰입돼 있다. 그들은 미래에 대한 상상력도 부족하고 나라의 앞날과 공익에 대해 고민하는 태도조차 불성실하며, 정략적 이해관계에 따라 이합집산을 일삼는다. 그들의 안중에 국민은 존재하지 않고 그들이 말하는 국민은 시간과 장소에 따라 편리하게 조작되는 허상일 뿐이다. 이번 여행이 정치에 어둡고 정치의 공과를 확신하지 못했던 나에게 그런 사실을 분명히 일깨워주고 있다. 정자정야(政者正也). 정치는 바르게 하는 것이다… 논어 위정 편에 나오는 이 말은 아직 한국 정치에 있어서 쓰레기통 속의 휴지일 뿐이다.

저녁을 밖에서 먹고 8시 쯤 신주쿠에 있는 게이오 플라자 호텔로 와서 체크 인했다. 서울 큰아들 집에 전화를 걸었더니 새 며느리가 받았다. 오래간만에 듣는 목소리였지만 그것은 반가운 내 딸의 음성이었다. 우리 집에 새 식구가 생겼다는 사실이 다시 한 번 기뻤다.

■ 10월 29일(일) [도쿄] / 맑음

도쿄에서 130km 떨어져 있는 하코네(箱根) 국립공원으로 차를 달렸다. 초가을로 접어든 하코네 산의 숲은 아직 단풍이 들기 직전의 검푸른 녹색을 띠고 있었다. 산 정상으로 가는 길 주변에는 200년 이상 된 여관들이 많았고 여기저기 온천장이 눈에 띠었다. 공원 정상에 도착했을 때, 봉우리가 눈에 띠게 뾰족한 가미야마(神山) 봉 아래쪽에서는 곳곳에서 증기가 솟아오르고 있었다. 엷은 회색이 감도는 온천 웅덩이에서는 부글부글 끓는 물방울이 솟으며 유화수소 성분 특유의 역겨운 냄새가 주위로 번지고 있었다. 하코네 화산은 원래 칼데라 형태로 만들어진 복식화산인데, 2만 년 전에 활동을 중지했다고 한다.

공원 주차장에서 산 쪽으로 300m쯤 올라가자 가게 비슷한 다옥(茶屋)이라고 부르는 작은 집 한 채가 있었다. 온천물에 삶은 검정색 달걀(黑玉子)을

하코네 신사 입구의 삼나무숲은
신성한 아름다움이 풍긴다.

파는 그곳에 구경꾼들이 몰려들어 달걀을 사 먹고 있었다. 대용곡(大涌谷)이라고 불리는 이곳 가미야마 골짜기에서 온천물에 삶은 검정 달걀 한 개를 먹으면 7년씩 수명이 길어진다는 속설 탓인지는 알 수 없지만, 수백 명이 북새통을 이루며 달걀을 까서 먹는 모습은 정말 진풍경이었다.

곁에서 일곱 개의 달걀을 단숨에 '삼켜버린' 어떤 일본인 할아버지에게 내가 서툰 일본말로 "오메데토 고자이마스(축하합니다)"라고 말하자, 할아버지는 실눈을 치켜뜬 채 웃으며 "아리가토 고자이마스(감사합니다)"라고 말했다. 겉보기에 적어도 팔순을 넘은 것처럼 보이는 그 할아버지는 앞으로 49년은 더 사시게 될 것이다. 검은 달걀 신의 축복이 있기를!

우리는 아시 호수에 가서 유람선 해적선 호를 타고 하코네 정(町) 항구로 건너갔다. 근처에는 1250년의 긴 역사를 지닌 하코네 신사가 있었다. 신사 주위로 거대한 삼나무들이 울창한 숲을 이루며 풍요로운 경관을 만들어냈다. 삼나무숲은 말로 표현하기 어려운 어떤 신성 같은 것을 풍겼다. 신사 안에서 사람들이 기도하는 모습을 조용히 지켜봤다. 일본인들이 두 번 손뼉을 치고 기도하는 모습도 특이했지만, 그들의 기도 내용도 다양했다. 가내 안전, 교통 안전, 심원성취, 액제개운(厄除開運), 천하태평, 경신숭배, 만민풍락(萬民豊樂)…. 부처님 앞에서 소원을 빌고, 칠성님 앞에 정화수를 떠놓고 두 손을 비비며, 고사 떡과 돼지머리 앞에서 큰절을 하는 한국인들의 모습과 일본인들의 기도하는 모습은 무엇이 다를까. 그러나 일본 사람들의 기도는 어쩌다 한 번씩 하는 의례적인 기도가 아닌 것 같았다. 그것은 일상생활 속에서 신앙처럼 관행화된 행위이거나 자기 존재를 확인하는 몸놀림 같은 것이었다. 그들은 만물의 귀신들에게 참배를 올리는 것처럼 보였다. 신사를 돌아보는 동안 일곱 살, 다섯 살, 세 살짜리 어린이들이 전통 복장 하카마를 입고 부모와 함께 건강을 기원하는 기도를 올리는 모습도 목격했다. 세 살짜리 아이가 기도하는 귀여운 모습보다는 그것을 옆에서 지켜보는 부모의 모습이 더 진지하고 인상적이었다.

헤이세이(平成) 18년인 올해에도 일본인들은 여전히 그들의 생활 속에 온갖 신을 끌어들여 지성으로 신도를 실천하고 있다. 그들의 신은 생활 속에 현신하는 잡신이고 만신이며 분신인 것 같은데, 일본 사람들은 태어나서 죽을 때까지 아무래도 귀신의 품을 떠나지 못할 것 같다. 그런데 이처럼 많은 귀신을 다스리는 일본의 귀신 총사령관은 누구일까. 천황이라는 존재일까, 그 옛날 아마테라스 여신일까.

■ 10월 30일(월) [서울] / 흐림

해발 3,776m의 후지산 정상에는 눈이 덮여 있었다. 일본 사람들이 영산으로 부르는 후지산에 오르는 길에는 이미 가을빛이 완연했다. 1합목 지점 부근에는 기운차게 뻗은 소나무들과 빨간색, 노란색 단풍나무들이 숲을 이루고, 3합목 지점에 오르자 전나무와 노랗게 물든 낙엽송들이 섞인 묘한 풍경이 전개되었다. 5합목 지점에서 차를 멈추고 정상을 바라보니, 맑은 하늘을 향해 솟구친 거대한 흰색 봉우리의 모습이 뚜렷이 보였다. 후지산 정상 아래는 검붉은 화산재가 흘러내린 경사지에 말라죽은 작은 관목들이 듬성듬성 꽂혀 있었다.

세상사에 걱정이 많은 어떤 일본인이 속삭이는 목소리로 말했다.

"후지산의 5합목 지점에서는 걸어서 정상에 올라가 태평양을 바라보며 사무라이의 혼을 외치는 시대착오적인 독종들이 늘고 있다. 그들이 천신의 신통력에 빠져 정상적인 일본인임을 자꾸 잊어가는 것은 걱정이다… 그러니 후지산 산신에게 정성으로 소원을 빌어라. 넘치는 후지산의

눈 덮인 후지산 정상에
안개 구름이 피어올랐다.

정기가 그대 사무라이들의 혼을 칼끝에서 조용히 쉬게 하리라. 태평양에 잠든 영령들이 신일본제국의 대망을 감싸주리라. 내일은 너희들의 붉은 태양이 떠오를 것이니…" 그러나 걱정이 많은 듯 중얼거리는 그의 이야기는 정작 일본인을 향해 걱정해서 하는 말이 아닐 것이다. 현해탄 건너에서 자중지란으로 날을 지새우는 사람들에게 회심의 미소를 지으면서도, 서서히 덮쳐오는 중화의 거센 물결에 두려움으로 가슴을 쓸어내리는 21세기 사무라이의 중얼거림일 것이다. 이시하라 신타로 도쿄 도지사는 그런 냉정한 사무라이들 가운데 한 사람일 뿐이다.

일행은 후지산 아래 가와구치코(河口湖) 마을에 있는 시골 식당을 찾아가 점심을 먹었다. 메뉴는 호우토우 국수라고 부르는 이 지방의 전통 음식이었다. 쇠고기와 해물을 넣어 우려낸 단호박 국물에 손으로 반죽해서 만든 국수를 넣어 끓인 호우토우 국수는 국물 맛이 상쾌하고 담백했다. 한국 음식과 달리 어딘가 담백하고 정갈한 데가 있는 일본 음식의 은근한 맛을 어떻게 표현해야 할지 모르겠다.

도쿄로 돌아오는 길에 어느 휴게소에 들려 일본의 물가 사정이 요즘은 어떨까 하고 몇 가지를 살펴봤다. 담배 한 갑 300엔, 코카콜라 한 잔 150엔, 휘발유 1리터 144엔, 디젤 1리터 121엔, 그리고 택시 기본 요금(기본 구간 2km) 660엔. 1인당 국민소득 37,050달러의 높은 국민소득을 감안한다면, 이 정도의 생활 물가는 생각보다 싼 편이다. 엔화의 환율이 낮아지는 소위 엔고 현상 덕분에 일본 상품의 가격은 전에 비해 상대적으로 많이 낮아진 것 같다. 특히 일본으로 관광 온 한국 여행객들에게는 그렇게 느껴지기 쉬울 것이다. 그렇다면 서울의 물가는 도쿄에 비해 정말 싸다고 말할 수 있을까. 하늘 높은 줄 모르고 치솟는 아파트 값, 들쑥날쑥한 공산품 값, 시장보다 몇 배 비싼 백화점의 옷 값, 지갑을 닫는 소비자들, 그럼에도 불구하고 신기하게 유지되고 있는 2% 수준의 낮은 소비자 물가

지수…. 경제지표를 감안해서 비교한다면 서울의 물가는 이제 도쿄보다 비싸지기 시작한 것이 분명하다. 나는 숫자와 실물가격이 제멋대로 춤추는 서울의 물가와 힘겹게 살아가는 사람들의 모습을 상상하며, 신혼의 단꿈에 젖어 혹시 생활의 설계에 소홀하고 있을지도 모를 큰아들 내외를 걱정했다.

도쿄의 저녁은 일찍 어두워졌다. 우리는 오후 7시 50분 하네다 공항을 출발하여 한국으로 가는 아시아나 항공 OZ1035기에 탑승했다. 여행 첫날 인천공항을 이륙한 여객기에서 그랬던 것처럼 승무원들은 친절하고 세심하게 기내 서비스를 해주었다. 세계 일주를 하는 동안 우리가 이용했던 스타얼라이언스 항공연맹 여객기들의 기내 서비스는―스칸디나비아 항공을 제외하고―모두 흠잡을 데 없이 훌륭했다. 그 가운데 한국 승무원들의 친절하고 교양 있는 기내 서비스는 가장 돋보였다. 승무원들은 품위 있고 세련된 몸가짐으로 자신의 임무에 최선을 다했으며, 민간기업의 종사원이라기보다는 나라를 대표하는 국적기의 승무원이라는 자부심을 잃지 않고 있었다. 그들은 스튜어디스라기보다는 하늘 길을 달리는 대외 사절들이었다. 나는 그들이 자랑스러웠다.

여객기는 이륙 후 1시간 15분이 지난 밤 9시 5분, 김포공항에 도착했다. 143일 만에 다시 고국으로 돌아왔다.

공항에는 친구의 딸이 마중을 나와 있었다. 그는 딸을 끌어안고 기뻐했다. 오랜 여행 탓인지 친구 부부는 조금 지친 표정이었다. 아내도 많이 지쳐 있었고 기침도 완전히 멎지 않은 상태였다. 네 사람 가운데 내가 가장 건강한 편이었다. 다섯 달이 가까워 오는 동안 잔병치레 한 번 하지 않은 사람은 나뿐이었다.

나는 두 해 전에 돌아가신 아버지께 마음속으로 감사했다. 건장한 체구는 아니지만 강단 있는 체력을 아들에게 물려준 아버지. 깡마른 체구로 82년을 살아온 노인의 지구력을 고스란히 전해 받았다는 사실에 위안을 느꼈다. 지구를 한 바퀴 돌고 와서도 아직 이렇게 기운이 남아 있다는 것은 기쁜 일이다.

나는 공항에서 헤어지는 친구에게 말했다. "자네 덕분에 잊지 못할 여행을 했다. 나이 육십에 인생 한 바퀴 돌고 지구도 한 바퀴 돌았어. 지금부터 인생 여행을 새로 시작하자고!" 친구가 나와 악수를 나누며 말했다. "여행 잘했다. 자네가 집에 도착할 시간이면 난 코를 골고 자고 있을 거다."

아무렴, 제 집에서 자는 잠이 얼마나 달콤한 잠인가! 일류 호텔인들 제 집만 할까. 친구야, 오늘밤부터 정말로 편히 자거라. 다섯 달 동안 한 식구가 되어 한솥밥을 먹었던 우리 네 사람은 다시 일상으로 돌아가기 위해 그렇게 각자의 집으로 향했다. 집으로 돌아오는 길에 서울의 거리와 도봉산을 바라보며 지구상에 서울처럼 잘 생긴 수도가 또 있을까 하는 생각을 했다. 힘찬 기상의 바위산을 병풍처럼 두르고 도심 한복판으로 센강보다 몇 배나 넓고 시원한 강줄기가 흐르며 중심에 다정한 모습의 남산이 솟은 역사의 도시 서울은 더 세련되게 가꾸고 경쟁력 있게 육성해야 할 한국의 수도다.

* * *

이제 오랫동안 떠돌았던 길 위에서의 생활을 뒤로하고 다시 머무는 곳으로 돌아왔다. 여행의 추억을 이야기하고 긴 여로에 대한 향수를 달래줄 집은 늘 그리운 곳이며 모든 삶의 출발점이다.

원에는 어딘가 출발점이 있지만 원을 그리고 나면 출발점은 사라져버린다. 사람도 어느 날 태어나 인생이라는 원을 그리다가 죽는다. 삶의 출발점을 떠난 인생은 원을 한 바퀴 돌고 난 뒤 삶의 끝점에서 다시 출발점과 만난다. 생각해보면 인생이라는 원둘레에는 삶과 죽음이 하나로 연결돼 있는 것 같다. 삶과 죽음 사이의 길이가 길면 원은 커지고 그 길이가 짧으면 원은 작아지는 것이리라.

우리의 여행도 그렇게 출발과 귀환이 하나가 되고 하나의 원둘레 위에서 이루어졌다. 그렇다면 태초에 우주가 탄생되고 생명이 시작된 원의 어느 지점에는 무엇이 있었을까. 그 생명의 원이 시작된 지점에 존재하는 것이 바로 인간이 흔히 신 또는 창조주라고 부르는 존재가 아닐는지….

이렇게 해서 우리 네 사람의 세계 일주 여행은 끝났다. 우리는 143일 동안 스물 네 대의 비행기를 타고 35,400마일을 날았으며, 열차를 타고 3,030km, 자동차를 타고 17,400km를 이동했다. 지구 둘레의 길이가 약 4만km라는 사실도 이번 여행을 통해서 확실히 알게 되었다.

인도와 유럽을 거쳐 대서양을 넘었고, 북아메리카에서 태평양을 건너 고국으로 돌아왔다. 지구를 한 바퀴 도는 동안 스물세 개 나라를 방문했고, 123개 도시와 마을을 둘러봤으며 85개 도시에서 잠을 잤다. 카메라로 6000여 장의 사진을 찍었고 나는 매일 견문기를 썼다.

내 인생에 두 번째의 세계 일주 여행은 꿈꾸지 않는다. 이번 여행에 나는 만족하며 더할 나위 없는 행복을 느낀다. 여행에서 얻은 견문과 영감을 살려 내가 목격한 세계의 자연과 문화를 그리고 그 그림을 나의 자식들에게 남겨주려고 한다. 〈세계의 자연과 문화 100경〉이라는 제목을 붙이고자 하는 이 그림들이 자식들에게 물려주는 작지만 뜻 있는 유산이 되기를 소망한다.

아내와 함께 국내 여행도 계속하려고 한다. 한려수도의 수려한 풍광,

삼면 해안에 펼쳐진 어촌과 포구들, 진달래 살구꽃 피는 산촌 마을들, 전
국 도처에 산재한 문화 유산을 순례하면서 아름다운 풍경을 화폭에 담고
싶다. 남북한이 자유롭게 왕래하게 되는 날 아내의 출생지인 흥남에도
가보고, 한반도 북쪽 끝 두만강변의 온성 땅에도 가고 싶다. 내 삶의 동
반자와 함께 마지막 영원한 여행을 시작하는 그날까지 그렇게 살아가고
싶다.

하나 뿐인 아름다운 행성

143일 간의 세계 일주 여행을 마치고 나서 나는 지구가 얼마나 아름다운 곳인가를 알게 되었다. 그리고 인간의 유일한 생존 공간인 지구라는 행성의 존재와 환경의 중요성을 깊이 깨달았다. 다섯 달 동안 여러 나라를 돌며 수집한 그림엽서와 사진들 속에는 아름답고 신비한 자연 경관과 웅장하고 화려한 문화 유산들이 담겨 있다. 나는 그것들을 바라보며 방문했던 나라와 장소에 대한 추억을 되새긴다.

언젠가 미국의 전임 부통령 엘 고어가 쓴 『균형 속의 지구』(Earth In The Balance)를 읽은 적이 있는데, 엘 고어가 그토록 환경의 중요성을 강조하고 인류에게 환경보호를 호소하는 까닭을 알고 나서부터 나는 그를 진심으로 존경하게 되었다. 환경에 관한 그의 주장은 정치인으로서 하는 인기영합적인 말이 아니고 책갈피에서 나온 탁상공론이 아니었다. 그는 지구촌 곳곳을 누비며 인간의 삶의 터전이 파괴되고 훼손되는 현장을 목격하고 그것을 막기 위해 실천 가능한 대안을 제시했다. 그가 말하는 환경보호는 나 자신과 가족의 삶을 위해 인류가 다함께 참여해야 한다는 절박한 필요성을 밑바탕에 깔고 있다.

1972년 아폴로 우주선이 달에 착륙하여 전송해 온 지구의 사진에는 아프리카, 마다카스카르, 아라비아 반도, 남극 대륙이 찍혀 있었다. 우주에

서 본 지구는 눈부시게 아름다운 청록색의 행성이었다. 그러나 암흑의 공간에 떠 있는 황홀한 모습의 행성은 신비한 환상과 깨어지기 쉬운 아름다움에 대한 두려움을 동시에 담고 있었다.

나날이 메말라가는 대지, 넓어지는 사막, 지구촌을 덮는 모래 바람, 혼탁해지는 대기와 강물… 말라버린 아랄해의 바닥 위를 걸어가는 낙타와 사막에 버려진 배, 잔잔한 초록색 파도의 잔영 너머로 이글거리는 황량한 모래 벌판… 거대한 호수가 이미 오래 전에 거대한 사막으로 변한 사실조차 인류는 알지 못하고 있다. 급격히 늘어나는 이산화탄소와 상승하는 기온, 구멍 뚫린 남극 상공의 오존층, 공기 중의 메탄가스 농도가 높아지면서 나타나는 고위도 북쪽 하늘의 야광구름은 대기의 불길한 변화를 예고하는 징조들이다. 봄의 해빙이 빨라지면서 해마다 녹아내리는 북극의 얼음, 툰드라 밑에서 상승하고 있는 지온, 남극 빙하의 급격한 감소, 녹아내리는 양극의 얼음은 생존의 터전인 육지를 위협한다. 지구 온난화로 해수면의 높이가 25cm만 올라가도 해안선에서 60km 이내에 살고 있는 인류의 3분의 1은 삶의 터전을 물속에 잃어버리게 될 것이다.

그 뿐이 아니다. 아마존 강의 열대 우림 위로 솟아오르는 검은 연기와 연기 속에 사라지는 광활한 숲, 하루에 100여 종씩 멸종해 가는 생물들, 지구 전역에서 진행되는 두렵고 은밀한 환경 파괴… 인간이 앞으로도 살아가야 할 태양계의 유일한 행성은 이렇게 병들고 망가지고 있다. 병든 지구를 구하지 않고 그대로 내버려둔다면 후세 인류에게 남게 되는 것은 철강, 콘크리트, 플라스틱의 구조물로 만들어졌다가 수수께끼처럼 사라

진 21세기의 문명일 것이다.

　고대 페루 사람들은 하늘에서만 알아볼 수 있는 거대한 그림을 나스카의 고원에 그려놓았다. 비행기가 없던 시절 페루인들이 지상에서 멀리 떨어져야 비로소 바라볼 수 있는 그림을 그린 까닭이 무엇일까. 우주인이 그린 것으로 착각할 수도 있는 이 그림을 그리기 위해서는 넓은 시야와 상상력이 필요하지 않았을까. 그들이 기발하고 천진스럽게 표현한 수수께끼의 그림은 후세 사람들에게 인간의 상상력과 시야를 요구하는 은밀한 메시지가 아니었을까. 나무를 보고 숲을 보지 못하듯 벌판에서는 벌판이 보이지 않으니, 인류는 지구라는 행성의 에덴동산에 올라서서 환경이라는 이름의 벌판을 바라봐야 할 것이다.

　인간이 이룩한 위대한 문명의 존속을 위해 문명의 터전인 자연 환경을 파괴의 위기로부터 지키는 일을 외계인에게 맡길 수는 없다. 인간이 문명과 환경 간의 균형을 이루지 못하면 문명은 중단되고 인류 역사는 종말을 고할 수밖에 없다. 삶의 터전이 사라지고 난 다음에 여행이 무슨 소용인가. 아름다운 자연이 사라지고 문명의 유산이 파괴되고 나면 대체 어디로 여행을 간다는 말인가.

　세계 일주 여행을 끝내고 돌아온 나는 이제 두려운 마음으로 내 고향과 조국이라는 존재를 생각하게 된다. 우리가 죽어 뼛가루를 묻을 고향과 자식들이 살아갈 이 나라는 건강한 환경과 아름다운 자연을 유지해 나갈 수 있을까. 집 근처 실개천에서 버들치가 헤엄치고, 50년 전이나 다름없이 내 고향 시냇물에서 아이들이 벌거벗고 물장구를 칠 날이 다시

오게 될까.

 환경을 지키고 가꾸는 일은 여행을 사랑하고 자연과 문화를 즐기는 모든 이들이 기꺼운 마음으로 떠맡아야 할 소박한 선행이다. 그렇다면 후대들이 영원히 살아갈 터전을 만들기 위해, 세계의 여행객들이 가슴을 설레며 찾아 올 고장을 만들기 위해 맑고 깨끗한 환경을 만드는 일을 더이상 미룰 수는 없을 것이다.

 어디로 여행을 갈 것인가. 어디로 놀러 갈 것인가. 그러나 세상 산천이 쓰레기로 덮여 있다면 삶의 터전도, 여행지도, 소풍 장소도 모두 잃어버리게 될 것이다. 그것은 우리 고향, 우리나라만의 일이 아니라 세계가 똑같이 부딪치고 있는 고민이다.

 世界一宇 世界一花

 세계는 하나의 집이며 한 송이 꽃이다. 여행은 인류가 한 지붕 아래서 아름다운 꽃을 가꾸고 향기를 맡는 일이다. 그 꽃은 지금 이 순간에도 우리 마을 안팎에서 생명의 향기를 피워내고 있다. 태양계에 하나밖에 없는 축복받은 행성, 이 향기로운 꽃을 누가 꺾을 것인가.

여행자를 위한 조언

1.여행 비용

  세계 일주 여행은 누구나 이루고 싶은 꿈이지만, 대부분의 경우 비용 문제 때문에 엄두를 내지 못하거나 포기하기 십상이다. 글쓴이는 사업하는 친구 덕분에 비용 걱정을 크게 하지 않고 여행했지만, 우리 네 사람의 여행 경험에 비추어 요즘 같은 고환율, 고물가 시대에도 적은 비용으로 충분히 품위 있고 즐거운 여행이 가능하다는 사실을 알게 되었다.

  여행 비용은 항공료, 지상비, 기차요금, 현지 차량 임대료, 음식비, 관광지입장료, 현지 가이드 봉사료, 운전기사 팁, 용돈 및 잡비 등을 포함한다. 그중 가장 중요한 항목을 중심으로 대강의 내용을 소개 한다. 그러나 이것은 어디까지나 2006년 6월을 기준으로 한 내용임을 밝혀 둔다.

  1인당 항공 요금은 모두 480만원이 소요되었다.

  5개월간의 세계 일주를 위해 우리 네 사람이 이용한 것은 스타얼라이언스 항공동맹의 월드 티켓이었다. 세계 일주 동안 아시아나 항공을 비롯한 7개 항공사의 여객기를 18회 탑승했으며, 모두 일반석 이코노미클래스를 이용했다. 1인당 항공료는 34,000마일을 기준으로 380만원이었

다. 만일 월드 티켓이 아닌 일반 항공권을 구입했다면 그 세 배 내지 네 배의 금액이 소요되었을 것이다. 월드 티켓의 유효기간은 1년이었다. 멕시코, 하와이 현지의 로컬 항공 요금은 6회 탑승에 1인당 100만원이었지만, 이것은 월드 티켓에 포함되지 않으며 이용하지 않아도 그만인 선택적인 것이다.

1인당 하루 평균 지상비는 25만원, 143일 동안 총 3,500만원이었다.
지상비에는 호텔 숙박료와 아침 식사비, 차량 임대료가 포함되었다. 호텔은 1급 호텔(가끔 특급)을 기준으로 했다. 임대 차량은 7~9인승 밴 또는 지프였으며 임대료에는 휘발유 값이 포함되었다. 차량 임대료는 나라마다 다르지만 하루 평균 100달러 수준으로 7인승이나 13인승 차량이나 임대료는 대동소이하다. 23개국의 박물관, 유적지, 명승지 등에서 지출한 관광 입장료, 현지 가이드 팁, 운전기사 팁은 1인당 390만원 정도였다.
음식(점심, 저녁) 비용은 1인당 하루 평균 30유로(37,000원) 기준으로 약 500만원을 책정했다. 아침 식사비는 호텔 숙박 요금에 포함되었다. 유럽에서 이용했던 열차 요금은 10회에 걸쳐 1인당 75만원이었다. 여기에는 영국-프랑스 간의 유로스타, 유럽 내에서의 유레일패스, 체코 왕복 요금 등 일체의 열차 요금이 포함된 것이다. 그밖에 여행사에 지급한 수수료는 1인당 160만원 정도 소요되었다. 용돈과 잡비는 크게 쓴 일이 없으니 일일이 소개하지 않겠다.
결국 143일 동안 1인당 비용은 5,105만원이었다. 그러나 이것은 예산

상의 숫자일 뿐 실제로 지출한 비용은 4,730만원 정도였다. 식사는 열차 또는 기내에서 하거나 건너뛸 때가 많았고, 식당의 봉사료도 절약하거나 관광지 입장료를 내지 않아도 되는 경우가 많았다. 항공료, 기차 요금 등과 달리 음식값은 얼마든지 조정할 수 있는 가변 비용이기 때문이다.

그런데 위에서 설명한 비용에는 절약의 여지가 있다. 앞으로 세계 일주 여행에 관심 있는 분들을 위해 절약할 수 있는 방법을 소개한다.

지상비 중 호텔비 지출 부분을 1급 호텔 이용이 아닌 2급이나 3급 호텔로 바꾸면 된다. 또한 현지인 민박이나 한국인 민박도 훌륭한 시설을 갖춘 곳이 많고 1일 요금도 40~70달러 수준이다. 잠자는 데 불편이 없을 정도의 2급 호텔이나 민박을 이용할 경우 지상비는 3분의 1정도 절감할 수 있다. 인터넷을 통해 호텔 예약을 6개월 이전에 해두면 비용을 더 줄일 수 있고, 성수기인 6월 중순에서 9월 초를 피하면 조금 더 줄일 수 있다는 사실을 현지에서 확인했다. 음식비, 즉 점심과 저녁 식사 비용도 충분히 줄일 수 있다. 비싼 한식을 피하고 현지 음식이나 중국 음식 또는 스낵을 이용한다면 1인당 하루 평균 25,000원 수준으로 낮출 수 있다.

만일 위에서 말한 것처럼 비용을 줄였다면 우리는 5개월간 1인당 여행 경비를 3,830만원 정도로 낮출 수 있었을 것이다. 그렇다고 해서 여행의 품격과 질이 훼손되는 것은 아니다. 조금 불편을 감수할 생각으로 민박과 스낵을 자주 이용하고 해외 현지에서 로컬 항공기를 타지 않는다면 비용은 더 낮출 수 있다.

이보다 더 실용적이고 효과적인 절감 방법은 우리처럼 네 사람이 아니

라 여섯 혹은 여덟 명으로 팀을 짜서 가는 방법이다. 차량 임대료, 가이드 봉사료 같은 공동경비는 물론 숙박료, 음식 비용도 절감되어 전체 비용은 더 낮아질 것이다. 3,500만원 정도의 비용으로 5개월간 세계 일주 여행을 할 수 있다면, 이것은 인생에 단 한 번만이라도 해볼 만한 가치가 있는 것이 아닐까. 경제적, 시간적 사정 때문에 2개월 정도의 세계 일주를 원한다면 비용 부담은 절반 이하로 줄어들 것이다.

어떻게 돈을 벌어 어떻게 쓸 것인가를 헤아리는 것도 인생이고 지성이며 지혜이다. 세계 일주 여행에 관심이 있는 40~60대 장년들에게 한 가지 덧붙일 말이 있다. 장기간의 여행에는 무엇보다 건강이 뒷받침되어야 한다. 그리고 더 늦기 전에 떠나는 것이 좋다. 나이와 건강은 영원히 솟는 샘물이 아니다.

2.여행 준비

여행은 그 목적과 성격을 분명히 정하고 난 후 대상지를 선정하는 것이 중요하며 또 그렇게 하는 것이 순서다. 단체여행을 따라갈 것인가, 맞춤여행을 할 것인가, 그냥 가고 싶은 곳으로 자유롭게 여행할 것인가.

제일 먼저 나는 친구와 어떤 여행을 할 것인가를 의논했다. 우리는 역사 문화와 생활 현장 탐방을 주제로 하여 두 쌍의 부부가 비행기와 기차를 타는 것 이외에는 시간에 제약받지 않는 자유여행을 하기로 했다. 새

처럼 훨훨 날아다니는 그런 여행을 원했다. 여행 대상지는 글쓴이가 선정했으며 여행지 선정 과정에서 어떤 여행사의 도움도 받지 않았다. 인터넷과 몇 권의 여행 안내서를 활용해 현지 사정과 정보를 확인했을 뿐이다.

2006년 1월 초에 여행지와 월드 티켓으로 갈 수 있는 항공 노선상의 목적지를 비교하여 여행지를 최종 선정하고 방문 순서를 정했다.

인터넷을 통해 4~5종류의 월드 티켓 제도가 운용되고 있음을 확인했다. 나는 그 가운데 우리의 행선지와 일치하는 노선이 많은 스타얼라이언스 항공동맹을 이용하기로 하고, 여행사를 통해 아시아나 항공사에서 월드 티켓(세계 여행 항공권)을 예약했다. 동시에 여행사에 호텔, 유레일패스, 현지 관광지 입장권, 차량 임대 예약을 의뢰했다. 현지에 있는 유능한 여행 가이드도 미리 수소문해서 확보해 주도록 여행사에 부탁했다. 이 모든 절차는 4월 말에 끝이 났다.

여행 중의 건강을 위해 2006년 1월 초부터 우리 부부는 매일 6km의 걷기운동을 했다. 외국에 가면 걸을 곳이 많기 때문이다. 친구 부부는 매일 수영과 골프로 몸을 단련했다. 나이 육십은 건강한 인생을 가늠하는 분수령이다. 수고 없이 얻는 것 없고 심신의 단련 없이 여행도 없다는 마음으로 넉 달 이상 걷기 훈련을 했다. 그렇게 해서 출발하기 한 달 전에 모든 여행 준비를 마무리 지었다.

3. 여행기 읽기

여행을 떠나기 전 심심파적 삼아 평소에 읽어둔 여행기가 몇 권 있다. 실제로 여행 기간 중 그것들은 많은 도움이 되었다. 여행기는 사학을 공부한 필자에게 실사구시적인 견문의 지평을 더 넓혀 주었다. 여기에 관심 있는 분들을 위해 도움 될 만한 여행기 몇 권을 소개한다.

· 마르코 폴로 : 『동방견문록』(사계절)
· 괴테 : 『이탈리아 기행』(도서출판 푸른숲)
· 이븐 바투타 : 『이븐 바투타 여행기』(창작과 비평사)
· 마크 트웨인 : 『마크 트웨인 여행기』(범우사)
· 로버트 카플란 : 『타타르 가는 길』(르네상스)
· 진순신 (이희수 감수) : 『이스탄불 기행』(예담)
· 이희수 : 『지중해 문화기행』(일빛)
· 법정 : 『인도 기행』(샘터)
· 최정호 : 『세계의 공연예술기행』(시그마프레스)

그리고 여행기는 아니지만, 혹시 글쓴 이의 행로를 참고하여 세계 일주 여행을 하고자 하는 분들에게 권하고 싶은 책이 있다.

· 시오노 나나미 : 『로마인 이야기』1~14권(한길사)
· 존 캐리 엮음 : 『역사의 원전』(바다출판사)
· 자크 바전 : 『새벽에서 황혼까지-서양문화사 500년』(민음사)

· 카를로스 푸엔테스 :『라틴아메리카의 역사』(까치)
· 이희철 :『터키-신화와 성서의 무대, 이슬람이 숨쉬는 땅』(리수)
· 이정희 :『동유럽사』(대한교과서출판사)

　흔히 하는 말 가운데 "아는 것만큼 보인다."는 말이 있다. 세상사의 이치를 이처럼 간명하게 표현하는 금언도 드물 것이다. 적어도 여행자에게 "모르는 게 약"이라는 말은 도움이 아니라 거꾸로 독이 될 말이다. 가고 싶은 나라에 대해 약간의 예비지식을 가지고 가면 반갑고 인상 깊은 일들을 많이 만나게 될 것이다. 또 그로부터 얻는 지식과 견문은 여행의 즐거움과 삶의 기쁨을 더해 줄 것이다.

　이미 직장에서 은퇴했거나 은퇴를 앞둔 분들, 여행을 사랑하는 분들, 세계의 역사와 문화 예술에 관심 있는 분들께 말씀드리고 싶다. 다소 힘들고 무리가 따르더라도 세계를 향해 떠나보시라. 인생에 은퇴란 없으며, 여행은 인생의 향기가 되고 활력소가 되어 새로운 삶의 길을 열어 줄 것이다. 무엇보다도 일상에 갇혔던 메마른 영혼을 풍부하게 만들어 줄 것이다. 나이 육십은 황금빛 인생의 새로운 출발점일 뿐이다. 그래서 필자는 이렇게 말하려고 한다

　은퇴는 없다. 우리처럼 떠나라.
　저 푸른 바다 건너
　황금빛 세상으로 가는 길을 향해!

황금빛 세상으로 가는 길 ❷

초판 1쇄 인쇄일   2009년 4월 15일
초판 1쇄 발행일   2009년 4월 20일

지 은 이 남동우
만 든 이 이정옥
만 든 곳 평민사
         서울시 서대문구 남가좌 2동 370-40
         전화: (02)375-8571(代) 팩스: (02)375-8573

         평민사 모든 자료를 한눈에 −
         http://blog.naver.com/pyung1976
         이메일: pyung1976@naver.com

등록번호 제10−328호

ISBN 978-89-7115-534-9 03800
ISBN 978-89-7115-532-5 (set)

정 가 12,000원